무적지존 혼돈전존

FANTASTIC ORIENTAL HEROES

천뇌 新무협 판타지 소설

무적지존 5

천뇌 新무협 판타지 소설

초판 1쇄 찍은 날 § 2011년 3월 27일
초판 1쇄 펴낸 날 § 2011년 4월 3일

지은이 § 천뇌
펴낸이 § 서경석

총괄팀장 § 서지현
편집책임 § 박우진

펴낸곳 § 도서출판 청어람
등록번호 § 제1081-1-89호
등록일자 § 1999. 5. 31
어람번호 § 제2-2070호

주소 § 경기도 부천시 원미구 심곡2동 163-2 서경B/D 3F (우) 420-822
전화 § 032-656-4452 팩스 § 032-656-4453
http://www.chungeoram.com
E-mail § chungeoram@chungeoram.com

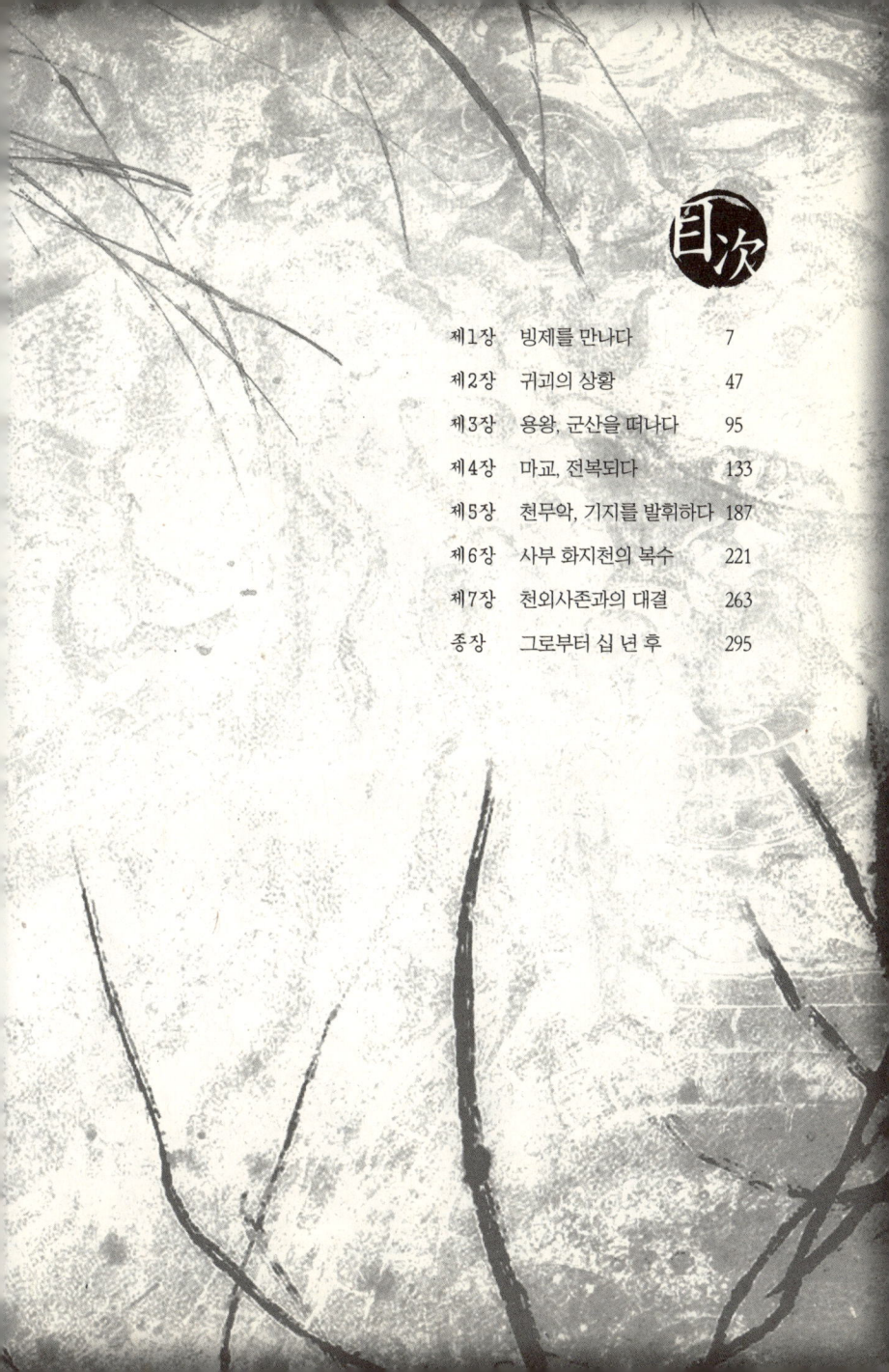

目次

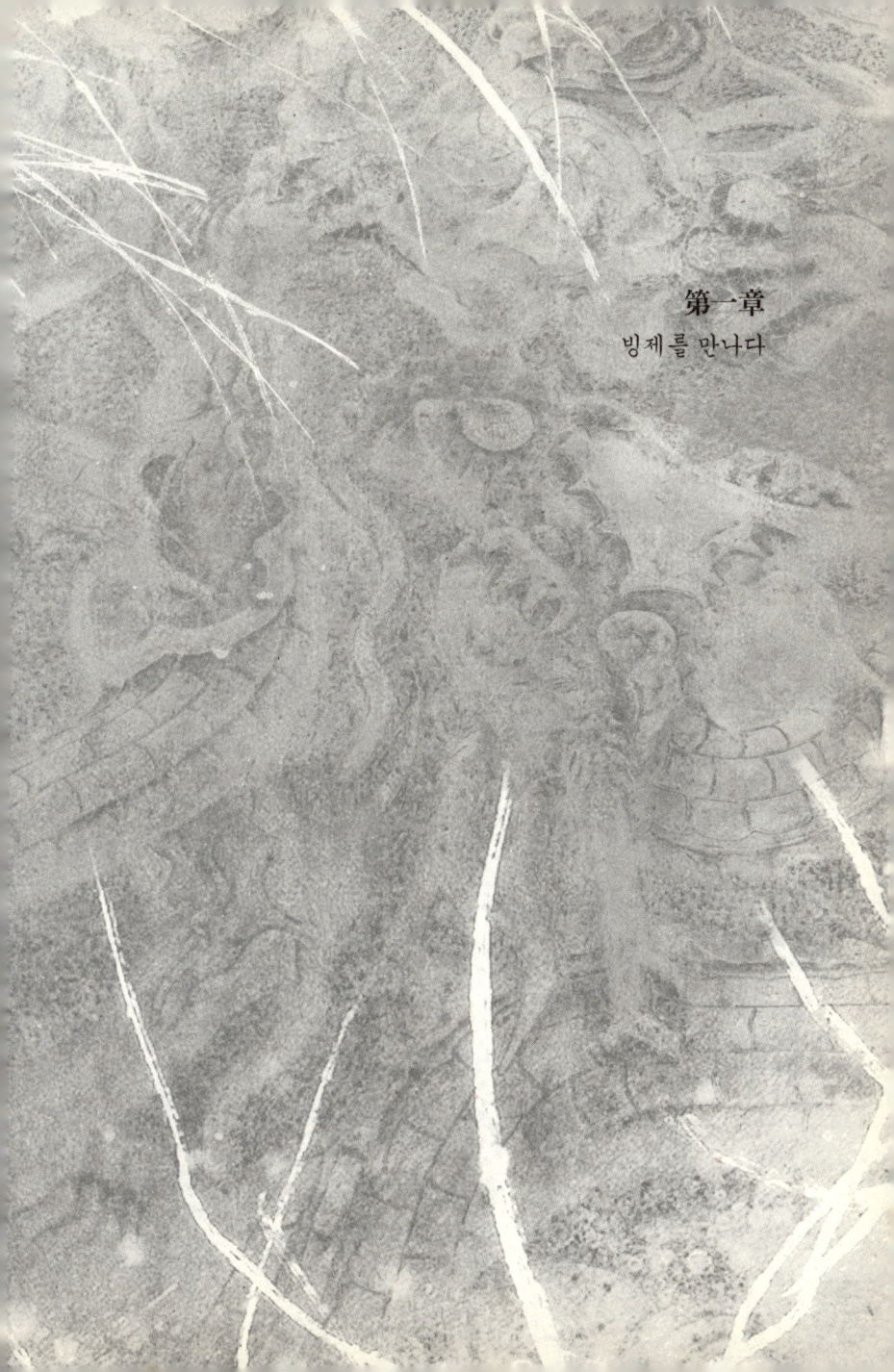

第一章
빙제를 만나다

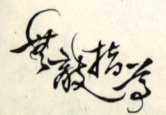

천무악은 곤혹스런 눈으로 가도준을 보았다.

복면인의 정체가 가도준이라는 것도 놀랐지만, 죽였음에도 다시 살아난 것이 더 믿기지 않았다.

"어찌 이런!"

천무악의 경악성에 가도준은 사악한 웃음을 보였다.

"왜, 놀랐느냐?"

그는 마치 현재 자신의 모습을 자랑이라도 하는 것 같았다.

그런 가도준의 말에 천무악은 어이없단 표정을 지었다.

"그럼 놀라지 안 놀라나? 추악해도 인간으로는 살았는데 이제 그것도 포기한 모양이구나!"

"뭣이!"

비록 상대가 특이한 모습이라 놀랐지만, 흔들리는 모습을 보이지는 않았다.

상대는 적이다. 그것도 인간임을 포기한 요물.

어찌해서 이렇게 변질되었고, 왜 이런 생물이 되었는지 궁금하기는 했다.

하지만 어차피 상대할 적을 괜히 기분 좋게 만들어 줄 생각 따윈 없었다.

"악괴가 죽었다기에 그래도 의기소침할 줄 알았더니 입심을 보니 그렇지도 않은가 보구나. 흐흐흐!"

"……!"

가도준 역시 지지 않고 천무악의 성미를 건드렸다. 그로서는 악괴의 죽음이 두 손 들고 반길 일이었다. 더군다나 그의 건방진 제자 심정도 뒤집을 수 있으니 얼마나 좋은가.

"그 더러운 입에 사부님을 담지 마라."

천무악이 낮은 목소리로 으르렁거렸다.

적이 요물 아닌 신(神)이라도 사부를 욕되게 하는 건 참을 수 없었다.

"흥! 그래도 사부랍시고 편을 드는군. 뭐, 어차피 상관없나? 네놈도 내가 곧 악괴 곁으로 보내줄 생각이니."

가도준의 말이 끝남과 동시에 그의 손에서 검은 덩어리가 튀어나왔다. 그것은 곧장 천무악에게 향했다.

천무악은 덩어리의 정체를 알지 못해 조심스레 행동했다.

스윽!

그의 검지가 전면에 원을 그리니 예의 일지파랑강벽이 형성되었다.

철퍽!

소리가 이상했다. 충격음이 아닌 달라붙는 소리.

쉬이이익!

이어 일지파랑강벽에서 연기가 나며 구멍이 생기고 있었다.

가도준이 던진 덩어리는 기를 녹이는 효과가 있는 듯했다.

'뭐, 뭐야?'

천무악은 강력한 충격이 있을 줄 알았다. 하지만 예상치 못한 반응이 일어나니 적잖이 당황했다.

"또 놀랐느냐? 내가 말했잖느냐. 난 영혼을 팔아 여기까지 왔다고!"

퉁! 퉁!

가도준의 손에서는 끊임없이 덩어리가 쏟아졌다.

천무악은 일단 방법을 찾지 못해 양 검지로 일지파랑강벽을 만들며 버텼다.

다행히 천능동해각법이 극성에 이르고 상단전이 완전히 열리면서 기의 운용이 편했다. 그렇다 보니 많은 개수의 기벽을 만들어도 무리가 없었다.

"언제까지 그렇게 버틸 것이냐? 내게 이 수법밖에 없다고 생각지는 않겠지?"

타닷!

가도준은 까만 덩어리를 날리며 몸을 움직이기 시작했다.

한 손으론 덩어리를 날리고, 한 손에는 덩어리로 주먹을 감싸 직접 타격하고 있었다.

쾅쾅!

주먹을 감싼 덩어리는 날리는 것과 다르게 단단했다.

두 가지 방법으로 공격해 오니 천무악의 방어에도 균열이 생겼다. 덩어리로 인해 구멍이 생긴 곳으로 주먹이 날아왔기 때문이다.

'치잇! 어디서 저런 수법을! 하나!'

천무악의 양 검지가 은은하게 빛나자 주변의 기가 요동쳤다. 그리고 기는 서로 뭉쳐 허공에 기의 칼날을 만들어냈다.

쉬익! 쉬익! 쉬익!

수많은 칼날이 가도준을 공격했다.

쉬익! 서걱! 쾅쾅!

주르륵!

두 성질의 덩어리가 다른 반응을 보였다. 손에 두른 것은 칼날을 쳐내고, 던지는 것은 반 토막으로 잘려 사라졌다.

그리고 기의 반탄력을 이기지 못해 가도준의 몸이 뒤로 밀려났다.

"네놈도 내가 못 본 사이에 많은 변화가 있었구나. 이런 공격은 지금껏 보지 못했는데."

"당신이 지금껏 봐온 것들이 전부라 믿으면 안 되지."

"홍! 뭔가 착각하고 있군."

가도준의 얼굴은 자신감으로 가득했다.

천무악은 상대의 반응을 무시하고 계속 공격했다.

검은 덩어리를 마구 파괴하던 칼날들이 이젠 가도준의 몸에 직접 타격을 주고 있었다. 하지만 상처는 금방 회복되었다. 아니, 회복이 지나친지 몸이 점점 부풀어 오르고 있었다.

"죽어라 공격해 봐라! 결과에 변화가 있는지! 흐흐흐!"

이제는 상처가 생기는지도 알 수 없었다. 마치 모든 공격을 흡수하는 것처럼 보이기만 했다.

"너무 자신만만한데? 하나 그게 끝이 아니야."

우웅! 우웅!

천무악의 양 검지가 푸르게 빛났다. 그러자 가도준의 몸에서 볼록볼록 기포가 생겨났다. 그리고,

퍼어억!

끔찍한 소리와 함께 몸이 터져 버렸다.

"결과는 끝까지 봐야 아는 거지."

허공에서 떨어지는 파편들을 보며 그가 말했다.

비록 가도준의 몸이 천무악의 공격을 흡수했다지만, 모든 기를 자신의 것으로 만들 수는 없었다. 천무악은 그중 자신의 의지에 반응하는 기들을 움직인 것뿐이었다.

"설련, 정신 좀 차려봐!"

천무악은 몸을 뒤로 돌려 은설련을 흔들었다.

지금껏 딱히 수법을 걸지 않았다면 쉽게 일어날 수도 있을 것 같았다.

스스슥!

하나 그는 계속 은설련을 깨울 수가 없었다.

천무악의 뒤엔 더 흉측한 몰골을 한 가도준이 서 있었다.

"어이, 이봐. 이제 그만 좀 하지?"

"흐흐흐, 난 죽지 않는다. 불사신이라고!"

그의 눈은 검게 물들어 있었다. 사람이라기보단 악귀의 모습이었다. 몸에서 흘러나오는 엄청난 사기(邪氣)는 방 안을 가득 채웠다.

"난 너희 두 놈에게 복수하기 위해 사문도 버렸다. 영혼도 팔았다. 그리고 이 힘을 얻게 되었지."

정신이 혼미해질 정도로 공기가 탁해졌다. 그리고 벽마저도 녹고 있었다.

"악괴는 아쉽게도 먼저 죽어버렸지만 너만큼은 내 손으로 죽여야 하지 않겠느냐!"

쿠웅! 쿠웅!

더욱 거대해진 가도준은 천천히 천무악에게로 발걸음을 옮겼다.

"정말 질리는군. 예전부터 끈질기기가 남다르더니."

스각! 스각!

천무악은 무차별적으로 기의 칼날을 날렸다.

그것은 가도준의 몸을 난자했지만 그는 멈출 생각을 안 했다. 고통을 느끼지 못하는지 그대로 밀고 들어왔다.

쿠웅!

쩌저적!

육탄 공격을 막기 위해 만들었던 일지파랑강벽이 그대로 부서졌다. 덩치에 맞게 엄청난 힘이 실려 있는 것 같았다.

퍼억! 퍼억!

가도준은 미친 듯이 주먹을 휘두르며 덤볐고, 천무악은 방어를 하며 계속 칼날을 만들어 날렸다.

주르륵!

'큭, 완전한 소모전이군!'

천무악은 뒤로 밀리며 어깨에 경련이 오는 것을 느꼈다.

자신보다 세 배 가까이나 큰 덩치의 힘을 막으려니 여간 힘든 게 아니었다. 게다가 간간이 날아오는 검은 덩어리의 파편은 천무악의 몸에 화상을 입히고 있었다.

사기까지도 침투하는지 몸은 점점 무거워졌다.

"크하하하! 봤느냐? 이게 바로 나의 힘이다! 네놈이 아무리 강해졌다고 해도 내 상대는 아니라고!"

뒤로 연신 밀리는 상대를 보니 가도준은 기분이 좋았다. 이런 통쾌함을 맛보기 위해 사문을 버리고 나온 것이다. 천무악에게 원한을 풀기 위해.

"네놈 때문에 부서진 내 자존심을 오늘 회복하겠다! 모든 울분을 터뜨리겠다! 크하하!"

사기가 가도준의 뇌에 영향을 주는지 그는 흥분을 감추지 못했다. 오히려 광기까지 보이며 날뛰고 있었다.

쿵!

밀리던 천무악의 몸이 멈췄다. 그는 이빨을 악다문 채로 버티고 있었다.

그의 뒤에는 은설련이 누워 있었기 때문이다.

더 이상 밀리면 그녀까지 위험할 수 있었다.

그것은 천무악이 바라지 않는 일.

그의 눈빛이 달라졌다.

'끝장을 본다!'

푸화악!

천무악의 양 검지에서 청룡이 나타났다.

청룡은 예전과 다른 모습을 하고 있었다. 푸르다 못해 하얀 색에 가까웠고 크기도 더 거대했다. 청룡의 눈에서 나오는 서기는 상대로 하여금 섣불리 다가오지 못하게 했다.

주춤!

가도준의 몸이 자신도 모르게 경직되었다.

저런 것은 본 적도 없고, 다가가고 싶은 마음도 들지 않았다. 자신의 몸을 이루고 있는 사기가 꿈틀거리며 도망가려 하고 있었다.

"내가 고작 이런 것에 물러서려고 그딴 것을 먹었느냐? 그리고 그들의 명을 듣고 있었느냐? 아니다! 절대 아니야!"

그는 자신의 의지를 공고히 하고 있었다. 사기를 자신의 지배 아래 두려고 최선을 다했다.

그러자 그에게도 변화가 생겼다.

사기가 오른손에 특히 집중이 되더니 검을 만들어냈다.

칠흑 같은 검.

흐어어어엉!

마치 망자들의 울음소리가 들리는 것 같았다.

"그래, 이렇게 나와야지. 이래야 내가 더 충성할 것 아니냐! 크하하하!"

가도준은 자신의 손에 들린 검이 아주 맘에 드는지 흡족한 표정을 지었다.

휘리릭!

검을 한번 돌려본 그가 천무악에게 덤벼들었다.

쾅쾅쾅!

청룡과 사기검(邪氣劍)이 서로를 잡아먹을 듯 부딪쳤다.

응축된 사기검은 청룡의 파괴력과 서기에도 잘 견디고 있었다. 오히려 청룡의 몸 곳곳이 검은색으로 물들 정도였다.

"으으응!"

갑작스런 신음에 천무악이 고개를 뒤로 돌렸다.

그곳엔 은설련이 깨지도 않은 상태에서 괴로운지 얼굴을 잔뜩 찡그리고 있었다.

지독한 사기는 사람의 인체에도 영향을 주고 있는 것이다.

'여기서 벗어나야 한다!'

쿠오오오오!

주인의 의지를 그대로 받아들였음인가.

청룡의 몸이 더욱 시리게 빛났다. 그리고,

콰앙!

콰창!

엄청난 굉음과 함께 가도준의 육중한 몸이 창문을 뚫고 밖으로 떨어져 내렸다.

천무악은 그것을 보고 바로 몸을 움직였다.

그가 연무장으로 내려오니 가도준이 비릿한 웃음을 보였다.

"흐흐흐! 그래도 저년이 다치는 걸 원하지는 않는가 보구나. 하나 다 쓸데없는 몸부림이라는 것을 깨닫지 못하겠느냐? 크흐흐!"

그는 검은 오오라가 넘실거리는 사기검을 앞으로 내밀며 말했다.

"지금 그 모습을 아주 마음에 들어하는 것 같군. 하지만 어쩌지? 추악한 그 모습을 보고 누구도 인정해 줄 것 같지 않은데."

천무악은 스스로 키운 원한 때문에 저렇게 변한 가도준이 오히려 불쌍해 보였다. 나중에 점창파의 누군가라도 본다면 얼마나 가슴 아파할 것인가.

사문의 존장이 사기나 풀풀 날리는 요물로 변했으니 말이다.

"닥쳐라! 지금 내겐 모든 게 다 필요없다! 오직 네 목숨만을 원할 뿐이다!"

사기검이 점점 커지고 있었다. 그와 동시에 가도준의 생기도 사라지고 있었다.

천무악은 그것을 느낄 수 있었다.

'그 추악한 굴레에서 벗어나게 해주마.'

쿠오오오!

청룡이 기염을 토하며 입에서 작은 환(環)을 뱉어냈다.

시리게 푸른 구슬.

그것은 가도준에게로 곧장 향했다.

퍼억!

둔탁한 충격음과 함께 사기가 잠시 흔들렸다. 하나 그것은
시작이었다.

퍼억! 퍼억!

가도준이 사기검으로 구슬을 막았지만 어쩔 수 없었다. 사
기검이 흔들리며 구멍이 계속 생겨난 것이다.

공간은 곧바로 메워졌지만 그만큼 가도준의 생기는 사라졌
다.

"크아앗!"

그도 위기를 곧바로 느꼈는지 바로 몸으로 부딪쳐 왔다.

쾅쾅쾅!

둘의 주위로 기파가 터져 나왔다. 그 소리는 빙궁 전체에 퍼
지고 있었다.

"도대체 무슨 일이냐!"

그제야 빙검자가 연무장으로 부하들을 대동하고 나타났다.

"히이익! 저게 뭐야?"

"괴, 괴물이다!"

부하들은 가도준의 모습을 보고 지레 겁을 먹은 모습이었
다. 그것은 빙검자 또한 같았지만 그는 저 괴물이 누군지 짐작

이 갔다.

'사, 사자! 어찌 저런 모습으로!'

게다가 압도적으로 밀어붙이는 모습조차 아니었다.

사기로 가득한 몸이 비명을 지르고 있었다. 거대한 모습은 그저 허울로만 보일 정도였다.

'어찌 된 상황인지 자, 잘은 모르지만… 이대로는……'

그는 빠르게 상황을 살피더니 그 자리에서 사라졌다.

"크악! 네놈 따위에게!"

가도준의 입에서 비명이 터졌다.

천무악의 청룡이 사기로 인해 크기가 줄었다. 하지만 자신은 그 배 정도는 힘들었다.

사기는 흩어지려 했고 정신은 붕괴되고 있었다.

사법(邪法)의 말로였다.

스각!

청룡이 가도준의 팔을 가르고 지나갔다.

쿠웅! 치치익!

둔중한 소리와 함께 아래로 떨어진 팔은 바닥을 녹였다.

"크흐흐흐! 그래, 모든 걸 정리하자."

부글부글!

가도준의 몸이 터질 듯 부풀어 올랐다.

"여기서 너는 반드시 죽는다!"

그는 독한 마음을 먹었다. 모든 생기를 쥐어짜 사기와 맞바

꿨다. 그러자 몸 안이 엄청난 사기로 가득했다.

　이내,

　퍼퍼퍼펑! 쿠콰쾅!

　가도준의 몸이 엄청난 폭음과 함께 터졌다. 부서진 파편들이 주변을 검게 물들였다.

　콰콰쾅!

　쿠르릉!

　"크아악! 살려줘……!"

　"내, 내 몸이 녹는다……."

　사기의 파편들은 모든 것을 무로 만들었다. 건물은 무너져 내렸고, 사람은 녹아서 사라졌다.

　천무악은 모든 정신력을 집중해 일지파랑강벽을 펼치며 버텼다. 자신이 운용할 수 있는 모든 기를 모아서 말이다.

　"크으윽!"

　그의 입에서 신음이 흘러나왔다.

　방어에 모든 걸 치중했는데도 강기벽은 점점 작아지고 있었다. 그리고 그것은 바로 천무악의 피해로 이어졌다.

　치칙! 치칙!

　사기에 노출된 옷이며 머리카락이 타들어갔다. 이대로는 버틸 수가 없을 것 같았다.

　'나, 난 아직 모든 힘을 다한 것이 아니다!'

　이대로 죽을 수는 없었다. 아직 사부의 복수도 못하지 않았는가.

사부와 자신을 처리했다고 웃고 있을 적을 생각하니 화가 치밀었다.

그의 강한 분노는 변화를 이끌었다.

몸에 직접적인 피해가 생기려는 그때, 그의 이마와 검지에서 빛무리가 터졌다.

쿠와악!

천무악을 중심으로 소용돌이가 일었다. 주변의 공기가 그를 중심으로 빨려들어 왔다.

그것은 기의 움직임, 자연의 흐름이었다.

천무악의 주위로 기의 방어벽이 생겼다. 일지파랑강벽보다 강력하고 자연스러웠다. 의지와 자연의 기가 완벽한 동화를 이룬 것이다.

투투툭!

사기가 사라진 자리에선 먼지만이 떨어져 내렸다.

정적이 흐르는 공간.

그곳에 존재하는 것은 천무악 그 하나였다.

"후우우."

깊은 한숨이 천무악의 입에서 흘러나왔다. 그로서도 힘든 싸움이었다. 자칫했으면 목숨이 날아갈 수도 있었으니 말이다.

가도준이 보여준 마지막 공격은 가공할 만했다. 자신의 모든 생명력, 진원까지도 사용한 공격이었다.

그가 죽고자 마음먹었기 때문에 이렇게 힘든 싸움이 되었던 것이다. 원한이란 그만큼 대단했다.

저벅!

천무악은 황폐해진 연무장을 뒤로하고 걸음을 옮겼다. 이제 은설련을 깨우러 갈 때였다.

"거기 멈춰라!"

멈칫!

느닷없는 소리에 천무악의 고개가 위로 향했다.

그곳엔 건물의 이층에서 아슬아슬하게 서 있는 두 사람이 보였다. 가도준의 공격이 건물을 파괴해서 벌어진 현상이다.

"하, 한 발자국도 움직이지 마라!"

소리를 지른 사람은 빙검자였다. 그는 누군가의 목에 검을 들이댄 채였다.

"무, 무악……?"

그 사람은 파리하게 질린 얼굴의 은설련이었다.

빙검자는 귀천의 사자와 싸우는 자라면 은설련과 관계가 있지 않을까 싶어 미리 손을 쓴 것이었다.

하지만 은설련은 빙검자가 무슨 생각을 하든 상관없었다.

'마, 말도 안 돼.'

그녀는 오로지 지금 눈앞에 벌어진 상황만이 중요했다.

죽은 천무악이 자신의 앞에 있었다. 믿을 수가 없었다.

하나 거짓이라 치부하자니 목에 있는 칼날이 너무나 날카로웠다.

칼은 자신의 목에 상처를 내고 고통을 주고 있었다. 흘러내리는 피가 자신의 감각이 거짓이 아님을 느끼게 해줬다.

"저, 정말 무악이야?"

그녀의 음성이 떨렸다. 꿈에서라도 보고 싶어했던 사람이 눈앞에 있다.

어느새 그녀의 눈엔 뿌연 안개가 들어찼다.

"무악! 무악!"

그녀는 목 놓아 천무악을 불렀다. 얼마나 불러보고 싶었던 이름인가.

은설련은 목에 있는 칼조차 개의치 않고 소리를 질렀다.

그녀의 행동에 오히려 당황한 것은 빙검자와 천무악이었다.

"이, 이년이, 가만히 있지 못해!"

"설련! 움직이지 마!"

천무악은 그녀의 목에 흐르는 피가 마치 자신의 피라도 되는 듯 소리쳤다.

그의 목소리를 직접 들어서일까.

은설련의 눈에 고인 눈물은 결국 볼 위로 흘러내렸다.

"정말… 무악이 맞구나……. 흑!"

휘청!

그녀는 다리에 힘이 풀렸는지 자리에 주저앉으려 했다. 빙검자는 그녀가 그럴수록 인상을 찌푸렸다. 그도 덩달아 몸이 휘청거렸기 때문이다.

"똑바로 못 서! 지금 네가 어떤 상황인지 인지를 못하는 것 같은데, 칼을 똑바로 보란 말이다!"

빙검자는 칼을 더욱 들이대며 은설련에게 윽박질렀다.

"으윽!"

그제야 그녀도 고통을 느꼈는지 신음을 흘렸다. 동시에 눈은 빙검자를 노려보고 있었다.

"숙부님, 지금 뭐 하시는 거죠? 이러면 좋을 게 없어요. 지금이라도 칼을 내려놓으시죠."

그녀의 서릿발 같은 목소리에도 빙검자는 흔들리지 않았다. 그녀가 자신의 마지막 생명줄이라 여기는 것이다.

눈앞에 있는 사내는 자신에게 도움을 주던 사자, 가도준과 싸운 인물이다. 그렇다면 결코 자신에게도 호의적이지 않을 것이다.

"이년의 목숨이 걱정된다면 뒤로 물러서는 게 좋을 것이다."

탓!

빙검자가 경공을 펼쳐 바닥으로 내려섰다. 도망을 위해서는 위에 있어 봤자 소용이 없었다.

천무악은 군말 않고 거리를 벌려주었다. 그는 빙검자가 도망을 가든 말든 관심이 없었다. 오로지 은설련의 안위만을 걱정할 뿐이었다.

"크큭! 말을 잘 듣는군. 이년은 참 복도 많은 것 같아. 안 그래? 모두가 떠받들어 주지 않느냐."

빙검자는 사악하게 웃으며 그녀의 얼굴을 쓰다듬었다.

정말 더럽기 그지없는 모습이었다.

천무악의 얼굴이 점차 굳어졌다. 처음엔 당황했지만 점점 이성이 돌아오는 것이다.

그때,

타타타닥!

우르르르!

많은 발걸음 소리가 들리더니 셋이 있는 곳으로 사람들이 나타났다. 그들은 빙궁의 사람들로 보였다.

그들이 누군지 아는 은설련이 소리쳤다.

"할아버지들!"

"소궁주!"

그들은 북해빙궁의 장로들이었다.

빙궁에 일이 생겼다는 소식을 듣고 사람들을 대동해 온 것이다.

하지만 일이 이상하게 돌아간다는 것을 바로 느꼈다. 외부의 침입이라는 소리를 듣고 왔건만, 정작 빙검자가 조카의 목에 칼을 대고 있는 것이다. 그들은 그 모습을 보고 은설련의 우려가 사실이라는 것을 눈치챘다.

그들의 얼굴을 확인한 빙검자의 얼굴이 흑색으로 물들어갔다. 도망가기가 점점 힘들어졌기 때문이다.

'그래, 이럴 때를 대비해서 그들이 준 게 있었지!'

그는 자신의 품에서 빨간 피리 하나를 꺼내 들었다.

가도준이 빙궁에 들어온 지 얼마 되지 않아 그에게 건넨 것이었다. 위급할 때 사용하라는 말과 함께 말이다.

빙검자가 심상치 않은 물건을 꺼내 들자 장로들이 움직였다.

"무슨 짓을 하려는지 몰라도 그만두어라! 지금이라도 멈춘다면 살려주겠다."

장로들의 우두머리, 수석장로 연옥천(燕玉天)이 소리쳤다. 그의 말에 빙검자는 코웃음을 쳤다.

"흥! 대신 빙옥에 가두겠지. 그렇게 되면 살아도 사는 게 아니지 않느냐!"

빙옥은 만년빙(萬年氷)으로 만들어진 곳이다. 아주 단단해서 깨기 힘들 뿐만 아니라, 너무 강한 한기를 뿜어내서 견디기 힘들 정도다. 어떤 이들은 더 강해지기 위해서 들어가기도 했지만 목적을 이루고 나오는 사람은 거의 없었다.

빙검자는 자신이 그것을 견딜 것이라 생각지 않았다. 그렇게 살고 싶은 마음도 없었고 말이다.

그는 피리를 입에 물고 힘껏 불었다.

삐리리리리!

날카로운 소리가 사람들의 귀를 자극했다. 그리고 일어나는 변화.

척! 척! 척!

어딘가에서 빙궁의 무사들이 하나둘 모여들기 시작했다. 그 수가 백여 명에 가까웠다. 그들은 모두 초점없는 시선으로 빙검자만을 보고 있었다.

귀천의 사람들이 미리 섭혼술을 걸어둔 사람들이었다.

빙검자는 그들의 면면을 확인하니 힘이 솟았다. 이 정도면 그가 도망갈 이유는 없었다.

그는 그래도 혹시나 하는 마음으로 한 명에게 장로를 공격하라 속으로 명했다. 그러자 지명했던 무사가 고민도 없이 바로 장로들 사이로 뛰어드는 게 아닌가.

비록 그 무사는 죽었지만 빙검자는 기뻐했다.

"뭐, 목숨만은 살려준다고? 크하하! 이번에는 내가 제안하지. 지금이라도 무기를 버리고 내 말에 복종해라. 그럼 살려는 주겠다."

장로들이 데리고 온 무사들보다 빙검자가 부릴 수 있는 사람이 더 많았다. 물론 무공 실력도 더 높았다. 일개 부족이 아닌 빙궁의 정예였으니 말이다.

"허허! 이를 어쩐단 말이냐!"

연옥천의 한숨이 깊어졌다. 자신들에게 많이 불리한 상황이었다. 이 상황을 타개하려면 추가로 무사들을 불러야 했는데 그걸 가만히 두고 볼 빙검자가 아니었다.

그때, 천무악이 그들의 곁으로 다가갔다.

"저들은 섭혼술에 당해서 의식이 없습니다. 이인일조로 움직인다면 이길 수 있을 것입니다. 물론 장로님들께서 고생은 좀 하셔야 합니다만."

이인일조로 움직이면 그렇지 않아도 부족한 인원이 반으로 줄어버린다. 부하들이 상대를 줄이는 동안 그것을 막아야 할 사람이 장로들인 것이다.

"자네는 누군데 그런 것을 알고 있는 것인가?"

방법이 있다며 기뻐하기보단 정체부터 물어왔다. 타인을 쉽게 믿기엔 상황이 여의치 않았던 것이다.

"저는 천무악이라고 합니다."

"천무악?"

장로들의 얼굴에 경계심이 짙어졌다. 천무악이라는 이름은 그들도 아는 이름이었던 것이다. 더군다나 죽은 사람이라고 알고 있었다.

그런 그가 자신들 앞에 있다는 것이 믿기지 않는 것이다.

"천무악이라……. 우리가 그것을 어떻게 믿지? 더군다나 죽었다는 사람의 말을 말이야."

말하는 연옥천의 눈이 가늘어졌다.

천무악은 그들의 행동을 이해할 수 있었다. 자신이라도 쉽게 믿지 못할 것이다.

그는 무엇인가 말하려다가 포기하고 말았다.

빙검자가 기다려 주지 않았기 때문이다.

"내가 계속 기다려 줄 이유가 없는 것 같군."

삐리리리리!

그의 피리 소리와 함께 섭혼술에 당한 무사들이 움직였다.

챙! 채챙!

폐허가 된 연무장에 금속성이 울려 퍼졌다.

북해에서 살아가는 한 가족끼리 죽고 죽이고 있는 것이다.

천무악은 전투에 끼지 않고 빙검자만을 예의 주시하고 있었다.

'오히려 잘되었다. 이렇게 되면 쉬울 수도 있어.'

상대가 한눈만 판다면 은설련을 구하는 것은 간단했다. 그러면 이 전투도 끝이 날 것이다.

조종하는 자만 처리하면 나머지 사람들은 정신을 차릴 테니 말이다.

하지만 그런 그의 마음을 알았을까.

빙검자는 비웃음을 가득 머금은 채 천무악을 보고 있었다.

'내가 네놈의 속셈을 모를 것 같으냐?'

그는 천무악과 가도준의 대결을 지켜봤다. 비록 모든 것을 보지는 않았지만, 이 중에 가장 위험한 자가 누군지는 한눈에 알 수 있었다.

'치잇!'

천무악은 자신의 생각대로 되지 않자 애가 탔다. 그리고 어쩔 수 없이 전투에 참여하는 수밖에 없었다.

자신의 말을 듣지 않고 일대일을 고집하던 장로 일행이 밀리고 있었기 때문이다.

은설련의 얼굴에서 슬픔을 느낄 수는 있었지만 방법이 없었다.

그가 청룡으로 빙궁의 무사들을 상대하기 시작했다. 기감은 빙검자에게 집중한 채로.

쾅! 쾅! 쾅!

한 번의 휘두름으로 한 명씩 전투 불능이 되었다. 위력을 감소시켰다 하더라도 고수가 아니면 막기 힘든 것이 청룡이었다.

그가 자신이 조종하는 사람들을 한 명 한 명 줄여가니 빙검자는 당황스러웠다. 이들이 절대고수는 아니라도 빙궁의 정예다.

더군다나 고통도 느끼지 못해 악착같이 달라붙었는데도 상대가 되지 않았다.

스스슥!

빙검자는 아무도 눈치채지 못하게 천천히 이동했다. 이대로 가다가는 승산이 없어 보이니 도망가려는 것이다.

천무악은 그것을 놓치지 않았다.

그의 검지가 푸르게 빛났다. 그러자 빙검자가 있는 곳의 허공에 기의 칼날이 생겨났다.

도주에 집중하는 지금이 가장 적기로 느껴져 움직이려는 것이다. 이것이면 쥐도 새도 모르게 처리할 수 있을 것이다.

하나 그의 뜻대로 쉽게 이루어지지 않았다.

"저 멍청이!"

천무악은 자신도 모르게 소리를 질렀다.

그의 눈에 빙검자의 뒤로 다가서는 인영이 보였기 때문이다.

그는 빙섬이었다.

은설련이 며칠 동안 대전에서 나오지 않자 빙섬은 빙검자에게 요청했었다. 자신이 그녀의 곁을 지키겠다고.

하지만 그의 요청은 묵살되었다. 빙검자가 그것을 받아들이지 않은 것이다.

일이 그렇게 되자 빙섬은 빙검자의 주변을 맴돌며 은설련의 행방을 찾았다. 하지만 찾지 못해 실망하고 있는데 천무악이 온 것이다.

사달이 나자 빙검자는 은설련에게로 움직였고, 빙섬은 기회만을 엿보고 있었다. 그리고 자신의 생각에 그 기회가 지금이었던 것이다. 천무악의 높아진 무공을 몰랐으니 말이다.

'하앗!'

빙섬은 속으로 기합을 넣으며 빙검자의 목을 노렸다.

그의 검이 쾌속하게 상대의 목을 베기 일보 직전이었다.

채챙! 푹!

"크헉!"

하나, 신음을 토해낸 사람은 빙검자가 아닌 빙섬이었다.

빙검자가 빙섬보다 무공이 높았던 것이다.

그는 인영이 다가오는 것을 느꼈지만 모른 척하고 대비한 상태였다.

빙섬이 자신의 복부를 바라봤다. 그곳에는 빙검자의 새하얀 검이 꽂혀 있었다.

"어디서 너 따위가 나에게 덤비느냐! 내가 그리도 우습게 보이더냐!"

"빙섬!"

은설련의 비명 소리가 허공에 울려 퍼졌다.

그 소리가 다른 사람들의 시선을 집중시켰다. 물론 천무악은 벌써 손을 쓰고 있었다.

휘리리릭!

기의 칼날이 빙검자에게로 날아갔다. 매서운 소리에 빙검자의 눈이 허공을 향했다.

"뭐, 뭐냐!"

그는 검으로 다급하게 막으려 했다. 하지만 검이 빙섬의 몸에서 빠지지 않았다.

"…이 빌어먹을 놈이!"

빙섬이 그의 검을 손으로 잡고 놓지 않고 있었던 것이다.

서걱!

쿠웅!

빙검자의 머리가 한칼에 잘려 바닥에 떨어졌다. 이어 그의 몸도 차가운 바닥에 몸을 뉘였다.

털썩! 털썩!

그가 죽자 섭혼술에 당했던 무사들이 바닥에 쓰러졌다. 조종하는 자가 없으니 정신을 잃은 것이다.

"소궁주!"

적이 사라지자 장로들은 은설련에게로 뛰어왔다. 하나 그녀는 그들을 보지 않았다. 곧바로 빙섬에게로 향한 것이다.

"빙섬! 괘, 괜찮은 거예요?"

그녀의 울먹이는 물음에 빙섬은 웃음 지어 보였다.

"무사하셔서서 다행입니다. 전 괜찮습니다."

그는 입가로 피를 흘리면서도 괜찮다고 말했다. 그에겐 은설련만 무사하다면 자신의 목숨 따윈 아무래도 상관이 없었다.

하나 그렇지 않은 사람도 있었다.

"그만 입 다물어라."

천무악이 빙섬을 부축하며 말했다.

그는 빙섬이 죽으면 그녀가 많이 슬퍼할 것이란 걸 안다. 그러니 될 수 있으면 살리고 싶었다.

이대로 두면 죽겠지만 빨리 손을 쓰면 살릴 수도 있었다. 자신이 주변의 기를 끌어들여 치유력을 높인다면 충분히 가능하다는 게 천무악의 생각이었다.

물론 예전이었다면 불가능할 테지만 말이다.

그는 자리를 조용한 곳으로 옮겨 바로 시행했다.

쿠오오오!

천무악과 빙섬 주위로 기의 소용돌이가 휘몰아쳤다. 그것은 살기를 담은 것이 아니라 생명의 기를 담고 있었다.

그 모습을 걱정스런 눈으로 보고 있는 은설련에게 장로들이 다가왔다.

"소궁주, 저자는 누굽니까? 자신의 입으로는 죽은 용제 천무악 대협이라고 하던데……."

연옥천은 말끝을 흐렸다.

은설련이 천무악과 꽤나 관계가 있다는 것을 소문으로 들었다. 하지만 혹시나 아니라면 그녀의 속을 뒤집어놓는 결과만 될 뿐이었다.

"네, 맞아요. 제가 항상 그리는 용제 천무악이 맞습니다."

"그, 그는 죽었다고 들었는데……."

연옥천과 나머지 장로들은 믿을 수 없다는 얼굴을 하고 있었다. 무림에 도는 소문 중 허황된 것도 있지만 대부분 사실에 근거한 것이 많았다. 더군다나 천무악의 죽음은 전 무림이 아는 사실이 아니던가.

"그에겐 불가능한 것이 없답니다. 불굴의 의지로 반드시 이루고 말지요."

은설련은 그 말을 하며 입에 미소를 만들었다.

몸을 비틀거리긴 하지만 살아 움직이는 빙섬이 보였기 때문이다.

빙궁은 점차 제자리를 찾아갔다.

은설련과 장로들이 움직여 체제와 분위기를 바로잡았고, 남은 잔당과 첩자를 처리했다.

잔당과 첩자를 솎아내는 것엔 천무악의 공이 지대했다.

그는 자신을 가도준에게 안내했던 수문위사 대장에 대한 것을 은설련에게 알려줬다.

다행히 그 대장은 얼마 도망치지 못하고 잡혔기에 일이 쉬웠다. 그의 증언을 토대로 한번에 모든 것을 정리할 수 있었다.

"여기야?"

"응, 여기가 그곳이야."

천무악과 은설련의 앞에는 얼음으로 만들어진 동굴이 있었다.

그들의 뒤로는 빙산이 떠다니는 큰 호수가 보였다. 바로 북해였다.

지금 그들은 북해의 모처에 있는 금지(禁地) 빙천(氷川) 앞에 있는 것이다.

"잠시만 있어봐. 내가 모시고 나올 테니."

은설련은 동굴 안으로 거침없이 들어갔다.

빙천에는 빙궁주의 직계만 들어갈 수 있었다. 그곳에 설치된 진법이 타인에겐 걸음을 허락하지 않았다. 게다가 심처에는 다른 진법들도 있었는데, 그것을 해제하려면 특별한 징표가 필요했다.

빙정(氷精), 그것이 바로 열쇠였다.

빙정이 만들어지려면 적어도 천 년 이상이 걸리므로 아주 중요한 보물이었다. 그것이 사라지면 적어도 천 년은 빙천에 들 수 없었다.

그래서 궁주만이 빙정의 위치를 알고 있었다.

현재는 그것을 빙제가 들고 빙천으로 들어간 상태.

은설련이라 하더라도 빙천 깊숙이는 들지 못하고 빙제를 부를 수밖에 없었다.

뚜벅뚜벅!

은설련은 동굴의 입구를 지나 얼음으로 된 길고 거대한 용이 있는 곳에 다다랐다. 그녀는 용의 입에 물려 있는 여의주에 손바닥을 대었다.

웅웅웅웅! 쿠쿠쿵!

그러자 용이 미약하게 진동을 하더니 벽이 천천히 열렸다.

이곳부터가 빙천이었다.

그녀는 심처로 곧장 향했다. 그곳에 자신의 아버지가 있을 것이다.

이들이 이곳으로 온 이유는 빙제 때문이었다.

천무악은 빙제가 독에 중독되었다는 이야길 듣고 자신의 자정이환을 빌려주기로 했다. 게다가 자신의 능력이라면 치유를 더욱 빠르게 할 수 있을지도 몰랐다.

그 이야길 전해 들은 은설련은 그의 손을 잡고 이곳으로 온 것이다.

은설련은 계속 주변을 두리번거렸다.

그녀도 심처 근처까지 가보기는 처음이었던 것이다. 빙제는 그곳에 들 때는 항상 혼자 갔었다.

그렇다 보니 은설련에게도 이곳은 신비하게 느껴졌다.

갖가지 신비한 문양과 조각상들.

그것들을 구경하다 보니 어느새 심처의 입구에 다다라 있었다.

"응? 이, 이게 무슨?"

분명 전해 듣기로는 심처의 문은 굳게 닫혀 있다고 했다. 빙정이 아니면 열 수 없다고 말이다. 하나 지금은 활짝 열려 있는 상태였다.

타타탁!

은설련은 불안한 마음에 정신없이 뛰어갔다. 혹시나 아버지의 신변에 무슨 일이 있을까 해서였다.

"아버님!"

그녀의 눈에 입구에 쓰러져 있는 빙제가 보였다.

하얀 백의를 입은 그의 얼굴은 검게 물들어 있었다.

"아, 아버님! 정신 좀 차려보세요!"

은설련은 목이 터져라 소리쳤다. 흔들어도 빙제가 정신을 못 차렸기 때문이다. 그녀는 급히 그의 코에 손을 대었다.

"아직 살아 계셔!"

그는 정신은 못 차렸지만 죽지는 않은 상태였다.

그녀는 죽을힘을 다해 자신의 아버지를 끌기 시작했다. 빙천의 입구에만 다다른다면 천무악의 도움을 받을 수 있을 터였다.

질질! 철퍽!

은설련은 힘에 부쳐 중간에 넘어지기도 했지만 포기하지 않았다. 조금이라도 서둘러야 아버지를 살릴 수 있으니 말이다.

빙천의 입구에 다다랐을 때 그녀의 무릎과 팔꿈치는 피투성이였다.

땀이 가득 흐르는 얼굴에는 눈물도 섞여 있었다.

혹시나 아버지를 잃을지도 모른다는 생각은 그녀를 필사적으로 만들었다.

"무, 무악! 도와줘! 제발 도와줘! 흑흑!"

그녀의 외침이 동굴을 떨어 울게 했다.

타닷!

그녀가 소리친 지 얼마 되지 않아 천무악은 나타났다. 계속 주의를 기울이고 있었던 것이다.

"내가 한번 볼게."

그는 내려서자마자 빙제를 살펴봤다.

검게 물든 얼굴로 봐선 분명히 독이었다. 한데 어떤 독이기에 빙제 같은 절대고수를 이렇게 만든단 말인가.

'어떻게 알아낼 수 있는 방법이 없나.'

그것은 그도 알 방법이 없었는지 일단 자신의 자정이환을 빼서 빙제의 귀에 걸어줬다.

우우웅웅웅!

자정이환이 미친 듯 요동쳤다.

그것을 본 천무악의 눈이 동그랗게 변했다. 오랜 시간을 착용하고 있었지만 이런 모습을 보인 적은 한 번도 없었으니 말이다.

떨림은 멈추질 않았다. 종국에는 이해할 수 없는 변화가 생겼다.

딸랑딸랑!

자정이환으로부터 방울소리가 나기 시작했다. 그것은 마치 심령을 울리는 소리 같았다.

방울소리가 상당 시간 동안 울렸을 때,

쩌억!

갑자기 빙제의 입이 벌어지며 시꺼먼 덩어리가 나오기 시작했다.

은설련은 아버지의 신변이 걱정되어 눈물을 글썽였고, 천무악은 검은 물체의 정체를 살펴봤다.

꿈틀꿈틀!

"고, 고독?"

덩어리는 수천 마리의 작은 벌레로 이루어져 있었다.

천무악은 고독에 대해 거의 아는 게 없었다. 하지만 사부에게 들은 단편적인 단서만으로도 고독이라 생각할 수 있었다. 생김새며 움직임이 너무나 뚜렷했기 때문이다.

두 사람은 이 고독에 대해 잘 몰랐지만, 무림에서는 악명 높기로 유명했다.

혈파고(血破蠱).

운남 독문에서 최고의 고독으로 불리는 것이다.

사람의 피에 기생을 하며 떠돌기 때문에 잡아내기도 힘들었다. 그뿐 아니라 한번 숙주의 몸에 들어가면 번식력이 엄청났다. 피의 양분이란 양분은 모조리 뺏어 먹고 번식한다.

그들이 배출하는 배설물은 혈맥을 떠돌며 피를 상하게 했다. 거기에 몰아내겠다며 찬 기운이나 따뜻한 기운을 받아들인다면 배설물은 더욱 응집되어 결국 혈을 막아버리기에 이른다.

"우웩!"

빙제는 연신 검은 피를 토해냈다. 썩고 오염된 피를 모두 뽑아내고 있는 것이다. 그렇지 않으면 피에 녹아 있는 고독의 배설물이 또 피해를 줄 게 뻔했다.

이 모든 행동은 빙제의 의지가 아니었다. 자정이환이 그의 몸에 자극을 하는 것이었다.

자정이환은 백독불침이 아니라 만독정화가 가능해 보였다.

빙제의 몸에서 나온 피 냄새가 동굴을 가득 메웠다. 역겨운 냄새가 진동했다.

피를 한참 동안 토해낸 빙제의 얼굴은 한결 편해 보였다. 얼굴의 혈색도 검은색에서 푸른색으로 바뀌었다.

아직 완치하려면 많은 시간이 필요하겠지만, 일단 목숨만큼은 건지게 된 것이다.

"이제 궁으로 모시자. 이 정도면 견디실 수 있을 거야."

천무악이 안도한 얼굴로 은설련을 바라봤다.

터억! 짜악!

"어? 왜… 그래?"

그녀가 갑자기 천무악에게 안겼다.

은설련의 갑작스런 행동에 천무악의 얼굴은 저녁노을처럼 빨갛게 변했다.

"고마워서. 너무 고마운데 내가 할 수 있는 건 이 정도밖에 없어."

품에 안긴 그녀의 얼굴도 천무악과 다를 바가 없었다.

두 사람은 서로의 숨결을 느끼고 심장 고동 소리를 들었다.

어느새 천무악의 얼굴은 원래대로 돌아와 있었다. 아니, 오히려 아주 편안한 얼굴로 그녀를 껴안아주었다.

'편안해. 그리고 행복해.'

그들은 아무런 말 없이 그 상태로 오랜 시간 동안 있었다.

*   *   *

그들이 빙제와 함께 빙궁에 든 지도 칠 일이 지났다.

빙제는 어느새 원기를 회복한 상태였다.

워낙 고강한 무인이었기 때문에 가능한 일이었다. 그리고 고독을 제거했기 때문이기도 했다.

고독이 있을 때는 내공을 운용하면 더욱 배설물을 많이 배출해 내 상태가 악화되었었다. 하지만 지금은 그렇지가 않았다.

그는 빙천에 다시 들어가 완벽한 몸으로 돌아왔다.

빙궁의 대전 안.

그곳에는 많은 사람이 있었다.

상단에는 빙제와 빙모가 앉아 있었고, 그들의 밑에는 여덟 명의 장로가 있었다.

그리고 그들 앞에 당당히 서 있던 천무악이 빙제에게 하얀 패를 내밀었다.

한빙옥으로 된 빙궁의 신물, 백호패였다.

"그래, 중원의 전쟁에 군사를 내어달라는 말인가?"

빙제가 백호패를 손가락으로 문지르며 말했다.

"네, 그렇습니다. 무림맹을 도와 귀천이라는 세력을 무너뜨리고 싶습니다."

대답하는 천무악의 표정은 단호했다.

귀천, 사부를 죽음으로 몰고 간 그놈들과는 한 하늘 아래 있지 않겠다는 굳은 다짐이었다.

빙제는 천무악의 눈을 보며 속으로 흐뭇하게 웃었다.

'그래, 사내라면 저 정도의 눈빛은 가지고 있어야지. 그리고 보면 우리 련이가 남자 보는 눈은 확실한 것 같군.'

키와 생김새, 그 모든 것은 사내의 능력을 확인하는 데 하등 도움이 되지 않았다.

자신의 의지를 관철시키겠다는 강한 투지, 그리고 자신이 사랑하는 사람들을 반드시 지키겠다는 강한 자신감.

그것이 빙제가 사내를 판단하는 조건이었다.

이 두 가지만 있다면 자신의 딸을 믿고 맡길 수 있었다.

풍파에 휩쓸리지 않을 것이고, 진정 소중한 것이 무엇인지를 아는 사내이기 때문이다.

"빙궁은 백호패의 약속을 반드시 지킨다. 이 말이면 되겠지?"

"네."

천무악이 눈에 고마움을 담아 빙제를 바라봤다.

아무리 백호패의 약속이라도, 무림맹과의 협약이 있다고 하더라도 쉽지 않은 결정일 것이다.

중원은 그가 아끼는 가족들이 죽을 수 있는 피의 전장이니 말이다. 하지만 빙제는 일체의 거리낌 없이 승낙을 했다.

"그리고 백호패는 한 번 더 자네에게 주겠네."

"네?"

빙제의 느닷없는 말에 천무악의 눈이 커졌다.

벌써 약속은 지켜졌는데 왜 또 준다는 말인가.

"내 목숨과 빙궁을 지켜준 것에 대한 보답이네. 거기에 덧붙여 내 딸을 위한 것이기도 하네. 백호패, 은근히 써먹을 때가 많을 것이네. 허허허!"

"호호호! 가가 말씀이 맞네요."

"크하하하! 암, 그렇지요! 꼭 한번 부탁할 일이 있을 테지요."

빙제와 빙모, 그리고 장로들은 연신 웃음을 터뜨렸다. 반대로 천무악과 은설련의 얼굴은 잘 익은 홍시처럼 붉어졌다.

두 사람의 얼굴이 원래대로 돌아오자 빙제가 다시 입을 열었다. 지금까지처럼 웃는 표정이 아니었다.

그의 얼굴은 마치 철천지원수를 보는 것 같았다.

"자네의 부탁이 아니라도 내 귀천이란 놈들을 용서할 수 없네. 감히 우리 빙궁을 자신들의 수족으로 써먹으려 하다니. 잘못됐으면 나의 형제들이 방패막이가 될 수도 있었음이야. 그들을 도저히 용서할 수가 없네!"

그의 눈에서 굳은 의지가 느껴졌다. 그것은 분노였다.

간단한 소요만으로도 이번에 빙궁은 큰 피해를 입어야 했다. 귀천이 무림을 장악한다면 아마도 더 큰 피해를 입어야 할 것이다.

빙제는 그런 일을 절대 겪고 싶지 않았다.

"장로들은 전 형제들에게 전하게! 우리의 목숨을 위협하는 적들을 소탕하는 데 일조하라고 말일세!"

"명(命)!"

"귀천은 우리 북해의 무서움을 알게 될 것이다! 그들이 누굴 건드렸는지 뼈저리게 후회토록 만들어주겠다!"

빙제의 목소리가 빙궁 전체에 울려 퍼졌다.

그와 동시에 천무악의 얼굴도 홍분으로 물들었다.

'이제 준비는 끝났다! 귀천! 네놈들에게 사부님의 목숨이 얼마나 소중한지 깨닫게 해주겠다!'

이로써 천무악은 귀천과 싸울 세력을 독자적으로 구축할 수 있게 되었다.

第二章
귀괴의 상황

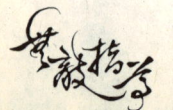

귀주 귀양(貴陽).

이곳은 사파의 종주 사극련의 본거지가 있는 곳이다.

사극련은 현재 귀천의 오른팔 역할을 하고 있었다.

귀천의 발호와 함께 사극련의 전 무력단을 동원한 것만 봐도 충성도가 얕지 않았다.

현재 사극련은 수라문과 함께 무림맹을 치고 있는 중이었다. 그래서 그런지 본단에는 많은 인원이 있지 않았다.

사풍객잔(死風客盞).

사극련 정문 앞에 있는 이 객잔에는 여러 날 투숙하고 있는 사람이 있었다. 그자는 하루 종일 나가지도 않고 술을 마시며 정문만을 바라보았다.

그자는 위지관이었다.

'외출도 하지 않으신단 말인가?'

그의 속은 바짝 타들어가는 중이었다.

벌써 이곳에서 보름 가까이 머물고 있는데 사부의 얼굴조차 보지 못했다.

자신의 사부 귀괴 음청수는 방랑벽이 있는 사람이었다. 그래서 지금까지 터를 잡고 한곳에 오래 머문 적이 없었다.

그런 그가 보름 동안이나 사극련 안에서 나오지 않는다?

위지관은 갈수록 불안한 마음이 들었다.

'어찌하여 이곳에 계신 겁니까? 모진 고생을 하시며 지내셨으면 훌쩍 떠나시지요.'

찌릿!

"……!"

그가 사부의 일로 골머리를 앓고 있는 중에, 갑자기 날카로운 시선이 느껴졌다.

위지관이 슬쩍 곁눈질을 해보니 그곳에는 무사들이 있었다.

세 명의 무사가 마치 그를 해부하듯 살피는 중이었다.

'귀천의 개들인가?'

분명 사극련의 마당 앞이건만 귀천의 인간이 더 많았다. 길을 지나가는 셋 중에 둘 이상이 상의에 악귀 문양을 하고 있었다.

위지관은 괜히 귀찮아졌다. 이곳에서 문제가 생기면 사부를 만나는 것은 요원해질 것이다. 괜히 부딪칠 필요가 없었다.

"하루 종일 술만 마셨더니 어지럽군. 바람이라도 좀 쐴까?"

그는 크게 기지개를 펴며 자리에서 일어났다. 그리고 객잔의 입구로 향했다. 능청스럽게 비틀거리며.

밖으로 나온 그는 무심코 사극련의 성벽을 따라 걸었다.

자신이 여기 있는 시간이 길어서는 좋을 것이 없었다. 확인할 것만 하고 빨리 떠나야 했다.

그래야만 천무악이 살아 있다는 사실이 알려지지 않을 것이다.

한참을 걷다 보니 외진 곳에 있는 작은 문이 보였다.

남들이 볼 때는 그저 문일 뿐이지만 그의 눈엔 그렇지 않았다.

작은 문이라고 해서 보초가 없는 것은 아니었다. 하지만 보초가 특이했다.

'섭혼술?'

그 문을 지키는 보초는 섭혼술에 걸린 자였던 것이다. 직접 본 적이 있다 보니 한눈에 알 수 있었다.

'확실히 귀천 놈들은 섭혼술을 많이 쓰는 것 같군.'

그는 귀천에 대한 짧은 감상을 떠올렸다. 이어 바로 걸음을 옮기려 했다.

바로 그때,

끼이익!

작은 문이 기음을 토하며 열렸다.

저벅저벅!

일단의 무리가 그 문을 통해 나오고 있었다. 대부분의 사람들이 복면을 한 채 한 사람을 따라 걸었다.

피식!

위지관의 얼굴에 비웃음이 어렸다.

간단한 섭혼술에 걸린 사람이든 완전한 실혼인이든 간에 전투에는 큰 문제가 있었다. 의식이 없어 용감할지언정 논리적이지 못하다는 것이다.

죽기 전까지 공격을 하면 뭐 하는가.

팔과 다리만을 노려 제거해 버리면 쓸모가 없는 몸뚱이인데.

그가 몸을 완전히 돌렸다. 더 이상은 보기조차 싫은 것이다.

위지관이 자리를 떠난 후에도 작은 문에서는 사람들이 계속 나왔다. 끝에 가서는 복면을 하지 않은 무리도 있었다.

중앙의 한 명을 호위하듯 둘러싼 네 사람.

그중에 한 명은 걸을 때마다 소매 속에 있는 단검이 번쩍거렸다.

위지관이 바람을 쐬고 객잔으로 돌아오자, 그를 반기는 사람들이 있었다.

가슴에 악귀 형상의 수를 놓은 사람들. 귀천의 사람들이었다. 그들은 일단 위지관을 에워싸고 입을 열었다.

"이봐, 우리 이야기 좀 하지?"

귀천의 하위 무력단, 귀마단의 삼대주인 원봉천(元縫川)이 위지관을 불렀다.

"무슨 일이요?"

위지관은 꺼림칙했지만 가만히 있을 수는 없었다. 그러면 더 의심할 것이 명백했으니 말이다.

"네놈은 뭐 하는 놈이기에 보름 동안이나 사극련을 살피는 것이냐? 발뺌하지는 말아라. 다 정보를 얻고 온 것이니."

원봉천은 객잔 주방을 슬쩍 바라봤다. 그곳에는 객잔의 주인이 조마조마한 표정으로 보고 있었다.

수상한 자가 있으면 보고하라고 미리 명령을 받은 듯했다.

"사극련의 위세가 대단하지 않소. 그래서 혹시 들어갈 자리라도 있나 해서 온 것이오. 나도 천하에 이름을 날리고 싶은 사람이라오. 하하하!"

위지관은 능청스럽게 거짓말을 하고 있었다.

"지랄을 하는구나. 그럼 련에 가서 직접 물어볼 일이지 왜 여기서 기웃거리느냐! 아마도 무림맹의 첩자겠지? 큭큭큭! 잡아라!"

창! 창! 창!

삼십 명의 부하들이 검을 힘차게 뽑았다. 그리고 위지관을 향해 천천히 다가왔다.

"이러지 마시오! 난 결백하단 말이오!"

"당당하다면 잔말 말고 우리를 따라오너라! 그럼 될 것 아니냐?"

이들은 일단 잡고 볼 생각인 것 같았다. 이렇게 되면 위지관도 방법이 없었다. 잡힐 수는 없는 일이 아닌가.

스윽!

자신의 소매에서 멸혼검을 빼 들었다. 삼십 명의 적을 피해 달아나기는 힘들어 보였다. 그냥 처리하고 가는 게 더 편할 것이다.

"흥! 드디어 본색을 드러내는군. 용기는 대단하구나. 이 많은 인원을 혼자 상대하겠다니."

"많긴, 딱 죽이기 좋은 숫잔데. 그런데 우리 여기서 이러지 말고 나가는 게 어때? 좁아서 불편한데. 게다가 기물 파손의 우려도 있고."

위지관의 말대로 삼십 명이서 한꺼번에 무기를 휘두르기에는 좁았다. 재수없으면 같은 편 모가지를 자를지도 모를 정도였다.

"개수작 마라! 우리가 그따위 실수를 할 것 같으냐? 그리고 기물 파손은 내가 대가를 치르면 그만이다! 쳐라!"

"네놈의 시원찮은 벌이로 그게 가능할까? 크크크!"

챙!

부하들은 대주의 명령대로 위지관에게 뛰어들었다. 그들은 나름 머리를 쓴다고 차륜전을 펼쳤다.

챙! 챙!

위지관은 멸혼검을 들어 그들의 검을 하나하나 막아갔다.

귀천의 무사들은 위지관의 실력에 대해 전혀 알지 못했다. 그렇다 보니 단체로 덤벼도 모자랄 판국에 차륜전을 펼치고 있는 것이다.

스각!

"크악! 파, 팔이!"

퍼억!

"하, 하필 거길… 크륵!"

귀마삼대의 무사들은 하나하나 쓰러져 갔다.

그들은 상대가 단검만 하나 달랑 들고 있기에 우습게 보았다. 하나 막상 상대하다 보니 개개인으로는 막을 수 없다는 것을 알게 되었다.

그것을 가장 먼저 느낀 원봉천이 소릴 질렀다.

"이, 이 자식, 보통 실력이 아니구나. 단체로 덤벼라! 인정사정 봐주지 말고 덤비란 말이다!"

와아아아!

대주의 명령대로 그들은 기합을 지르며 위지관에게 날아들었다. 하나 위지관은 그 모습에 당황하기보단 미소를 지었다.

"내가 말했을 텐데? 너무 좁다고."

챙! 챙!

스각! 푸욱!

"컥! 날 왜……?"

"내, 내가 의도한 게 아니다! 저놈이… 크악!"

검과 검이 얽혔다. 이십 개가 넘는 검이 공간에 난무하니 동료의 검을 파악할 수 없었다. 거기에 위지관이 일부러 검을 튕겨 더 어지럽게 만들기도 했다.

상황이 이렇게 되니 동료가 동료를 죽이는 상황이 되고 있었다.

"제, 제기랄! 이런 병신 같은 일이! 일단 빠져라! 후퇴하라고!"

원봉천은 일어나는 상황이 당황스러워 후퇴를 명했다. 하지만 그것도 쉽지가 않았다.

살기 위해 움직이다 보니 서로의 발이 마구 꼬인 것이다.

위지관은 그들을 보며 사악하게 웃을 뿐이었다. 자신의 말이 맞지 않았나.

게다가 주위에 부서진 탁자와 기물.

"내가 말했잖아. 네놈 돈으로 해결하기 힘들 거라고."

그의 말에 원봉천의 얼굴이 흥분으로 붉어졌다.

"이익! 네놈이 끝까지 날 화나게 하는구나! 애들아!"

그가 자신의 부하들에게로 시선을 돌렸다. 죽음을 각오하고 다시 덤벼라고 명할 참이었다.

"……!"

하나 부하들이 너무 적었다. 삼십 명이던 부하가 그사이에 반 토막이 나 있었다.

'이, 이러면 싸워봤자 끝이다!'

원봉천의 눈이 흔들렸다.

열다섯 명을 처리하는 데 이각도 걸리지 않았다. 그 말은 자신의 목숨도 이각 뒤엔 없다는 것이다. 그가 자신보다 강하다는 것은 한눈에 알 수 있었으니 말이다.

'도움이 필요하다!'

그는 눈을 뒤룩거렸다. 방법을 찾는 것이다.

이윽고,

"좋다, 네 말대로 밖에서 싸우도록 하자. 이번에는 내 실력을 보여주겠다. 여긴 좁아서 내 실력이 안 나올 것 같거든."

그는 사악하게 웃었다. 나가는 즉시 도움을 요청하려는 것이다.

피식!

위지관이 웃었다. 뻔히 보이는 수작이 아닌가.

"좋다, 대신 몇 가지만 묻자."

"뭐냐?"

"혹시 련에 귀괴라고 하는 자가 있나?"

"귀괴?"

원봉천은 모르겠다는 듯 인상을 찌푸렸다. 그때, 옆에 있던 부대주가 그에게 말을 해줬다.

"그 오괴 중 하나인 귀괴를 말하는 것 같습니다. 오늘 무림맹 전선으로 떠난 그들 중에 포함되어 있다고 알고 있습니다."

"아하! 그 정신없는 영감? 근데 네놈은 그걸 왜 묻는 것이냐?"

원봉천의 말에 위지관이 얼굴을 잔뜩 찌푸린 채로 반문했다. 그들의 말이 무슨 의미인지 이해가 되지 않는 것이다.

"정신없는 영감? 그리고 무림맹 전선으로 떠났다고?"

"그래, 그놈들은 정신 상태가 엉망이거든. 그러니 그렇게 겁

없이 덤비지. 큭큭! 그 부대, 내가 알기로는 무림맹 진영의 방패막이로 떠난 것으로 알고 있다만."

"그런 걸 말해줘도 됩니까?"

그의 말에 부대주가 깜짝 놀라 물었다. 하나 원봉천은 대수롭지 않게 여겼다.

"어때? 어차피 곧 죽을 놈인데. 큭큭! 그리고 귀괴인가 하는 놈이 정신없기는 하잖아?"

그는 지원 요청으로 상대를 잡는 걸 꿈꾸고 있었다. 그리고 귀괴를 불쌍하다 여겼다.

'무공이 강하고 잘 싸우면 뭐 하나? 목숨 부지하기가 힘든데. 큭큭! 그런 면에서는 내가 딱 좋은 위치지!'

그는 죽을 가능성이 적은 지금의 위치에 만족하고 있었다. 그래도 조금은 더 올라가려고 이렇게 열심히 뛰고는 있었지만 말이다.

"그런데 귀괴라는 놈이 왜 궁금하지?"

원봉천은 무심코 말했다. 별 뜻 없이.

하지만 그는 이내 입을 닫아야 했다. 자신의 눈앞에 있는 자에게서 엄청난 살기가 폭사되었기 때문이다.

'저, 저놈이 왜 저래?'

위지관이 착 가라앉은 목소리로 말했다.

"네놈, 이 객잔에 돈 안 물어도 된다."

"뭐? 왜, 왜냐?"

스스슥!

"……!"

작은 기음과 함께 위지관의 몸이 사라졌다. 그의 몸은 어느 새 원봉천의 눈앞에 다다라 있었다.

"너희는 모두 이 자리에서 죽을 테니까."

그가 스산한 목소리로 말하자 원봉천이 놀라 소리쳤다.

"밖으로 나간다며! 치사한… 크악!"

귀마삼대의 비명 소리가 객잔 가득 울렸다. 그리고 그 비명 소리도 일각 후엔 들리지 않았다.

다다다닥!

위지관은 눈썹이 휘날릴 정도로 내달리고 있었다. 그의 얼 굴엔 땀이 가득했다. 경공에 몸을 맡긴 채 달린 지도 반나절이 다 되어가고 있었다.

'사부, 대체 어떻게 된 일입니까? 방패막이로 간다니요!'

그의 속은 까맣게 타들어가고 있었다.

정파를 버리고 귀천을 선택했다면 대우라도 잘 받아야 할 것이 아닌가. 게다가 정신이 없다니!

위지관의 불안은 점점 커져만 갔다. 하나 만나지 못하는 이 상 아무것도 알 수 없었다. 그저 자신이 생각하는 것만 아니길 바랄 뿐이었다.

탁!

그의 발걸음이 멈췄다. 어둑어둑해지는 숲 속에서 불빛을 발견했기 때문이다.

드디어 사부가 있는 곳에 당도한 것이다.

샤악!

그는 몸을 어둠 속에 녹였다. 그리고 천천히 불빛을 향해 접근했다.

두런두런!

말소리가 들렸다. 하지만 이백 명에 가까운 사람이 모여 있는 것치곤 너무나 조용했다.

스슥!

위지관은 최대한 조심스레 접근해 사람들을 살폈다.

'이, 이럴 수가!'

자신의 눈을 믿을 수가 없었다. 살펴본 결과, 정파의 사람들이 백여 명도 넘는 것 같았다. 그들은 모두 초점없는 시선으로 주변을 두리번거리고 있었다.

'섭혼술? 아님 실혼인?'

그것은 알 수가 없었다. 하나 중요한 것은 개중에 명숙이라 불릴 만한 자들도 많이 보인다는 것이었다.

이들은 방패막이보다 더 무서운 존재였다. 사문의 존장, 자신의 사부를 어떻게 벨 수 있다는 말인가.

이것은 분명 무림맹 진영에 혼란을 줘서 일거에 처리하려는 속셈이었다.

'이대로 놔두면 안 된다. 하지만 내가 무엇을 할 수 있지? 아니, 그보다 사부님은 어디에 계신 건가!'

위지관의 머리가 복잡해졌다. 단지 사부를 찾으러 왔을 뿐이다. 하나 이런 광경을 볼 것이라고는 생각지도 못했다.

그는 움직였다. 일단 사부 귀괴부터 찾아보려는 것이다.

한참을 살펴보던 그의 눈에 특이한 두 사람이 보였다.

한 명은 생김새는 평범했지만 피처럼 붉은 피리를 손에 들고 있었고, 또 다른 한 명은 죽은 시체처럼 시퍼런 피부에 빨간 눈을 가지고 있었다.

음괴와 일수삼도 왕치의 사부 혼마(魂魔)였다.

혼마는 본 적이 없어도 음괴는 귀천의 일을 봐주면서 만난 적이 있었다. 귀괴를 통해서도 봤고 말이다.

그 둘의 주위로는 사십여 명의 사람들이 철통같이 지키고 있었다. 술법에 걸리지 않은 무사들도 여럿 끼어 있었다.

"……!"

그들을 살피던 위지관의 눈이 부릅떠졌다.

'사, 사부님!'

그의 눈에 음괴의 바로 옆에 서서 주변을 살피는 귀괴가 보였던 것이다. 하지만 이상했다.

'분명히 내가 알기로는 사부님과 음괴는 일면식이 있다.'

그렇다면 왜 자신의 사부가 부하처럼 저렇게 경계를 보고 있단 말인가. 같은 오괴 중에서도 상위로 평가받는 사부인데 말이다.

'서, 설마… 정말로?'

위지관이 떨려오는 몸에 힘을 주고 사부의 얼굴을 살폈다. 그리고 잠시간의 정적.

털썩!

그가 갑자기 힘없이 주저앉았다.

투툭!

이어 그의 얼굴에 투명한 액체가 흘렀다. 위지관의 눈에선 생기조차 볼 수 없었다.

'사부님… 사부님! 이 일을 어찌하면 좋단 말입니까!'

그는 하늘을 원망했다. 자신에게 어찌 이런 시련을 준단 말인가. 사부의 눈엔 초점이 없었던 것이다. 가장 우려하던 일이 벌어지고 말았다.

숨은 쉴지언정 살아 있다고 말하기 힘든 상황이 되어버렸다.

위지관은 주저앉은 채 한참 동안 정신을 놓고 있었다. 갑자기 그의 모든 희망이 사라져 버렸다. 살아가는 이유조차 찾을 수가 없었다.

자신이 지금까지 친우들을 배신한 이유가 무엇 때문이었나. 모두 사부의 안전을 위한 것이다.

위지관이 실의와 좌절에 빠져 있는 그때,

멀리서 웃음소리가 들렸다. 그것은 살아 있는 인간들에게만 나오는 소리였다.

'너희는 웃을 수 있구나. 우리 사부님은 불가능한데…….'

그는 문득 그들이 부럽다는 생각이 들었다, 웃을 수라도 있으니.

두리번두리번!

사부의 얼굴이 보였다. 무표정하고 생기없는 얼굴.

그것이 음괴나 혼마와 겹쳐 보였다. 억울했다. 약속대로라면 자신의 사부도 저렇게 웃을 수 있어야 하지 않는가!

'모두… 모두 네놈들 때문이구나! 귀천, 네놈들 때문이라고!'

위지관의 몸이 학질에 걸린 사람처럼 떨렸다.

주체할 수 없는 분노가 그의 몸을 감쌌다.

귀천을 죽이고 싶었다. 그놈들 중 웃는 자들은 모조리 입을 찢어버리고 싶었다.

그의 눈에서 귀기(鬼氣)가 흘렀다. 침잠하게 가라앉은 귀기는 살기보다 무서웠다.

'가만두지 않겠다!'

스스슥!

그의 몸이 바람과 같이 사라졌다. 위지관이 살의를 가지고 본격적으로 움직이기 시작한 것이다.

"허허허허! 그래, 그런 일이 있었지."

음괴의 웃음소리가 숲 속 가득 울려 퍼질 때,

서걱!

털썩!

섬뜩한 기음과 함께 한 사람이 바닥에 쓰러졌다. 위지관은 소리를 최소한으로 줄이기 위해 죽은 사람을 일일이 받고 있었다.

서걱! 서걱!

바람과 같이 부드러운 발놀림, 눈에 보이지도 않는 손.

그것들이 움직일 때마다 사람은 계속 죽어 나갔다.

사람들은 전혀 알아채지도 못했다. 최대한 기척을 죽이고 살인만을 극대화한 위지관의 무공은 전성기의 귀괴를 넘어서고 있었다.

말 그대로 귀신과 같은 몸놀림이었다.

사람들은 빠른 속도로 쓰러지고 있었다. 위지관은 그들을 모두 죽이기로 마음먹은 듯 거침없이 움직였다. 이들의 등장으로 친우들이 다칠 수도 있었다. 그것을 미연에 방지하려는 것이다.

어차피 이들은 술법에 당해 정상인으로 살 수도 없는 몸이었다.

외곽에 있는 이들을 다 정리한 위지관은 더 깊숙이 몸을 움직였다.

안에서도 달라질 것은 없었다. 위지관은 정말 귀신 들린 모습을 보이고 있었다.

하지만 잘 풀리고 있는 도중,

스윽!

짧은 기척과 함께 그의 눈앞에 적이 등장했다. 누군가가 위지관의 움직임을 잡아낸 것이다.

채앵!

위지관이 움직이고 처음으로 충돌음이 울려 퍼졌다.

그는 놀란 얼굴로 자신을 공격한 자를 바라보았다.

"……!"

'사, 사부님!'

위지관의 앞에 나타난 사람은 귀괴였다. 그는 초점없는 시선으로 제자의 눈을 바라보고 있었다. 위지관의 기를 감지하고 바로 나선 것이다.

채앵! 채앵!

위지관은 당황과 슬픔을 담은 눈으로 사부를 바라보았다. 그는 정말 자신을 알아보지 못하고 있었다.

'크, 크흑! 사부니임!'

그는 제발 자신을 알아봐 달라며 간절한 눈을 해보았지만, 귀괴의 움직임은 멈추지 않았다. 오히려 철전지원수를 만난 듯 단검을 사정없이 휘둘렀다.

사부와 마주치자 모두를 죽이겠단 생각도 사라졌다. 그저 둘이서 도망가고 싶었다.

"누구냐! 적인지 빨리 확인해 보라!"

사부와 제자의 대결로 인해 사람들도 적이 침입한 것을 알아챘다. 음괴와 혼마 주위에 있던 무사들이 움직였다.

그들은 무기를 쥔 채 빠른 속도로 위지관에게 다가오고 있었다.

그는 작은 목소리로 속삭이듯 귀괴에게 말했다.

"사, 사부님, 어떤 방법을 써서라도 모시러 오겠습니다."

위지관은 눈물을 삼키고 있었다.

눈앞에 있는 사부를 놔두고 가야 한다는 것이 그를 힘들게 했다. 어떻게 만난 사부인데 이대로 간단 말인가.

하지만 고민은 길지 않았다.

귀괴를 업고 도망갈 수는 없었다. 확실히 잡힐 게 뻔했다. 게다가 여기서 오래 있을 수도 없었다. 괜히 다른 이들에게 사제 관계임을 들키면 서로가 위험했고, 인질이 될 수 있었다.

남인 척하며 나중에 다시 오는 수밖에 없었다.

'죄송합니다!'

퍼억!

위지관은 귀괴의 몸을 발로 찼다. 그리고 빠르게 물러섰다. 무기를 맞대더라도 사부는 아니어야 했다. 사람들에게 의심을 살 수 있었다.

아무래도 귀괴에게는 살수를 펼칠 수 없기 때문이다.

그사이에 빠른 속도로 다가온 무사들이 위지관을 향해 달려들었다.

채앵! 채앵!

'으윽!'

전해지는 충격이 생각 외로 강했다.

위지관은 살짝 놀란 얼굴로 적들을 살폈다.

혈귀 모양의 수를 놓은 붉은 무복, 흉흉하게 날리는 눈빛. 우습게 볼 자들이 아니었다.

그들은 귀천의 주력 무력 부대 중 하나인 광귀단이었다.

광귀단 일대주인 진몽(陣夢)은 눈앞의 적을 바라보았다.

음습한 기운을 몸에 감싸고 있는 상대.

스스슥!

자신도 모르게 몸에 소름이 돋는 걸 느꼈다.

"크큭! 기대 외의 대어가 걸린 것 같은데?"

진몽은 두 눈 가득 호승심을 담았다. 광귀단에서도 단주와 부단주를 빼면 가장 강한 자가 그였다. 그런 자신이 전장이 아닌 이런 호위 업무를 맡고 있다는 것에 불만이 많았는데, 이런 일이 생기니 고마울 따름이었다.

"너희들은 물러서라. 또 다른 적이 있을지 모르니 가서 두 분을 호위해. 이놈은 내가 맡겠다."

그는 앞으로 한발 나서며 부하들에게 명령했다. 그의 말에 부하들은 입맛을 다시며 몸을 돌릴 수밖에 없었다. 대주가 나선다면 콩고물도 떨어질 일이 없다고 판단한 것이다.

"자, 판은 짰으니 한번 붙어보자. 날 이기면 네놈은 도망칠 수도 있고, 아니면 다시 저들을 다시 공격할 수도 있다. 괜찮은 제안이지 않아? 크큭!"

진몽의 말에서는 자신감이 넘쳤다.

위지관은 낮게 가라앉은 눈으로 상대의 뒤를 한번 살폈다. 상대의 부하들이나 음괴와 환마 모두 이곳으로 신경을 쓰지 않았다. 그만큼 눈앞에 있는 이 자를 믿는 모양이었다.

그들의 반응에 오히려 위지관이 고마워했다. 자신에게 이곳을 벗어날 기회를 주는 게 아닌가.

"난 지금 기분이 좋지 않다."

위지관이 나직이 말했다. 그에 진몽은 피식 웃었다.

"그래서? 뭐, 몇 수라도 접어줄까?"

"아니."

처억!

기기기깅!

위지관이 멸혼검을 자신의 눈앞까지 들어 올리자 검에서 기음이 들리며 은은한 빛을 뿌렸다. 멸혼검에 음각된 봉황에서 나오는 빛이었다. 쏟아진 빛의 형상이 마치 멸혼검의 날개처럼 보였다.

"그냥 죽어주라."

파팟!

"……!"

진몽은 상대가 갑자기 사라지자 눈을 부릅떴다. 도저히 어느 방향으로 움직였는지를 판단하지 못하고 있었다.

"이익!"

푸화학!

그가 자신의 검에 기를 흘려 넣었다. 붉은 검강이 두 자나 솟아올랐다. 그리고 검으로 자신의 주변을 마구잡이로 휘두르기 시작했다.

"보이지 않는다고 막지 못하는 것은 아니다!"

진몽은 어느 방향으로도 자신을 공격하지 못하게 만든 것이다. 다가오는 즉시 도륙당하리라.

하지만 그때, 그의 등 뒤에서 목소리가 들렸다.

"빠르기에도 차이가 있다."

"차앗!"

휘익!

진몽이 몸을 빠르게 돌렸다. 이어 소리가 난 곳으로 검강을 흩뿌렸다.

콰콰쾅!

검강이 날아간 곳은 초토화가 되었다. 나무며 바위 할 것 없이 모두 가루로 화해 사라졌다. 하나 정작 있어야 할 위지관은 보이지 않았다.

"내가 말했잖아. 차이가 있다고."

"뭐?"

진몽은 화들짝 놀라 몸을 다시 뒤로 돌렸다. 그곳에는 위지관이 서 있었다. 손을 앞으로 내뻗은 채로 말이다.

'검은……?'

상대의 손에 들려 있던 단검이 보이지 않았다. 그것을 궁금해하는 찰나,

기우뚱!

"이게… 무슨?"

쿠웅!

그는 말을 채 끝맺지도 못한 채 바닥에 쓰러졌다. 그의 이마에는 어느새 멸혼검이 박혀 있었다.

저벅저벅!

위지관은 천천히 상대에게 다가가 멸혼검을 뽑았다. 검에 날개 모양으로 서려 있던 빛은 사라지고 없었다.

그는 죽은 진몽에게 한마디를 건넸다.

"넌 내 검을 보지 못할 정도로 늦다는 말이다."

위지관의 친절한 설명을 진몽은 들을 수가 없었다.

"대, 대주님! 어찌!"

"뭘 멍하게 보고 있느냐! 어서 저놈을 처치해라!"

그것을 확인한 귀천의 무리가 경악한 음성으로 소리쳤다. 있을 수 없는 일이 일어난 것이다.

타탓! 타탓!

환마의 명령에 무사들과 술법에 걸린 자들이 움직였다. 특히나 광귀일대의 무사들은 대주의 복수를 하겠다며 전력을 다해 경공을 펼쳤다.

위지관은 다가오는 자들을 보며 살기 어린 목소리로 말했다.

"서두르지 마라. 어차피 너희들은 내가 다 죽일 테니 조금만 기다리고 있어라."

그 말을 끝으로 그는 몸을 움직였다. 그가 향하는 방향은 군산수로채가 있는 곳이었다.

*　　　*　　　*

"와아아! 여기가 중원인가 본데? 날씨가 더워!"

"사람도 많구나. 가는 곳마다 사람이 살아. 우리 북해와는 다르네?"

북해빙궁의 사람들이 산서에 들어섰다. 그들은 보는 것 하나하나가 신기한지 연신 탄성을 터뜨렸다.

"허허허, 가끔은 이런 원정도 나쁘지 않은 것 같군. 모두가 기뻐하지 않는가."

빙궁 형제들의 좋아하는 모습을 보던 빙제가 너털웃음을 쳤다. 그 또한 기분이 가히 나쁘지 않았던 것이다. 아쉬운 점이라면 나들이가 아닌 전쟁터로 향한다는 것뿐이었다.

"그래, 우리는 무림맹이 아닌 장강수로채로 향한다고?"

"네. 거기서 정비해서 움직였으면 합니다. 지금 따로따로 움직이는 것보다는 그게 나을 것 같습니다."

빙제의 물음에 천무악이 공손히 답했다.

천무악은 지금 군산수로채로 가고 있었다. 용왕이 장강수로채 전원을 소집해 놓겠다고 말했다. 거기에 빙궁의 사람들까지 합쳐진다면 무림맹을 공격하는 적들을 처리할 수 있을 것 같았다. 지금 따로 덤빈다면 각개격파나 피해가 클 수도 있었다.

빙궁 사람들은 부지런히 남쪽으로 걸었다. 지금 벌어지고 있는 전쟁이 얼마나 중요한지 그들도 인식하고 있었기 때문이다.

그들은 어느새 하남에 들어섰다. 여기부터는 전쟁 지역이었다. 귀천의 무리는 무림맹이 있는 호북 지역을 감싸고 있었다. 병력이 충분했기에 가능한 일이었다.

압박을 받은 무림맹은 특공대의 형태로 여러 지역에서 국지전도 벌이고 있었다. 어디로든 활로는 만들어두려는 것이었는데, 그것이 쉽지가 않았다.

천무악은 조금은 둘러 가더라도 귀천의 무리와 지금은 마주치고 싶지 않았다. 벌써 부딪친다면 피해가 클 것이 자명했다. 저들은 전력을 분산하더라도 큰 문제가 없지만, 이쪽은 이게 마지막 지원 병력이라고 봐도 무방했다.

빙궁 사람들이 관도를 따라 열심히 걷다 보니 하북과 합쳐지는 길이 보였다. 산 하나를 낀 이곳에서 두 지역의 길이 합쳐져 하나로 이어지는 것이다.

저벅저벅!

빙궁의 사람들이 산의 끝자락에 다다라 모퉁이를 돌려고 했다. 그때, 하북 지역에서도 내려오는 무리가 보였다. 그들도 무기를 패용한 것이 무인인 듯했다.

"하하하! 그러니까 내가 앵앵이의 손을 잡고 입을 맞추려고 했지. 그때……."

무리의 선두에 있던 사람이 갑자기 말을 멈췄다. 그리고 동그란 눈으로 정면을 바라보고 있었다. 그것이 못내 궁금했던 동료도 고개를 정면으로 돌렸다.

"왜 그래? 누구라도… 누구?"

내려오던 무리의 선두가 북해 사람들을 보고 놀랐다. 그리고 경계하기 시작했다. 정확한 정체를 알아내지 못한 것이다. 날이 너무 더워 북해 사람들이 털옷을 벗었기 때문이다.

그들과 마찬가지로 빙궁 사람들도 그들을 경계심 가득한 눈으로 살폈다. 무림맹의 아군보다 적이 더 많다고 천무악에게 듣지 않았던가.

천무악과 빙제가 앞으로 나섰다. 그들과 마찬가지로 상대 무리의 수장들도 얼굴을 내밀었다.

"너… 너는!"

수장 중 한 명이 경악한 얼굴로 천무악을 향해 손가락질했다. 그의 손은 부들부들 떨리고 있었다.

천무악은 상대가 왜 그러는가 싶어 고개를 돌려 살폈다. 그리고 인상을 찌푸렸다.

"네놈, 분명 다시 내 눈에 보이면 죽인다고 했을 텐데?"

그의 서슬 퍼런 일갈에 상대가 눈을 아래로 깔았다. 두려워하는 모습이 역력했다.

그는 여남의 화중객잔에서 만났던 사진문의 와죽정이었던 것이다.

"도대체 네놈은 누구이기에 내 아들에게 그딴 말을 하는 것이냐! 게다가 귀천에 속한 우리의 앞길까지 막다니!"

와죽정의 옆에 있던 사진문의 문주 와진찬이 아들을 비호하고 나섰다. 아들이 누구 앞에서 이렇게 약한 모습을 보인 적이 없었기 때문이다. 거기에 지금 귀천은 천하를 거의 손에 쥔 상태가 아닌가.

눈을 깔고 천무악의 눈치를 보던 와죽정이 아버지의 귀에다 대고 무엇인가 속삭였다.

"뭐라! 저놈이 그때 그놈이라고? 죽었다고 하지 않았더냐!"

와진찬이 천무악을 노려보며 말했다. 그에 그의 옆에 있던 학사풍의 중년 사내가 물어왔다.

"누굽니까?"

"아, 제갈가주. 글쎄, 저놈이 정마대회 우승자인 천무악이라고 하지 않소이까. 죽었다고 들었소만 살아 있었나 봅니다그려."

"뭐라고요!"

제갈가주라고 불린 사내, 제갈청학의 아들이자 제갈휘정의 아버지인 제갈중광이 놀라 소리쳤다. 그의 아버지가 분명히 천무악을 처리했다고 하지 않았던가. 그런데 아직도 살아 움직이다니.

제갈중광이 선두로 나섰다.

"네놈이 정말 천무악이 맞느냐?"

"들어보니 뻔히 아는 것 같은데 또 왜 묻지? 그런 당신은 누구냐?"

상대방의 말에 천무악이 냉랭하게 대답했다. 얼핏 듣기로 제갈가주라고 했다. 그렇다는 말은 전 무림맹 군사 제갈청학의 자식이란 말이었다. 사부의 원수가 되는 것이다.

은설련이 자신에게 확실하게 말해주었다.

분명히 남궁혁진의 계획에 의도적으로 도움을 준 자가 제갈청학이었다고 말이다.

"허허허, 당찬 아이로구나! 그래, 그 정도는 되어야 혈천사로가 할 말이 있지. 그런 기개도 없다면 그들이 부끄러울 것이 아니냐. 아, 내가 누군지를 물었느냐? 난 제갈중광, 혈천사로를 관리하고 있던 사람이지."

"……!"

천무악의 얼굴이 급격히 굳었다. 원수 중 한 명이라 생각했지만, 이렇게 직접적으로 관련이 있을 줄은 몰랐던 것이다.

"뭐… 라고? 혈천사로를 관리해?"

제갈중광은 상대방이 놀라는 게 재밌는지 연신 웃었다.

"허허허, 너도 알아들었으면서 뭘 다시 묻느냐? 네가 들은 것이 정확하다."

그의 말이 끝남과 동시에,

휘오오오!

갑자기 천무악의 주변으로 소용돌이가 휘몰아쳤다. 그의 분노에 주변에서 흐르던 기가 반응을 한 것이다.

"너는… 그 말을 하지 말아야 했다. 살고 싶었다면."

소용돌이의 중심에 있는 천무악의 눈이 푸른색으로 일렁였다. 그는 지금 폭발하기 직전이었다.

"정말 겁을 상실했구나. 반대로 내가 널 살려줄 것 같았으면 굳이 이런 말을 했겠느냐."

제갈중광은 여유를 잃지 않았다. 그저 조용히 손을 하늘로 들었다.

척척척!

제갈중광의 손이 신호가 되었는지 적의 무리가 우르르 몰려나왔다. 그들은 사극련의 지원 요청에 모인 사파 연합원들로, 그 수가 이만 명을 넘고 있었다.

그에 비해 빙궁의 사람들은 일만 명을 갓 넘는 정도다. 천무악은 북해 사람들의 사기가 걱정되어 둘러보았다. 하지만 그의 우려는 기우였다.

"흥! 사람 숫자로 밀어보려고? 어이가 없구나!"

"그러게 말일세. 우리가 누군가? 우린 북해빙궁이네! 숫자 따위로는 전혀 압박을 줄 수 없다!"

천무악은 그들의 목소리를 듣고 고개를 끄덕일 수밖에 없었다. 대군을 앞두고도 전혀 위축되지 않았다. 오히려 더 호승심을 보이지 않는가.

예전 사부가 북해빙궁의 무서움에 대해 살짝 말했는데, 그것을 오늘에서야 알 수 있었다.

"빙궁? 그들은 지금 우리의 손에 거의 떨어졌다고 들었다만? 그럼 우리와 한편이 아닌가."

제갈중광이 의아한 얼굴로 말했다. 아직 가도준이 실패했음을 그들은 모르는 눈치였다.

"허허허! 우리 빙궁이 그렇게 쉽게 넘어갈 리가 있느냐? 이제 중원에서는 우리를 우습게 보는 모양이군. 그렇다면 다시금 알려줄 필요가 있지, 우리 빙궁의 무서움을."

빙제가 손을 하늘로 치켜들자 빙궁 사람들이 기세를 끌어올렸다.

우우우우웅!

대기가 진동을 했다. 흉흉한 살기가 그들의 몸에서 나와 공간을 지배하기 시작했다.

그에 상대도 함성을 지르며 기운을 폭사시켰다.

일촉즉발의 상황. 먼저 움직인 것은 사파연합이었다.

그들의 수장인 제갈중광이 손을 아래로 내리자, 무서운 것 없는 사람들처럼 미친 듯이 밀고 들어갔다.

피할 수도 없는 싸움이 시작되었다.

챙챙챙! 쾅쾅쾅쾅!

병장기 부딪치는 소리와 함께 순식간에 관도는 전장으로 변했다.

푸욱!

섬뜩한 소리와 함께 심장에 검이 꽂혀 들었고,

서걱!

사람들의 목이 잘려 머리가 날아다녔다.

아비규환이 따로 없었다. 하지만 거기서도 접근하지 않는 곳이 있었다. 그곳은 바로 빙제와 천무악의 주변이었다.

쿠오오오!

청룡의 광포함이 주변을 휩쓸었다. 적들은 아연실색하며 도망쳤지만 피하지는 못했다. 청룡이 지나간 자리에는 사정없이 뜯긴 시체만이 있을 뿐이었다.

휘오오오!

아지랑이 피어오르는 따뜻한 날에 북풍한파가 휘몰아쳤다. 빙제의 공격을 받은 적들은 몸이 얼어붙어 서서히 죽어갔다.

그에게 죽은 이들은 모두 공포 가득한 얼굴을 하고 있었다. 자신의 몸이 서서히 얼어가는 모습을 보는 것은 그들에게는 지옥이었던 것이다.

대결의 양상은 사람 수가 적은 북해 쪽이 유리하게 진행되었다. 사파연합에 비해 그들의 무공이 월등히 높았기 때문이다. 게다가 최고 고수들의 무공 차이도 컸다.

모인 문파 중 제갈세가 다음으로 가장 큰 사진문의 문주가 빙제나 천무악의 상대가 될 수는 없었다. 그에 제갈중광이 눈빛을 달리했다.

자신이 본격적으로 나설 때가 된 것이다.

그가 한 발 앞으로 움직이자, 핏빛 무복의 사람들 삼천여 명이 귀신같이 나타나 제갈중광의 뒤에 시립했다.

현천단(炫天團)이라 불리는 제갈세가의 정예였다.

제갈중광은 이들을 이끌고 제갈세가의 숨은 실력을 보이기 위해 무림맹으로 가는 중이었다. 그들에게 제갈세가가 무가임을 깨닫게 해줄 생각이었던 것이다.

현천단의 정예들은 날카로운 눈으로 빙궁의 사람들을 노려보고 있었다. 그들의 눈빛은 먹이를 찾는 독수리와 같았다.

"가라. 가서 제갈세가의 비상을 천하에 알려라!"

제갈세가라는 이름으로 움직이는 첫 전쟁이었다.

제갈중광의 말에 현천단은 함성 한번 지르지 않고 빠른 속도로 적에게 뛰어들었다.

채채챙! 푸욱! 서걱!

"이, 이놈들이! 크악!"

"빠, 빠르다! 조심들 해라!"

현천단은 강했다. 그들은 사파연합을 우습게 처리하던 빙궁의 고수들에게 절대 뒤지지 않았다.

전장의 균형이 팽팽해지고 있었다. 현천단 기세에 힘을 얻은 사파연합도 힘을 내기 시작했다.

"흐음!"

빙제가 전장을 한번 둘러보았다. 그리고 제갈세가의 무사들이 형제들을 도륙하는 모습을 보고 인상을 찌푸렸다.

"연 장로."

그의 나직한 부름에 수석장로 연옥천이 다가왔다.

"부르셨습니까?"

하지만 빙제는 아무런 말도 없었다. 그저 제갈세가 무사들만을 바라볼 뿐이었다.

그것을 본 연옥천의 눈빛이 날카로워졌다. 빙제가 말하고자 하는 것이 무엇인지를 알게 된 것이다.

"저들을 지워 버리겠습니다!"

연옥천의 단호한 말에 빙제가 고개를 가로저었다.

"그냥 지워서는 아니 될 것이야. 저들의 뼛조각 하나까지도 이곳에 있어서는 안 되네."

말은 평온하게 하는 듯했지만 빙제의 눈빛만큼은 사납기 그지없었다. 그것은 형제들을 죽인 대가를 반드시 받아내겠다는 굳은 다짐이었다.

스르륵!

연옥천이 바람과 같이 사라졌다. 그는 어느새 현천단의 중심에 있었다. 그의 주변에는 일곱 명의 장로가 함께하고 있었다.

"형제들이여! 북해의 기상을 드높여라! 자신의 뿌리가 어디인지도 잊은 이런 종자들에게 우리의 힘을 보여주잔 말이다!"

"우와아아아!"

연옥천의 사자후가 울려 퍼지자, 빙궁의 무사들은 함성을 터뜨리며 힘을 내기 시작했다. 그들의 폭풍 같은 기세는 상대를 경악하게 만들었다.

혈천단이 장로들과 빙궁의 무사들에게 당하고 있었다. 그것을 보는 제갈중광의 표정이 사납게 일그러졌다. 이들을 키우기 위해 자신이 얼마나 노력을 기울였던가.

'내가 나서야겠군!'

제갈중광이 전장으로 발을 내디뎠다.

빙궁의 육장로 설일정(設日精)은 자신에게 다가오는 제갈중광을 확인했다. 그리고 웃으며 그를 맞이했다.

"제갈세가의 자손은 어찌 싸우는지 내가 먼저 확인하게 되었군. 머리 좋은 사람들은 어떤 방식으로 싸우는가?"

그는 진정 궁금하다는 얼굴이었다. 대대로 무에는 약하다고 소문난 가문이 아니던가.

피식!

제갈중광은 그에 피식 웃었다. 그것은 분명 비웃음이었다.

"무엇이 웃긴가? 난 그런 비웃음을 받을 만한 행동을 하지 않았네만."

설일정은 기분 나쁜 얼굴을 했다.

그는 자신의 주먹에 기를 끌어 모았다. 그러자 주먹에 하얀 서리가 내려앉기 시작했다. 극음의 기운이 그의 주먹에 자리하고 있는 것이다.

"왜 비웃었냐고? 그건 자격도 없는 네가 내 실력을 물었기 때문이지."

"뭣이라!"

설일정의 얼굴이 붉게 달아올랐다. 세상 어디에서도 자신이 이런 말을 들을 것이라고는 생각지 못했다. 그는 빙궁의 장로다. 중원에 있는 대문파의 장로라도 자신에게 저런 말은 못했을 것이다.

"좋다, 네가 자랑하는 그 실력이 어느 정도인지 내가 확인해 주마!"

후아앙!

설일정의 주먹이 공기를 터뜨리며 허공을 갈랐다.

타탓!

제갈중광은 그의 주먹을 똑바로 보며 이리저리 피하고 있었다. 그런 공방이 꽤 흐르자 설일정의 얼굴에 당황함이 서렸다.

"허허, 고작 이렇게 도망가는 실력을 자랑하고 싶었던 것이냐!"

그의 말에도 제갈중광의 표정에는 변화가 없었다. 다만 눈이 천천히 하얀색으로 변하고 있었다.

잠시의 시간이 지나자 그의 눈엔 검은자위가 하나도 없었다.

말 그대로 백안(白眼).

설일정은 상대의 눈을 마주 보았다.

'흐음!'

무엇인가 모를 불안감이 그를 엄습했다.

'분명 눈의 색깔만이 바뀌었을 뿐인데 이 알 수 없는 느낌이란……'

그가 살짝 주저하는 모습을 본 제갈중광이 크게 웃었다.

"크하하하! 배짱이 그것밖에 안 되는 자가 나한테 어찌 덤비겠다고. 넌 되었으니 네 아비나 데리고 오너라! 크크큭!"

제갈중광의 명백한 비웃음과 부모를 비하하는 발언. 그것을 참을 이유가 설일정에게는 없었다.

"네놈의 주둥이를 찢어주마!"

그의 주먹이 새하얀 기류를 흩날리며 상대에게 날아갔다.

파팟!

제갈중광은 전과 다름없이 설일정의 주먹을 피했다. 그 모습을 본 설일정은 얼굴을 잔뜩 일그러뜨렸다.

"전과 달라진 것이 없지 않느냐? 그런 주제에 큰소리는!"

후앙! 후앙!

그는 주먹을 끊임없이 휘둘렀다. 그리고 제갈중광은 계속 피했다.

'응? 뭔가 이상한데……?'

문득 설일정은 이상한 느낌이 들었다. 제갈중광의 움직임이 지금까지와 달랐다.

주먹이 날아오는 것을 보고 피하는 것이 아니라, 주먹이 나오는 즉시 몸을 움직이고 있었던 것이다.

그의 의문이 커져 갈 때, 제갈중강이 입을 열었다.

"이제 이상함을 느꼈느냐?"

말과 함께 몸을 움직였다.

"커억!"

설일정은 신음성을 터뜨렸다. 어느새 다가온 제갈중광이 그의 목을 잡고 있었던 것이다.

"난 네놈의 움직임을 다 꿰뚫고 있었던 것이다. 큭큭!"

"아, 안 된다!"

멀찍이서 그 모습을 본 빙제가 다급히 소리를 질렀다.

하지만,

퍼억!

설일정의 머리가 수박 깨지듯 터져 나갔다. 제갈중광의 손이 그의 머리를 부숴 버린 것이다.

주변에 있던 빙궁 사람들의 얼굴이 경악으로 물들었다. 육장로 설일정이라고 하면 북해에서 열 손가락 근처에 있는 고수다. 그런 그가 단 한 수에 목숨을 잃을 것이라고는 생각지 못한 것이다.

슈가각!

"이런 빌어먹을 놈이!"

대장로 연옥천이 대노하여 자신의 검을 제갈중광에게 휘둘렀다. 새하얀 검강이 서린 검은 상대를 반 토막 낼 기세로 떨어져 내렸다.

스스슥!

하나, 제갈중광은 비릿한 웃음을 던지며 그의 검을 피해 버렸다. 이어 빠르게 손을 뻗어 연옥천의 목을 잡아갔다.

쉬잉! 쉬잉!

"……!"

쾅! 쾅!

그가 연옥천의 목을 잡기 직전, 그에게 기검(氣劍)들이 날아왔다. 제갈중광은 깜짝 놀라 급히 몸을 피했다. 그것들이 날아오는지 미처 파악하지 못했던 것이다.

기검들이 바닥에 충돌하며 떠올랐던 먼지가 가라앉았다. 그리고 천무악이 나타났다.

"자신만만한 것 같은데, 나와도 한번 해볼까?"

천무악은 청룡을 꺼낸 채 제갈중광을 노려보았다. 빙궁의 장로까지 죽어나갔다. 고수들의 피해는 최소한으로 해야 했기에 그가 나선 것이다. 거기에 설일정의 목 없는 시체를 붙들고 울고 있는 은설련을 보자니 마음이 편치가 않았다.

"큭큭! 네놈은 무슨 수가 있을 것 같으냐?"

제갈중광은 하얗게 번뜩이는 눈으로 천무악을 쳐다보았다.

자신이 지금 사용하는 무공 천통현안공(天統賢眼功)은 제갈세가의 잃어버린 비급이었다. 그것도 오백 년도 훨씬 더 된 이 야기다. 제갈세가가 무가로서의 이름이 약해진 시기와 동일했 다.

이 무공은 뇌를 극대로 활성화시켜 적의 움직임을 꿰뚫어 볼 수가 있었다. 시작점만 보면 그 안의 수많은 투로 중 하나 를 완벽하게 파악할 수 있는 것이다.

지금 천통현안공을 익힌 제갈중광에겐 천무악도 무서운 상 대가 아니었다. 투로를 바로 파악해 피해 버리면 그만이었다. 어떤 공격을 하더라도 말이다.

"수가 있을지 없을지는 해봐야 알지."

천무악이 먼저 움직였다. 상대가 어떤 수를 썼기에 설일정 을 죽일 수 있었는지 궁금했던 것이다. 그가 느끼기엔 제갈중 광은 설일정을 죽일 만큼 강하지 않았기 때문이다.

청룡이 제갈중광을 사정없이 덮쳐갔다.

일도양단.

제갈중광이 이것을 막지 못한다면 반으로 쪼개질 것이다.

스팟!

콰광쾅!

그는 이 정도는 우습다는 듯이 피해냈다. 그리고 자신의 손 가락을 중앙으로 모아 천무악의 얼굴을 노렸다.

피잇!

"……!"

스르륵!

천무악이 자신의 볼을 매만졌다. 볼에서 피가 흐르고 있었다. 급히 움직였지만 미처 적의 손을 피하지 못한 것이다.

"의외군. 이 정도의 실력인지 몰랐어."

그는 정말 놀랍다는 듯 말했다. 속도도 속도지만 자신이 움직일 곳을 꿰뚫어 보는 것 같았기 때문이다.

"다시 해보자."

이번에는 양 검지를 모두 사용했다. 그리고 피하지 못할 정도로 빠르게 휘둘렀다.

쾅! 쾅!

주변 바닥이 엉망으로 뜯겨 나갔다. 청룡의 위력은 주변을 초토화로 만들 정도였다. 하나 제갈중광을 잡지는 못했다.

오히려 상대의 공격을 허용하고 말았다.

"크윽!"

천무악이 자신의 옆구리를 바라보았다. 그곳에는 검에 베인 듯 날카로운 상처가 생겨 있었다. 두 개의 청룡을 피해 몸에까지 도달한 것이다.

"정말 대단하군. 마치 내 모든 공격을 알고 있는 것 같아."

"같아가 아니다. 정말 꿰뚫어 보고 있는 것이다. 네놈이 어떻게 움직이든 날 잡을 수는 없다. 그저 서서히 죽어갈 뿐이야. 크하하!"

제갈중광은 희열에 차 소리를 질렀다. 제갈세가는 이 무공을 다시 얻기 위해 정파를 배신하지 않았던가. 귀천의 제안은 그들을 거부할 수 없을 정도로 매력적이었다. 가장 큰 이 무공을 비롯해서 말이다.

"힘들게 다시 살아났다만, 어쩌지? 내가 다시 죽여야 할 것 같은데. 크큭! 편히 네 사부 옆으로 가거라!"

파곽!

그는 눈에 보이지도 않는 속도로 움직였다.

'넌 날 결코 잡지 못할 것이다!'

제갈중광은 자신만만했다. 자신이 이제 천무악을 이기면 제갈세가는 다시 무가로 이름을 날릴 것이다.

스가가각!

그의 양손이 날카롭게 공기를 찢어발기며 천무악에게로 향했다. 목표는 그의 머리였다.

촤아악!

섬뜩한 기음이 주변을 울렸다. 두 사람이 싸우는 것을 보고 있던 사람들은 경악한 얼굴을 하고 있었다. 천무악의 머리가 가로로 찢겨져 있는 것이다.

하지만 정작 머리를 반으로 쪼갠 제갈중광은 그곳을 보고 있지 않았다.

"피했다 이거냐!"

그는 지체없이 몸을 한 바퀴 회전하며 손을 찔러 넣었다. 천무악은 어느새 그곳으로 이동해 있었던 것이다.

피슛!

천무악은 자신에게 날아오는 손을 보고 있었다.

"훗! 당신이 무엇인가 모르는 게 있는데?"

"뭐?"

제갈중광의 손은 또 빈 공간을 찔렀다. 그의 눈이 찢어질 듯 커질 때, 그의 뒤에서 다시 소리가 들렸다.

"난 당신보다 빨라."

퍼억!

천무악이 발로 그의 등을 찼다. 제갈중광은 앞으로 날아가면서도 몸을 뒤집었다. 추가 공격을 막기 위해서였다.

"그리고……."

'뭐, 뭐냐?'

하지만 적의 목소리는 자신의 등 뒤에서 들리고 있었다.

"당신보다 더 예측을 잘하지!"

쿠왕!

청룡이 울음을 토하며 제갈중광의 등을 공격했다.

"크악! 어, 어찌!"

멀찍이 물러난 제갈중광의 오른쪽 어깨는 뜯겨져 나가고 없었다. 그 짧은 찰나에 피한 것이다.

덜덜덜!

하나 피가 급속도로 빠져나가서인지 몸을 떨고 있었다. 얼굴도 믿을 수 없다는 듯 경악에 차 있었다.

"어, 어째서냐! 어째서 너도 움직임을 예측할 수 있는 거냐고!"

그는 발악을 하고 있었다. 천통현안공을 익히며 자신의 적수는 많지 않을 거라 장담했었다. 하지만 상대도 자신의 움직임을 쉽게 예측하고 있지 않은가.

"난 당신이 익히고 있는 것보다 더 대단한 무공을 습득하고 있거든."

천무악이 웃으며 말했다. 제갈중광의 눈에는 그것이 사악하게 보일 뿐이었다. 자신을 놀리기 위해 거짓말을 하는 악마일 뿐이었다.

"그럴 리가 없다! 있을 수 없는 일이야!"

제갈중광은 분에 못 이겨 다시 몸을 움직였다. 몸을 제대로 수습하지도 못하고 움직인 것이다.

"흥!"

천무악도 코웃음을 치며 그를 향해 몸을 날렸다. 더 이상 제갈중광과 대화를 나누기 싫었다.

스각! 콰앙!

"크아악!"

철퍽!

제갈중광의 왼손은 허공을 스쳤고, 청룡은 그의 양 다리를 잘랐다. 그는 사라진 두 다리를 한 손으로 감싸 쥐고 있었다. 엄청난 고통에 정신도 없어 보였다.

천무악은 냉담한 눈으로 제갈중광을 내려다보았다.

"당신들은 쌓은 업보가 많다. 하지만 당신에겐 이 정도만 죄를 묻기로 하지."

그들이 지금까지 했던 모든 일이 거짓이 아니었던가. 죽어 간 사람들을 생각하면 절대로 작은 죄가 아니었다.

휘익!

그가 몸을 돌렸다. 그리고 스산한 목소리로 말을 이었다.

"나머지는 당신의 아비와 아들에게 묻겠다."

저벅저벅!

그는 그대로 걸어 빙궁의 사람들에게로 향했다. 제갈중광은 저대로 둬도 서서히 죽어갈 것이 분명했다. 오히려 그것이 그 자에게 더욱 두려움을 주리라.

천무악이 빙제의 옆으로 다가왔다. 빙제는 그런 그에게 고개를 살짝 끄덕여 고마움을 전했다. 육장로 설일정의 복수를 그가 해주었기 때문이다.

천무악도 빙제에게 예를 취하고 나서 고개를 돌렸다.

승기는 이제 빙궁 쪽으로 기울어 있었다.

현천단은 빙궁의 장로와 정예무사들에게 막혀 천천히 죽어갔고, 사파연합은 서서히 도망가고 있었다. 어차피 그들에게 끈끈한 협력 같은 것은 없었다. 그저 흐름에 편승해 한몫 잡아보려는 의도였던 것이다.

분위기가 이렇게 되니 그중 가장 큰 세력인 사진문이 난처하게 되었다. 졸지에 지금 이곳 사파연합의 수장이 되어버린 것이다.

와진찬과 와죽정의 얼굴은 점점 검은색으로 물들어갔다. 적들은 자신들이 물러난다고 말해도 수락하지 않을 것 같았다. 중심에 천무악이 있는 이상 그것은 불가능한 이야기였다.

"아, 아버지, 어, 어떻게 해야 하죠?"

"이놈, 떨지 말거라. 우린 사파의 여섯 기둥 중 하나인 사진 문이다. 이렇게 쓰러질 일은 없으니 마음 굳게 먹어라!"

와진찬이 아들을 다독이며 검을 힘주어 잡았다.

'비, 빌어먹을! 완전히 잘못 들어섰다! 하필 지원 가는 도중에 이렇게 마주칠 줄이야. 제갈가주가 죽어버려서 가보았자 문책을 면하지 못할 것 같은데……'

그의 고민은 점점 깊어졌다. 이러지도 저러지도 못하는 상황이 되어버린 것이다.

그때,

"마음을 굳게 먹는다고 나아질 게 있나?"

와진찬과 와죽정의 등 뒤에서 살벌한 목소리가 들렸다.

"히, 히이익!"

털썩!

목소리만 듣고 누군지를 파악한 와죽정은 그대로 주저앉고 말았다. 제갈중광이 죽는 것을 보았다. 자신은 그렇게 죽고 싶지 않았다.

와진찬이 천천히 몸을 뒤로 돌렸다. 그곳에는 천무악이 서 있었다.

"나아질 게 있냐고 내가 묻고 있는데?"

천무악은 서슬 퍼런 목소리로 말했다. 그에 와진찬의 몸은 사시나무 떨리듯 흔들렸다.

털썩!

"내, 내가 어떻게 하면 되겠나? 이, 이대로 우릴 보내줄 수는 없겠는가?"

그는 무릎을 꿇은 채 애걸복걸하고 있었다. 더 이상은 승산
이 없었던 것이다.

천무악은 말을 하지 않았다. 그저 뚫어져라 와진찬의 눈을
볼 뿐이었다. 그것이 와진찬을 더욱 움츠리게 만들었다.

상대는 강했다. 손짓 한 번이면 자신의 목을 날릴 정도로 말
이다. 죽음의 공포는 점점 그의 몸을 잠식해 들어가고 있었다.

뜸을 들이던 천무악이 입을 천천히 열었다.

"꺼져라."

"뭐, 뭐? 저, 정말인가?"

번뜩!

'허억!'

천무악의 눈에서 뻗어 나온 살기가 와진찬의 뇌를 헤집었
다.

덜덜덜!

"두 번 말하지 않겠다."

"아, 알겠네. 바로 철수하겠네. 그, 그리고 고… 맙네."

와진찬의 그 모습을 본 천무악은 웃음밖에 나오지 않았다.
어찌 한 문파의 수장이 이런 모습을 보이는지. 그것은 자식이
나 아비나 다를 것이 없었다.

와죽정도 천무악에게 고개를 조아린 것이다.

"고, 고마워."

"고마워하지 마. 정말 마지막 경고니까."

"······!"

천무악은 그들 부자를 뒤로하고 몸을 돌렸다. 더 이상 이들에게 볼일이 없었다.

빙제는 그가 자신의 옆으로 다가오자 물었다.

"굳이 저들을 살려주는 이유가 있는가?"

"아닙니다."

자신도 왜 이들 부자를 살려두는지 알 수 없었다. 지금은 자신이 살아 있다는 것이 알려지면 좋지 않은 상황이었다. 위지관과 귀괴의 일도 있었다.

더군다나 더 이상 싸우고 싶지 않은 것이 그의 마음이었다. 부딪치지 않았다면 모를까, 이렇게 싸운 이상 모두를 몰살시키지 않으면 어차피 소문은 날 것이니 말이다.

"끝난 싸움을 더 할 필요가 없어서 그렇습니다. 특히 빙궁의 경우엔 굳이 무자비함을 보일 필요가 없지 않겠습니까?"

"그것도 그렇군. 후훗! 자네의 뜻이 그렇다면야."

빙제는 천무악이 더 마음에 든다는 얼굴이었다. 속마음이야 어떨지 몰라도 일단 빙궁을 신경 써주지 않는가.

두 사람은 물러가는 적을 보고 있었다. 비록 피해는 있었지만 첫 전투는 빙궁의 승리였다. 북쪽 지역의 사파연합은 붕괴되었고, 제갈세가의 전투부대는 전멸했다. 첫 전투로는 괜찮은 성과였다.

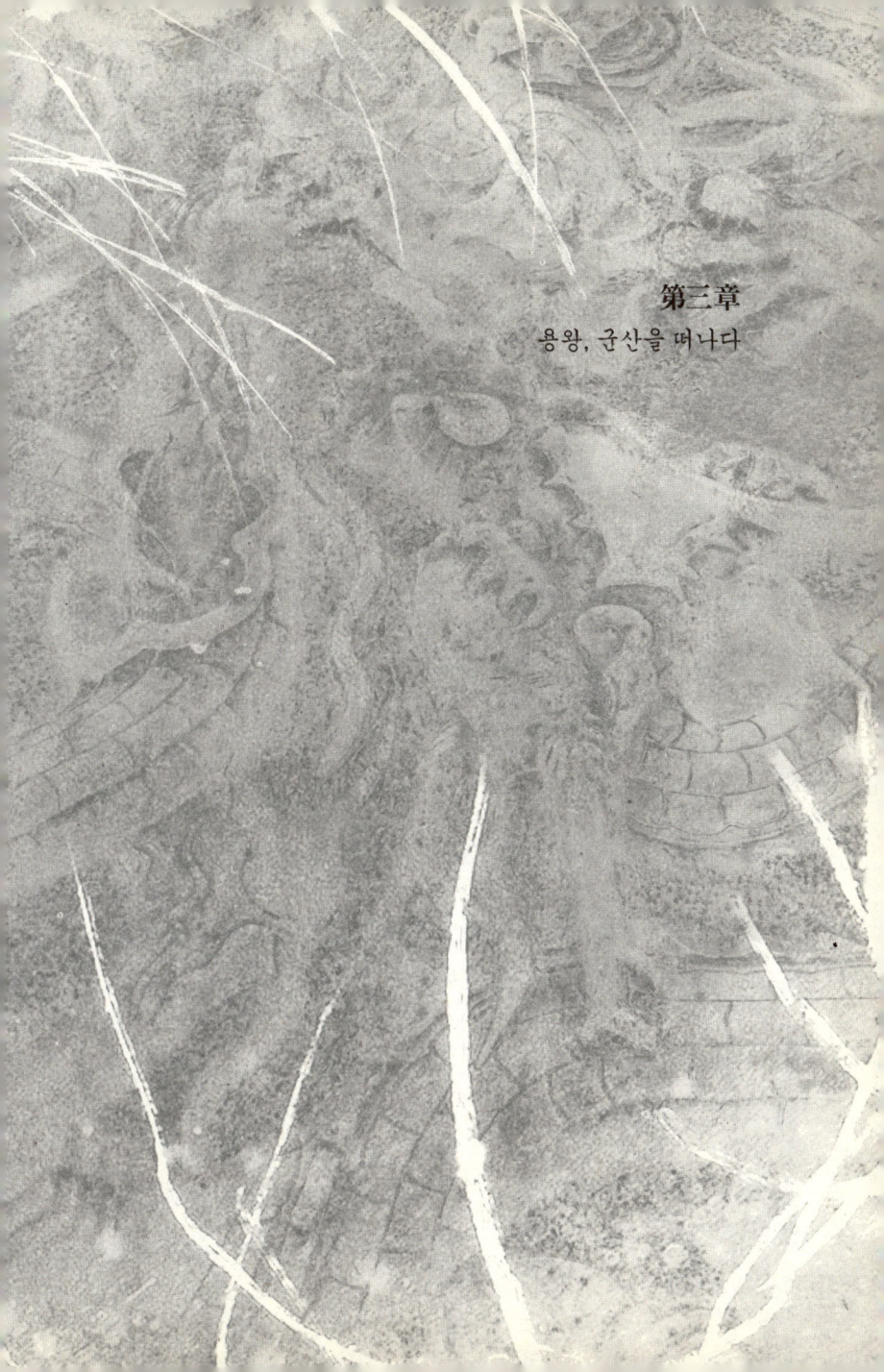

第三章
용왕, 군산을 떠나다

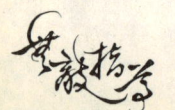

군산수로채의 대전 안.

"무슨 일이냐!"

용왕이 용좌에 앉아 일갈을 터뜨렸다.

중요한 회의를 하는 도중, 밖이 소란스러워져 심기가 날카로운 것이다.

다다다닥!

그의 부름에 부하 한 명이 달려와 무릎을 꿇었다.

"용제의 친우이신 위 소협이 수채에 도착하셨습니다."

"그런데?"

용왕의 얼굴에 의아함이 깃들었다. 위지관이 온 것이 이렇게 소란스러울 일은 아니지 않은가. 용왕의 다그침에 부하가 고개를 깊게 숙였다.

"그, 그게… 그분이 적들을 끌고 왔습니다."

"…무슨 적?"

용왕은 밖으로 나와 주변을 살폈다. 그리고 수채 앞을 감싸고 있는 적들을 내려다보았다. 귀천과 사극련의 병사들이 그곳에 진을 치고 있었다.

"흐음, 그놈이 있는 곳으로 안내해라."

휘익!

그는 몸을 돌려 위지관이 있는 숙소로 향했다.

"헉헉헉! 크윽!"

용왕은 괴로움에 몸부림치는 위지관을 보고 있었다. 그는 온몸에 부상을 당한 채 수채에 들었다고 했다.

'어찌 여기까지 왔는지 모르겠군.'

그가 인상을 쓰며 위지관을 살폈다.

보고대로 위지관의 몸에는 상처가 가득했다. 더군다나 왼팔은 사라지고 없었다.

"죄, 죄송합니다. 헉헉! 이렇게 폐를 끼치게 되었습니다."

"되었네. 일단 치료에만 신경 쓰게나."

"고맙습니… 다."

털썩!

용왕의 말에 위지관은 희미한 미소를 짓더니 그대로 정신을 잃었다. 그는 이전에 쓰러졌어도 이상할 게 없는 상태였다. 단지 용왕에게 미안한 마음을 전하고 싶었던 것이다.

용왕은 위지관의 옆으로 고개를 돌렸다. 그곳에는 위지관과 마찬가지로 온몸에 상처와 다리 한쪽이 없는 노인이 꽁꽁 묶인 채 누워 있었다. 귀괴였다.

"이놈은 왜 묶여 있어? 뭐가 어떻게 된 일인지. 쯧!"

상황을 모르는 용왕은 인상만 쓸 뿐이었다.

＊　　　＊　　　＊

위지관은 사력을 다해 도망쳤지만 적의 추격도 만만치 않았다. 그들은 포기하지 않고 끝까지 따라왔다. 그리고 그 부류에는 그의 사부 귀괴도 포함되어 있었다.

스각! 스각!

"크악!"

"너, 너무 빨라! 검을 볼 수가 없어!"

광귀단원들의 비명성이 숲을 가득 울렸다. 그들은 믿을 수 없다는 눈으로 위지관의 움직임에 홀려 있었다. 인간이 저렇게 빠를 수 있다는 것을 그들은 지금껏 생각하지 못했다.

위지관은 도망을 가면서도 꾸준히 적을 죽여가고 있었다. 따라온 적을 처치하면 다시 몸을 움직이는 식이었다.

하지만 이번에는 지체를 많이 한 것 같았다.

다른 자들까지 나타난 것이다. 술법에 걸린 자들이었다.

그들은 여전히 죽음을 무시한 채 달려들고 있었다.

위지관은 물러서지 않고 그들을 상대해야 했다. 그들이 어느새 퇴로까지 막았기 때문이다. 마음 같아서는 모두 처리하고 움직이고 싶었지만, 살기 위해선 방법이 없었다. 한 방향으로만 뚫고 들어가 퇴로를 여는 수밖에는 말이다.

한참을 적들과 싸우고 있는 찰나, 갑자기 그의 등 뒤로 무엇인가가 나타났다.

아주 신속하고 은밀하게 다가와 위지관도 늦게야 눈치챘다.

퍼억!

"크윽!"

위지관의 옆구리로 검이 스쳤다. 최대한 피하려 노력했지만 완전히 피해내지 못한 것이다.

스멀스멀!

스친 것치고는 많은 피가 흐르고 있었다. 검에 검기가 서려 있었던 것 같다.

위지관은 시선을 돌려 자신의 등 뒤로 나타난 자를 바라보았다. 그는 사부였다.

'사부…….'

그의 눈에 아픔이 스쳤다. 사부가 맨 정신이라면 있을 수 없는 일이었다. 나중에라도 제자를 공격했다는 것을 알게 되면 얼마나 슬퍼할까?

뿌득!

위지관이 이빨을 꽉 물었다. 여기서 더 이상 대치하고 있을 수 없었다. 사부와 칼을 맞대기도 싫고, 부상도 당했다. 이제 빠져나가야 할 때였다.

퍼억!

그는 귀괴를 다시 발로 차 밀어냈다. 그리고 퇴로를 막고 있는 적들을 사정없이 처리해 나갔다.

하나 적은 끊임없이 나타났다.

"저기 있구나! 한번에 덤벼 처리하라!"

뒤늦게 나타난 혼마가 소리쳤다. 그러자 술법에 당한 자들이 동시에 몰려들었다.

"크윽! 제길!"

위지관의 입에서 다급한 음성이 튀어나왔다. 십수 명의 적이 한번에 덤벼드니 그로서도 버거웠던 것이다.

따당! 챙챙! 챙강!

쇳소리가 사방을 가득 메웠다. 적들은 한꺼번에 몰려들고 의식이 없다 보니 자신의 편을 베기도 했다. 특히 위지관은 그것을 이용하고 있었다. 적의 무기를 튕겨내 다른 적을 격살시키는 방법이었다.

그의 다리로 검이 날아들었다. 위지관은 그것을 막기보다는 공중으로 뛰어올라 그것을 피했다.

스가악!

자신은 피했음에도 무엇인가가 날카롭게 잘리는 소리가 났다. 위지관은 확인 차 고개를 슬쩍 돌렸다.

"…사부님!"

그곳에는 귀괴가 다리를 잘린 채로 버둥거리고 있었다. 위지관이 검을 피하면서 갑자기 그의 등 뒤로 나타난 귀괴가 당한 것이었다.

스각! 스각!

위지관은 적들을 베며 서둘러 사부에게 다가갔다. 사부는 다리가 잘려도 고통이 없는지 일어나려고만 하고 있었다.

"크, 크윽! 사, 사부님!"

그의 눈에 뜨거운 눈물이 흘렀다. 자신이 피하지 않았다면 사부가 이렇게 되지는 않았을 것이 아닌가.

"제, 제가 모실게요. 우리 같이 가요."

귀괴를 이대로 두고 갈 수는 없었다. 다리가 없으면 움직이는 데 큰 지장이 있다. 그렇다면 버려질 가능성이 너무 컸다.

그는 사부가 움직이지 못하게 꽁꽁 묶었다. 그리고 자신의 몸과 함께 한 번 더 묶었다.

이어 위지관은 비장한 얼굴로 자신의 등 뒤에 있는 적을 향해 멸혼검을 내뻗었다. 그러자 검에서 쏟아지는 빛무리.

갓 솟아오르는 해가 세상을 밝히듯 빛무리가 주변으로 퍼져 나갔다.

위지관이 자주 사용했던 금봉조천. 하나 지금까지와는 확연히 다른 초식이었다.

빛줄기 하나하나가 모두 칼이 되어 주변에 있는 모든 것을 도륙하고 있었다.

스스삭! 스삭! 스삭!

"무슨 이런……!"

"이게 뭐야? 크아악!"

다가오던 광귀단원이 놀라 경악성을 터뜨렸다. 술법에 당해 정신이 없는 자들까지도 흐릿하지만 눈빛이 돌아올 정도였다.

잠시 후,

휘오오오!

금빛 찬란한 태양이 터진 자리에는 적막감만이 감돌았다. 빛무리를 받은 자들 중에 살아 있는 자는 없었다. 모두가 갈가리 찢겨져 있을 뿐.

"이, 이것은! 호, 혹시 금봉조천?"

초식의 정체를 알아본 음괴가 탄성을 터뜨렸다. 귀괴의 숨은 비기 중 하나가 이런 초식이라고 들은 적이 있었던 것이다.

멀찍이 사라져 가는 위지관을 보고 음괴가 소리쳤다.

"잡아라! 기필코 잡아야 한다! 그리고 상부에 위지관이 살아 있음을 보고하라! 용제가 살아 있을지도 모른다는 말과 함께!"

부하들과 음괴, 혼마 두 사람은 위지관을 쫓는 데 더욱 박차를 가했다.

*　　　*　　　*

위지관은 그들의 끈질긴 추격에 온몸에 부상을 입었고, 결국엔 왼팔까지 잃게 된 것이었다. 음괴는 누구보다도 위지관을 잡으려고 노력했다. 결국 그의 왼팔도 그가 앗아간 것이다.

이런 과정을 전혀 모르는 용왕은 의아한 표정을 지을 뿐이 었다.

벌떡!

"뭐라? 그럼 이놈들 말고 또 온다는 말이냐!"

용왕이 인상을 쓰며 용좌에서 일어섰다. 수채 앞에 있는 적 들이야 어떻게 한다고 해도 지원군으로 이만 명 가까이나 온 다면 이야기가 심각해졌다.

싸우려면 못할 것도 없었다. 하나 피해가 분명히 클 것이다. 게다가 이긴다는 보장도 없었다.

"흐음……!"

그는 머리가 지끈거리는지 숨을 깊게 들이마셨다.

이만 명이나 되는 적을 어떻게 막는단 말인가.

천해의 요새인 군산이고 병력도 많았다. 하지만 말 그대로 배수진이었다. 여기서 적의 공세를 막지 못하면 다 죽는 것이 다.

"용제는 지금 어디쯤 왔다고 연락이 왔나?"

"지금 안휘에 들어섰다는 연락을 받았습니다."

"둘러 오겠다는 말이군."

부하의 말에 용왕은 고개를 끄덕였다. 천무악의 계획은 쓸 데없는 병력 소모를 하지 않겠다는 말이었다. 대병력은 존재 한다는 이유만으로도 상대에게 압박을 줄 것이다.

용왕이 용좌에서 일어섰다.

"군산을 포기한다. 안휘로 건너가 용제와 합류하겠다. 용제에게도 그리 전하라."

"네, 알겠습니다!'

용왕의 말에 토를 다는 부하는 없었다. 그가 그렇게 한다고 하면 따르면 되는 것이었다. 용왕의 말은 절대적이었다.

군산수로채 안은 정신없이 바빴다. 갑작스런 이동 명령에 챙길 것이 많았던 것이다. 하지만 밖에서 진을 치고 있는 적들은 그것을 알지 못했다.

군산수로채가 있는 군산의 뒤편에 모든 배가 다 정박되어 있었다. 정면에선 그 배들을 확인할 수 없는 것이다.

"준비는?"

"예, 다 되었습니다. 이제 떠나기만 하면 됩니다."

용왕은 부하의 말을 듣고는 하늘을 올려다보았다. 해가 아직 완전히 지지 않았다.

"해가 완전히 지고 적이 잠자리에 들 시간에 조용히 움직인다."

늦은 밤.

수십 척의 배가 조용히 군산을 떠났다.

멀어지는 군산을 보며 수적들은 아쉬운 얼굴을 했지만 용왕은 그렇지 않았다.

절대 저들이 두려워서 물러나는 것이 아니었다. 이것은 작전상 후퇴였다. 더 큰 것을 위한 작은 포기였다. 그는 그만큼 천무악을 믿고 있었다.

"지금은 이렇게 떠나지만 다시 돌아올 때는 금의환향(錦衣還鄕)할 것이다."

용왕의 목소리에는 굳은 다짐이 서려 있었다.

"그럼 지금 이동 속도를 더 빨리 해야 한단 말인가?"

"예, 그렇습니다. 그래야 적절한 시기에 장강수로채와 합류할 수 있을 것입니다. 늦으면 저들의 피해가 막심할 겁니다."

빙제와 천무악은 장강수로채와의 합류 시점에 대해 의논하고 있었다.

장강수로채가 조용히 나왔다고 해서 적이 모를 리 없었다. 분명히 곳곳에 있는 병력을 이용해 장강수로채를 말살하려 할 것이다.

그들의 이동 속도가 빠르다곤 하지만 미리 기다리고 있는 적들을 피할 수는 없었다. 적절하게 합류하지 못한다면 장강수로채의 수적들은 앞뒤 합공으로 인해 전멸할 수도 있었다.

"그렇다면 어서 움직이세. 이렇게 이야기나 하고 있을 시간이 없잖나?"

"네, 그렇게 하겠습니다."

천무악은 빙제와의 대화를 마치고 자리에서 일어났다. 이제부터 본격적으로 움직일 때였다. 하나 그의 얼굴에는 굳은 다짐보다 걱정이 가득했다.

서찰의 말미에 적혀 있던 위지관의 상태에 대한 것 때문이었다. 자세하게 나와 있지는 않았지만 상당한 부상이라고 전해왔다. 그것이 못내 마음에 걸리는 것이다.

절레절레!

그는 고개를 흔들어 근심을 털어내려 노력했다. 지금은 뒤가 아닌 앞만 보고 갈 때였다.

"적들은?"

"급히 배를 구해 따라오고 있습니다만, 거리는 여유가 있다고 합니다. 상당수는 말이나 경공을 펼치고 있답니다."

"흐음……!"

용왕이 자신의 턱을 매만졌다. 일단 빠져나오는 것에는 성공을 한 셈이다. 이제 앞에 있을 적을 걱정해야 했다.

"주변 경계를 게을리 하지 마라! 쾌속선은 항상 미리 앞을 살필 수 있도록 단단히 지시하라!"

그의 말이 끝나기가 무섭게 앞서가던 쾌속선에서 불화살이 날아올랐다. 적이 있음을 알리는 것이었다.

'뭐, 벌써? 이제 강서인데?'

용왕의 얼굴이 일그러졌다. 적의 반응이 생각보다 더 빨랐던 것이다.

저벅저벅!

그가 선수로 가 앞을 바라보았다. 그곳에는 다섯 척의 배가 떠 있었다.

"겨우 저걸로?"

어이가 없었다. 겨우 다섯 척으로 수십 척의 배를 어떻게 막겠다는 것인가.

'아니다! 우리의 이동 속도를 늦추기 위해서 이러는 것이다!'

자신들을 막으려고 하는 것이 아니었다. 더 큰 준비를 하기 위해 시간을 벌려고 하는 것이었다.

"뒤쪽에 있는 선단에 전하라! 다섯 척만 빠르게 접근해 저들을 처리하고 나머지는 그대로 이동하라고!"

적의 계략에 놀아날 생각은 없었다. 비록 자신이 뛰어난 머리를 가지고 있지는 못했지만, 배에 관련된 일이라면 잔뼈가 굵은 사람이었다.

용왕의 명령은 바로 전달되었다. 그리고 상황이 상황인 만큼 수적들의 움직임도 빨랐다.

다섯 척의 배가 가장 선두에 있는 용왕의 배를 앞질러 앞으로 나섰다. 그 배들은 두려움도 없는지 다짜고짜 적선들과 계류(繫留)했다.

"다 죽여라!"

수적들이 난간을 뛰어넘어 적선에 올라탔다.

챙챙! 쾅쾅!

기우뚱!

사람들이 움직이니 배들이 이리저리 기울었다. 수적들에게는 그것이 익숙한 일이라 균형을 잘 잡았지만 적들은 그렇지 못했다.

쿠당탕!

넘어지고 미끄러져 선상은 난장판이 되어 있었다.

잠시 후,

조용.

배가 조용했다. 일체의 소음도 없었다. 하지만 움직이는 사람들은 있었다.

휘익! 처억!

장강수로채의 사람들이 이것저것 물품들을 한 아름 챙겨 다시 자신들의 배로 올라타는 게 아닌가.

용왕은 그것을 지나가며 보았다. 어느새 그의 입에는 미소가 물려 있었다. 그것은 자랑스러움이었다. 그리고 강에서는 자신들을 당할 자가 없다는 자신감이었다.

"자, 계속 가자!"

그의 우렁찬 사자후가 전 선단에 울려 퍼졌다.

며칠이 지났다.

강서를 벗어나 안휘에 접어드는 현재 장강수로채 사람들은 여전히 항해를 계속하고 있었다.

빙궁의 사람들과 만나기로 한 곳은 안휘의 안경(安慶). 그곳을 목전에 두고 있었다.

하지만 가는 길이 점점 쉽지 않았다.

처음의 성공으로 수적들은 기세가 올랐지만 그 이후로는 꼭 그렇지만은 못했다.

장강수로채의 선박이 어느새 십여 척이나 줄어 있었다.

적의 인력 동원력은 엄청났다. 가는 곳마다 사람들이 불화살을 쏘아댔고, 배들이 정박한 채 그들을 기다리고 있었다.

최대한 조심했지만, 피해가 전무할 수는 없었다.

"이제 하루거리군. 부하들의 사기는 어떤가?"

용왕의 걱정스런 질문에 수채 두목 중 한 명이 입을 열었다.

"사기는 떨어지고 조금씩 지쳐 가는 것 같습니다. 아무래도 적들이 시도 때도 없이 공격을 해와서 그런 것 같습니다."

"흠, 그것도 이해가 가는 부분이야. 하지만 이제 하루다. 흐트러지지 않게 잘 다독일 수 있도록."

"네!"

수채 두목들이 물러가자 용왕은 물길을 바라보았다.

사실 부하들을 다독였지만, 자신 또한 불안감이 없지 않았다. 목적지까지 별 문제 없이 갈 수 있다고 장담할 수 없었다. 더군다나 빙궁 사람들이 와 있다는 보장도.

"후우! 네놈, 반드시 제 시간에 맞춰 와야 한다."

강이라는 자신들의 이점까지 버릴 각오로 천무악을 찾아 나섰다. 하지만 결론이 모두의 전멸이라면 그는 편히 눈감지 못할 것 같았다.

화악!

그때, 앞서가던 쾌속선에서 불화살이 올라왔다.

"또인가?"

용왕이 선수로 다가섰다. 규모가 얼마나 되는지 확인이 필요했던 것이다.

"…무, 무슨!"

앞쪽을 확인한 용왕의 눈이 부릅떠졌다. 지금까지와는 차원이 달랐던 것이다.

스무 척에 가까운 선박, 그리고 한눈에 봐도 오천 명은 넘을 것 같은 적이 활대에 화살을 먹이며 기다리고 있었다.

"적이다! 모두 대비하라!"

용왕은 주변 선박에서 모두 들을 수 있도록 사자후를 터뜨렸다. 이어 북쪽 하늘을 바라보았다. 그곳 어딘가의 아래에서 천무악이 걷고 있을 것이다.

"아무래도 네놈이 조금 더 빨리 와야겠구나."

그의 눈이 불안한 듯 흔들렸다.

"응?"

천무악이 무엇인가를 느낀 듯 주변을 두리번거렸다. 옆에서 그것을 본 빙제가 의아한 얼굴을 했다.

"자네, 왜 그러나?"

"아, 아무 일도 아닙니다."

천무악은 하늘을 바라보았다. 금방 무엇인가 불안한 느낌이 자신의 뇌리로 스쳤다. 좋지 않은 징조였다.

'이 중요한 시기에 이런 느낌이라니. 용왕님께 무슨 일이라도 생긴 것인가?'

천무악의 뇌리에 용왕에 대한 걱정이 떠나지를 않았다.

"불을 꺼라! 그리고 방패를 들어 화살을 막아라!"

목적지인 안경을 코앞에 둔 장강수로채의 선단은 아수라장으로 변하고 있었다.

다행히 강의 중심부에서 움직이기 때문에 화살의 피해는 크지 않았다. 하지만 가끔 날아오는 불화살과 기름통은 그들을 당황하게 만들었다.

선박에 불이 붙으면 그들은 물고기 밥 신세나 다름이 없었으니 말이다.

쿠콰앙!

적 선박 한 척이 산산조각으로 부서지며 물속으로 가라앉았다. 안에 타고 있던 선원들은 물속에 빠져 허우적대고 있었다.

애초에 뱃사람이 아니었던 사람들, 그들이 강에서 살아남기란 여간 어려운 일이 아니었다.

선박을 그 지경으로 만든 사람은 다시 옆에 있는 배로 몸을 이동했다. 그는 용왕이었다.

장강수로채의 피해를 최소화하기 위해 그가 직접 나선 것이다. 그사이에 수로채의 선박들은 쏜살같이 빠져나가고 있었다.

벌써 또 열 척 가까이가 가라앉았다. 이제는 그 많던 배도 삼십 척 가까이로 줄어 있었다. 생각 외로 피해가 컸다.

물에 빠진 수하들을 최대한 다른 선박으로 끌어올리고 있지만, 죽는 사람은 계속 늘어나고 있었다.

"크아아아!"

쩌렁쩌렁!

용왕의 분노에 찬 괴성이 강 주변을 울렸다.

쿠콰아앙!

그리고 한 척의 적선이 또 강바닥에 가라앉았다. 용왕은 거칠 것 없이 선박들 사이를 누비고 있었다.

용왕이 다른 선박으로 옮겨가려는 찰나,

갑자기 뭍에서 강으로 뛰어드는 이가 있었다.

사람들이 그를 미친 사람 취급하려고 했지만, 이내 찢어질 듯 눈을 뜨고 볼 수밖에 없었다.

그가 물 위에 떠 있는 부유물을 밟으며 용왕이 있는 선박으로 다가가는 것이 아니겠는가. 엄청난 경신법이었다.

터억!

그자가 용왕이 있는 선박에 올랐다.

손에 든 검이 작을 정도로 우람한 체격의 중년인이었다.

"당신이 용왕이라는 자인 것 같군."

그는 다짜고짜 용왕의 정체부터 살폈다. 그에 용왕의 얼굴이 씰룩거렸다. 상대의 눈빛이 마치 자신을 평가하는 것 같지 않은가.

"그러는… 네놈은 누구냐?"

하지만 강자는 강자를 알아보는 법. 용왕은 흥분하지 않으려고 노력했다. 자신의 눈앞에 있는 자는 쉽게 볼 만한 자가 아니었기 때문이다.

"난 수라문의 문주 하천성(河天星)이라고 하네."

"수라문주?"

용왕의 얼굴에 경계심이 더 깊게 서렸다. 귀천에 속한 적이고 강자다. 비록 수라문은 세외로 포함되어 절대십천에 들지는 못했지만 절대강자라고 알려져 있었다.

잠시 적의 정보를 떠올리던 용왕은 짐짓 무심한 눈으로 말했다.

"그래서?"

"…그쪽이 물어서 대답을 했다만?"

"그렇군."

그들은 의미없는 말을 하면서도 서로를 살폈다. 어차피 두 사람은 싸울 수밖에 없는 관계다. 한 명은 막으려고 했고, 또 다른 한 명은 지나가려 했다. 상충되는 목적 때문에 남아 있을 사람은 한 명이다.

휘잉휘잉!

"자, 시작하지."

하천성이 검을 한 바퀴 회전시키며 먼저 시작을 알렸다. 그의 입장에서는 뒤로 사라져 가는 많은 선박들이 신경 쓰일 수밖에 없었다.

후웅후웅!

용왕도 질 수 없다는 듯 수왕을 휘둘렀다.

"홍! 자신감이 대단하군. 나도 갈 길이 바쁘다!"

팍! 파팍!

두 사람은 누가 먼저랄 것도 없이 동시에 움직였다.

챙챙챙챙!

선박 위에서는 거친 쇳소리와 함께 쉴 새 없이 불똥이 터졌다. 두 사람에게서 나오는 기파가 서로 충돌하며 강물을 밀어내고 있었다.

강물은 홍수를 맞은 것처럼 출렁였다. 그에 뭍에 있는 사람들은 쓸려가지 않기 위해 뒤로 물러설 수밖에 없었다.

하천성의 검은 빠르고 패도적이었다. 용왕은 그의 공격에 몇 번이나 식은땀이 났는지 모른다. 조금의 실수라도 한다면 자신의 몸은 바로 두 동강이 날 기세였다.

"역시 절대십천이란 말은 허명은 아닌 것 같군."

투둑!

하천성의 말에 용왕의 이마 위로 핏줄이 돋았다. 고작 몇 번의 충돌 가지고 자신을 아래로 보는 것처럼 말하고 있지 않은가.

"난 아직 시작도 안 했다!"

쿠웅!

와자작!

용왕의 발아래 있던 선박이 산산조각이 났다. 그의 천근추를 견디지 못한 것이다. 용왕이 공중에 뜬 채로 수왕을 휘둘렀다.

쾅쾅쾅!

"크윽!"

하천성의 입에서 신음이 흘러나왔다. 확실히 전과는 차원이 달랐다. 이제는 그도 본신의 무공을 다 보여야 할 때가 온 것이다.

그의 검에 검강이 생겼다. 그리고 그것을 천천히 위에서 아래로 그어갔다.

찌릿찌릿!

용왕은 자신의 몸에 생기는 엄청난 중압감에 이빨을 꽉 물었다. 하지만 그의 몸은 천천히 아래로 떨어지고 있었다.

콰쾅! 쏴아아아!

그는 이내 압박과 중압감을 이기지 못하고 강물로 떨어져 내렸다.

"후우읍!"

하천성은 숨을 깊게 들이마시며 다음 공격을 준비했다. 이번 공격으로 상대가 큰 타격을 받지는 않았을 거란 걸 알고 있다.

웅웅웅웅!

그가 내공을 주입하자 검이 진동했다. 그리고 주변 공기 또한 무시무시한 내공에 함께 울고 있었다.

"하아압!"

그가 검을 빠르게 내리그었다. 그러자 붉은 검환이 쏜살같이 강물로 떨어져 내렸다.

하천성이 익힌 혈수라검법(血修羅劍法)의 비기 혈광파천(血

光破天)이었다.

촤아악!

혈광파천의 엄청난 기세에 강물이 갈라지며 바닥이 드러났다.

"……!"

바닥을 본 하천성의 얼굴이 긴장으로 어렸다. 강바닥에서는 용왕이 수왕을 하늘로 겨눈 채 있었던 것이다.

수왕의 끝에 매달려 있는 푸른빛의 구슬. 거기에는 혈광파천에 비견되는 거력이 숨어 있었다.

"하아압!"

용왕이 수왕을 하늘로 던졌다. 한줄기 뇌전으로 화한 수왕은 그대로 붉은 강환과 부딪쳐 갔다.

쩌저저적!

공기가 찢기는 소리가 널리 퍼져 나갔다. 공간이 충돌의 여파를 견디지 못하는 것이다.

콰아앙!

이내 폭발음과 함께 엄청난 열기가 주변으로 쏟아졌다.

화아아악!

일진광풍에 의해 강물은 허공으로 비산했고, 선박뿐만 아니라 뭍에 있는 사람들의 몸까지 터져 나갔다.

반경 오십 장 안에 있는 생물 중 살아 있는 것은 없었다. 모든 것이 한 개의 육편으로 변해 널브러져 있었다.

"허억! 허억! 이익!"

하천성이 분한 듯 입술을 물었다. 적의 선박들은 벗어난 상태였지만, 자신의 부하들은 삼분지 일이 충격에 휘말렸다. 이것을 무엇으로 보상받는단 말인가.

"큭! 지랄 맞게 되었군."

용왕의 입에서도 좋은 소리가 나오지는 않았다. 자신의 애병인 수왕은 흔적도 없이 사라져 버렸다. 평생을 함께해 온 자식과 같은 놈인데 말이다. 게다가 다시 적을 상대하려면 무기가 없다는 것도 문제였다.

둘 다 내상을 입었지만 움직이지 못할 정도는 아니었다.

"네놈, 편히 죽을 거라 생각지 말거라!"

하천성이 용왕을 향해 먼저 움직였다.

적에게는 이제 무기가 없었다. 그런 상대가 자신의 공격을 막을 수 있다고는 생각지 않았다.

용왕은 다가오는 적을 보며 얼굴을 찌푸렸다. 이렇게 되면 자신에게는 방법이 없지 않은가.

하천성의 검이 그의 목을 노리며 다가왔다. 단번에 끝낼 생각인 것 같았다.

샤악!

날카로운 소리를 내며 다가오는 검을 본 용왕은 결심을 굳혔다.

"흐아압!"

그의 몸이 급격히 붉게 물들었다. 생사 위기가 아니곤 사용하지 않는 혈천공을 다시 사용한 것이다.

"…뭐, 뭐냐!"

하천성이 놀라 소리를 질렀다. 붉게 변한 생김새만 보더라도 절로 위압감이 들지 않는가. 그는 급히 전 내공을 검에 쏟아 부었다. 자신의 직감이 그래야 한다고 외치고 있었기 때문이다.

"뭐긴, 이거다!"

용왕이 하천성을 향해 손바닥을 쫙 펼쳤다. 그러자 손바닥 앞에서 뭉클뭉클 생겨나는 붉은 강환들. 혈천공의 비기 적혈천우였다.

퍼퍼퍼펑! 따다다당!

붉은 강환이 사방으로 비산했다. 하천성은 정신없이 검을 휘둘러 그것을 막아갔다. 하지만,

퍼퍼퍼픽!

강환의 수가 너무나 많았다. 하천성의 몸은 순식간에 벌집이 되어 있었다.

"크어… 제… 기랄!"

쿠웅!

그의 몸이 말라 버린 강바닥에 쓰러지며 먼지를 일으켰다. 그리고 그 위를 다가오는 강물이 다시 덮고 있었다.

"큭큭큭! 네놈은 내 상대가 안 된다니까! 감히 절대십천을 어찌 보고. 크… 큭!"

철썩!

용왕이 소리를 지르다가 허공으로 몸을 띄웠다. 점점 밀려

드는 강물이 자신도 덮칠 것 같았기 때문이다.

쿠웅! 털썩!

그는 뭍에 오르자마자 무릎을 꿇었다. 너무나 많은 내공을 소진했다. 거기에 혈천공은 쓰고 난 후 후유증이 아주 심했다.

"우웩! 쿨럭!"

그의 입에서 한 바가지는 될 법한 피가 쏟아졌다.

용왕의 상세가 급격히 나빠졌다. 긴장이 풀리자 눈앞도 가물거릴 정도였다.

하나, 정신을 놓을 수는 없었다.

"후우, 끝이 없군."

그가 자신의 주변을 둘러보았다.

저벅저벅!

자신의 주변으로 귀천, 그것도 수라문도들이 다가오고 있었다. 그들의 눈은 분노로 가득했다. 문주를 해한 자가 눈앞에 있었으니 그냥 보내줄 수는 없는 일이었다.

"당신… 여기서 살아 나갈 생각은 없겠지?"

부문주 하천수가 흉흉한 눈빛으로 용왕을 노려보았다. 문주였던 하천성은 바로 그의 친형이었던 것이다.

"나는 살아 나가고 싶다만, 보내주지 않으련?"

뚜둑!

용왕이 억지웃음을 지으며 자리에서 일어섰다.

수라문도들은 놀라 뒤로 물러섰다. 상대가 일어날 것이라고는 생각지 못한 것이다.

"자, 죽고 싶은 놈부터 덤벼라. 내가 곱게 목을 따주마."

그는 눈에 힘을 주며 적들을 노려보았다. 그의 손에는 옆에서 주운 검 한 자루가 들려 있었다.

"겁먹지 마라! 허세라는 것을 모르겠느냐!"

하천수는 자신의 검에 힘을 준 채 용왕에게 뛰어들었다.

채챙! 푸욱!

용왕은 자신의 옆으로 날아오는 검을 겨우 막았지만, 힘과 내공이 부족해 밀리고 말았다. 그 결과 자신의 옆구리에는 하천수의 검이 박혀 있었다.

하지만 그대로 당하고 싶은 마음 또한 없었다.

슈슛!

그가 자신의 손을 빠르게 놀려 하천수의 어깨를 잡았다. 그리고 그대로 뜯어버렸다.

"크아악!"

하천수는 자신의 어깨를 부여잡고 뒤로 물러섰다. 물러나면서 검을 발로 차는 걸 잊지 않았다.

쿠웅!

용왕이 다시 주저앉았다. 더 깊게 들어온 검은 자신의 장기를 어루만지고 있는지 고통이 엄청났던 것이다.

그는 연신 고개를 숙여 피를 토했다. 이제 정말 일어설 힘도 없었다.

하천수는 혈도를 눌러 지혈하고선 다시 눈을 빛냈다. 이제는 확실히 적을 처치할 수 있을 것 같았다.

"적은 이제 움직이지 못한다! 모두 덤벼라!"

수라문도들이 너나 할 것 없이 뛰어들었다. 수장이 자신의 어깨까지 잃어가며 용기를 보였다. 그들이라고 몸을 사릴 수는 없는 일이었다.

"허허허! 이제 끝인 것 같군. 이놈아, 너 때문에 나 먼저 간다."

용왕의 눈은 하늘을 바라보고 있었다. 지금 하는 말은 천무악에게 하는 말이리라.

그는 고개를 내려 미친 듯 달려드는 적들을 보았다. 그리고 웃었다.

"마지막 가는 길, 열렬한 환영을 해주는군."

슈아아악!

"뭐가 마지막입니까? 이 난리통에 어디를 가려고요?"

"……!"

퍼퍼퍼퍼퍽!

용왕에게 달려들던 적들이 갑자기 수박 터지듯 터져 나갔다. 사람들이 느닷없는 상황에 깜짝 놀라 고개를 뒤로 돌려보았다. 그곳에는 천무악이 서 있었다.

용왕은 멍한 눈으로 천무악을 뚫어져라 쳐다보았다.

"저랑 같이 갈 때까진 가봐야지요."

그가 하얀 이빨을 드러내며 해맑게 웃자, 용왕의 얼굴에도 천천히 미소가 생겼다.

"조금 더 일찍 오지 않고! 죽을 뻔했단 말이다, 이놈아! 허허허!"

두 사람은 서로의 눈을 마주 보았다. 좋지 않은 인연으로 시작했지만 지금은 끈끈한 믿음이 있었다. 오늘은 그것을 눈으로 직접 확인하는 계기가 되었으리라.

천무악은 자신의 뇌리에 스친 불안한 느낌을 지울 수가 없었다. 상황이 상황인 만큼 만전을 기해야 할 필요가 있었다. 그래서 조금 서둘러 움직여 여기까지 오게 된 것이다.

"다른 사람들은?"

"없어요. 급히 오느라 혼자 왔는데요?"

천무악이 당연하다는 듯 말하자 용왕의 얼굴이 엉망으로 찌푸려졌다. 지원군이 없다면 이 많은 적을 어찌 뚫는단 말인가.

"그러면 뭐 하러 왔어? 네놈도 같이 죽으려……!"

천무악이 용왕의 입을 막으며 그를 등에 업었다.

"피 더 많이 나면 안 되니깐 조용히 업혀 계세요. 나머지는 제가 알아서 합니다."

"……"

용왕은 당황한 표정이었다. 자신이 누구의 등에 업혀본 기억이 한 번도 없다. 생소한 느낌에 그는 불안한 눈치였다.

"움직이지 말고 팔은 제 목에 감아요. 옳지! 그게 정확한 자세입니다."

천무악은 용왕이 자신의 지시대로 자리를 잡자 움직이려 했다. 하지만 그걸 보고만 있을 하천수가 아니었다.

"이봐, 그냥 가려고? 후우, 우리 수라문이 완전 호구가 되어

버렸구나."

그는 지금 당황스럽고 어이가 없었다.

용왕에게 멋지게 덤벼들던 부하들은 터져 나갔고, 갑자기 나타난 이는 자신들은 안중에도 없는 듯 그냥 움직이려 하고 있었다. 뭐 이런 개 같은 경우가 있단 말인가.

하천수의 눈에서 불길이 일었다. 그가 전음을 펼쳐 소리쳤다.

[전 수라문도는 들어라!]

"충!"

[다른 놈들은 다 필요 없다. 오늘 이 두 놈만큼은 반드시 죽여 문주님의 넋을 기리자!]

"와아아아!"

하천수의 말이 끝남과 동시에 삼천 명이 넘는 사람이 사방에서 몰아닥쳤다. 그들의 눈에는 반드시 죽이고 말겠다는 굳은 결의가 엿보였다.

"허어, 결국 이렇게까지 한단 말인가. 날 내려주게."

"어떻게 하시게요?"

천무악은 용왕의 말에도 움직이지 않고 조용히 묻기만 했다.

"그걸 질문이라고 하는가? 그냥 죽을 수는 없는 일. 한 놈이라도 더 죽이고 가겠네."

"풉!"

"이놈이!"

용왕의 얼굴이 노기로 물들었다. 부상자라고 자신을 우습게 보질 않는가.

천무악은 용왕을 놓지 않으려고 떨어져 있는 옷자락을 주웠다. 그리고 그것으로 자신과 용왕의 몸을 단단히 묶었다.

"이게 뭐 하는 짓인가!"

용왕의 고함에 천무악이 미소를 지었다.

"저번에 보니 제가 얼마나 강해졌는지 궁금해하시는 것 같던데, 그거 오늘 구경하세요."

"허허!"

용왕은 자신도 모르게 헛웃음을 터뜨렸다. 천무악은 이 많은 적을 보며 두려움도 보이지 않았다. 오히려 자신감까지 가지고 있지 않은가.

어느새 용왕은 진심으로 궁금해하고 있었다. 도대체 얼마나 강해졌는지를 말이다.

"그럼 한번 보세!"

"꽉 잡으세요!"

타닷!

천무악은 그 길로 몸을 날렸다. 다리는 벌써 대성을 뛰어넘어 극성에 다다른 섬뢰일원보를 펼치고 있었다.

웅웅웅웅!

그가 양 검지를 좌우로 뻗자, 대기가 공명하며 기검을 만들어냈다. 허공을 가득 메운 기검.

달려들던 적들의 눈에 경계심이 생기기에는 충분했다. 분위기가 묘한 것이다. 공중에 떠 있는 것이 무엇인지는 모르지만, 꼭 폭풍전야를 맞이하는 것 같았다.

"기다리지 마라! 어차피 적의 칼을 맞을 거라면, 몸에 생채기라도 남기고 죽어라!"

하천수는 수하들에게 죽음을 강요하고 있었다. 그리고 그 말은 틀린 말이 아니었다.

"문주님의 복수를 위해!"

"수라문의 자존심을 위해!"

수라문도는 저마다 기치를 분명히 하며 주저없이 천무악에게 뛰어들었다.

그들의 모습에는 천무악과 용왕도 혀를 내두를 수밖에 없었다. 물론 그들이 말하는 것을 지키는 것도 중요했지만, 목숨이 더 중요한 것이었다.

"하앗!"

천무악은 꺼릴 것 없이 양 검지를 아래로 내렸다.

지금은 전쟁 중. 자비란 것이 존재하지 않는 공간이다.

샤샤샤삭!

스각! 퍼억!

그가 움직이는 곳으로 혈천(血川)이 흘렀다. 그는 끊임없이 기검을 만들어 쏘았고, 적들은 불속에 뛰어드는 부나방처럼 쉬지 않고 달려들었다.

주르륵!

얼마의 시간이 지났을까. 천무악의 이마로 땀 한 방울이 흘러내렸다. 아직도 그의 주변으로는 이천 명에 가까운 수라문도가 진을 치고 있었다.

그사이에 천무악은 천 명에 가까운 적을 도륙한 것이다. 이런 자를 사람이라고 할 수 있을까.

하나 수라문도들은 여전히 진노한 표정으로 물러서지 않고 있었다.

하천수가 앞으로 나섰다.

"도대체… 너는 누구냐?"

그로서는 당연히 물어봐야 하는 것이었다. 자신의 부하가 그렇게 죽었는데도 생채기 하나 아직 내지 못하고 있다. 이름 없는 자가 분명히 아닐 것이기 때문이다.

"나? 천무악이라고 한다."

"처, 천무악? 용제라고?"

하천수는 경악한 얼굴을 했다. 그가 살아 있을지도 모른다는 서찰은 받았다. 하지만 이렇게까지 강할 것이라고는 생각지 못했다.

"세상의 평가가 잘못되었군. 절대십천이라도 이렇게까지 할 수는 없다."

자신의 형인 수라문주라도 이 정도는 아니었다.

눈앞에 저자는 천 명을 죽이고도 그렇게 지친 기색이 보이지 않았다. 다만 숨소리만 살짝 거칠어졌을 뿐이다.

"하지만 용제라도 오늘 이곳을 벗어날 수는 없을 것이다!"

물러설 수 없었다. 이렇게 물러선다면 죽은 형과 수하들에게 무슨 말을 할 수 있단 말인가.

"그럼 다 개죽음을 당할 것이냐?"

"뭐?"

하천수의 얼굴에 굴욕감이 스쳤다. 자신들이 아직 그를 처지하지 못했다지만 저런 말을 들을 정도는 아니었다.

"네놈이 얼마나 잘났는지 어디 끝까지 가보……!"

쿵쿵쿵쿵!

그의 말이 끝나기도 전에 땅이 흔들렸다.

와아아아아!

그리고 쩌렁쩌렁한 함성도 함께 들렸다.

하천수가 놀라 뒤를 바라보니 어느새 빙궁과 장강수로채 연합이 다가오고 있었다. 빙궁의 일행 또한 천무악과 같이 속도를 올려 바로 이곳으로 달려온 것이다.

"이래도 끝까지 할 것이냐? 말 그대로 정말 개죽음일 뿐이다!"

천무악은 다시 한 번 하천수에게 물었다. 그에 하천수는 어찌할 바를 몰랐다. 이대로 가다가는 정말 개죽음밖에 되지 않았다. 그나마 살아 있는 이천 명의 수하도 죽이게 생기지 않았는가.

그가 고민하는 듯하자 천무악이 검지를 하늘로 세웠다.

촤촤촤촤촤촤창!

지금까지와는 비교도 되지 않는 수의 기검이 공중을 채웠다. 이것만 떨어지더라도 사분지 일은 죽어 나갈 판국이었다.

하천수는 결정할 수밖에 없었다.

"퇴각한다……."

그의 힘없는 소리가 들리자 수라문도들이 고개를 숙였다. 결국 아무것도 하지 못하고 동료들과 문주만 죽은 것이다.

천무악은 그에 한마디를 덧붙였다.

"그냥 이대로 이 전쟁에서 벗어나는 것은 어떤가? 내 그 보상은 반드시 하겠다."

그의 말을 들은 하천수의 얼굴이 악귀로 변했다.

"지금 나랑 장난하자는 말인가! 우리가 너희들을 놔두고 어찌 그럴 수가 있다는 말이냐! 아직 본진에는 오천 명이 넘는 부하가 있다. 그들을 이끌고 다시 오겠다!"

"그래? 그럼 보내줄 수 없다."

"뭐!"

하천수의 얼굴이 엉망으로 일그러졌다. 지금 이게 뭐 하는 장난질이란 말인가!

"너희가 다시 돌아온다는데 내가 왜 보내줘? 그런 시간낭비는 하기 싫다."

천무악은 능글맞은 얼굴로 말했다. 하지만 그의 눈빛만큼은 더할 나위 없이 진지했다.

"여기서 너희가 죽는다면, 본진은 제대로 된 수장 하나 없이 우리에게 죽어나갈 것이다. 그리고 그것은 수라문의 멸문으로 이어질 것이다. 난 수라문까지 반드시 멸문시켜 버릴 테니까!"

후화아악!

그가 몸 전체로 기세를 개방했다. 그것은 사방 오십 장도 넘는 공간을 장악하고 있었다.

덜덜덜!

공기가 진동을 하며 사람들의 고막을 흔들었다.

"크아아악! 그만!"

"아악! 귀, 귀가 찢어질 것 같아!"

하천수와 용왕 등 내공이 강한 몇몇을 제외하곤 모두 바닥에 주저앉았다. 진동이 점점 강해져 고막뿐만 아니라 뇌까지 흔드는 느낌이었다.

"그, 그만!"

참다못한 하천수가 고함을 질렀다. 내공으로 견디고 있는 자신도 이렇게 괴로운데 수하들은 어느 정도이겠는가!

하지만 천무악은 멈추지 않았다. 하천수가 확답을 하지 않으면 풀지 않을 기세였다.

"알았다! 알았다고!"

"뭘 알았단 말이냐?"

"무, 물러나겠단 말이다!"

수우우우!

하천수가 말하자마자 공기의 떨림은 순식간에 멎었다. 너무나 찰나의 순간이라 수라문도들과 하천수, 용왕 모두가 신기한 듯 천무악을 바라보았다.

"너는 분명히 확답을 했다. 그러니 반드시 지켜야 할 것이다. 참고로 말하자면, 이게 나의 전부라고 생각지 마라."

"……!"

모든 사람이 말도 안 된다는 얼굴이었다. 그것은 용왕도 다름이 없었다.

그는 이 정도의 경지가 있다는 것도 몰랐다. 하지만 이것도 전부가 아니라니.

'휘유, 친하게 지내서 다행이지, 예전에 틀어졌다면 나도 죽을 목숨이었겠군.'

용왕은 안도의 한숨을 쉬고 있었다.

하천수는 고개를 숙인 채 말이 없었다. 죽은 사람들에게, 그리고 지금 있는 부하들에게 너무나 미안했던 것이다.

이렇게 될 것이었으면 싸우지 않는 게 나았다. 하나 원래 이런 것은 겪고 난 뒤에야 아는 것이다. 그것을 천무악 또한 알고 있었다.

"후회해 봤자 늦었다. 그건 나도 겪어봐서 안다. 대신 이걸 밑거름으로 더 강해져라. 그때도 나에게, 중원에 복수를 하고 싶다면 받아주겠다. 내 목숨을 걸고 약속하지."

하천수가 고개를 들어 천무악의 눈을 보았다. 굳건했다. 그리고 맑았다. 그의 눈에는 절대 거짓이 담겨 있지 않은 것이다.

'크큭! 다시 덤빈다고 해서 이길 수나 있으려나?'

그는 헛웃음이 나오려고 했다. 아무리 생각해도 눈앞의 이자는 이길 수 있을 것 같지가 않아서였다.

"철수한다!"

그의 외침과 함께 수라문도들은 몸을 움직였다. 다리에 힘이 하나도 없었지만 그것이 살아 있다는 증거였다.

천무악이 어깨를 축 늘어뜨리고 걷는 하천수에게 소리쳤다.

"내가 말한 보상은 틀림없이 할 것이다."

하지만 하천수는 그것에 별 관심이 없어 보였다. 그저 대답 없이 자신이 갈 길만 보고 있었다.

"실망하지는 않을 거라고. 큭큭!"

일이 잘 끝나서 그런지 천무악은 씨익 웃었다. 그리고 확실한 보상을 약속했다.

"무악! 용왕님!"

천무악이 고개를 뒤로 돌리니 은설련이 장강수로채의 배에서 손을 흔들고 있었다.

그는 웃는 얼굴로 화답한 후, 용왕을 부축해 자신을 기다리는 사람들이 있는 곳으로 걸음을 옮겼다.

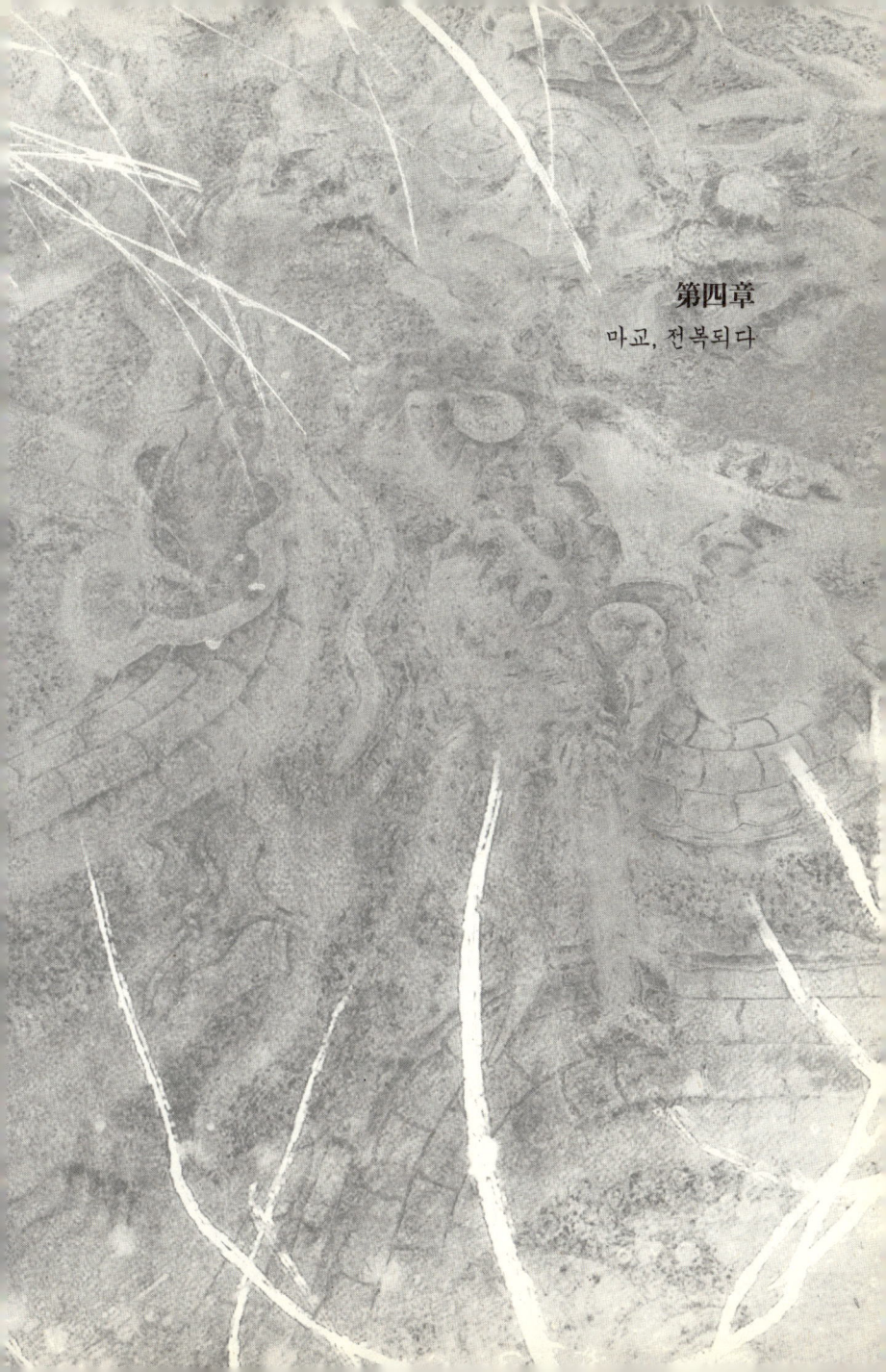

第四章

마교, 전복되다

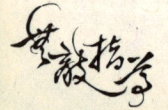

혈풍이 불고 있는 무림에 새로운 희망이 생겼다.

혈제와의 일대일 대결에서 신화적인 모습을 보였다는 천무악이 살아 있다는 소식 때문이었다. 게다가 빙궁과 장강수로채가 연합해 귀천에 대적하겠다고 했다.

이 기쁜 소식은 꼬리에 꼬리를 물어 전 중원으로 퍼져 나갔다. 그리고 그것은 하나의 가능성으로 사람들을 움직이게 만들었다.

지금이 피의 길을 걷는 귀천에게 한 방 먹일 수 있는 절호의 기회라 여긴 것이다.

이 소식은 송패준의 귀에도 들어갔다. 아니, 다른 사람들보다 더 빨리 알 수 있었다.

수라문은 패배해서 돌아온 후, 별안간 사극련이 위험하다는 핑계로 전선(戰線)에서 철수를 했다. 이어 그 길로 자신들의 문파가 있는 해남으로 숨어버렸다. 도망을 친 것이다.

송패준은 아직 마교에서 정체를 숨긴 채 머물고 있었다. 하지만 일이 이렇게 흘러가면 더 이상 그것도 힘든 상황이 되어버린다. 전세를 유리하게 끌고 간다는 확신이 없는 것이다. 천무악이 어찌 대처하는지에 따라 전세가 바뀔 우려도 있었다.

제갈청학 등 다른 자들의 손에 지휘를 맡겨두기에는 너무나 불안했다. 금방이라도 무너뜨릴 것 같던 무림맹은 아직도 목숨을 잇고 있었다. 자신이 조금씩 수를 쓰고 있는 상황에서도 마교를 처리하지 못했다.

고대하던 한 가지 일도 마무리되었으니, 이제는 자신이 본격적으로 움직여야 할 때였다.

검은 하늘에 한없이 많은 보석들이 박혀 있었다. 시간이 깊어서 그런지 밤하늘은 더욱 아름다웠다.

저벅저벅!

그 시간 송패준은 전각들을 지나쳐 가장 큰 건물로 다가가고 있었다. 그곳은 마교의 교주가 기거하는 천마각(天魔閣)이었다.

그가 패황의 거처 앞에 도착했다.

채챙!

"무슨 용무이십니까?"

교주를 보좌하는 천마십위(天魔十衛)가 송패준을 가로막았다. 아무리 전시라도 너무 과한 처사였다. 여기는 마교 안이고, 자신은 하나밖에 없는 소교주가 아닌가.

송패준은 꾹 참으며 입을 열었다.

"교주님을 뵈러 왔다. 고해라."

"교주님은 금방 침소에 드셨습니다. 내일 오십시오."

"뭐라?"

그냥 넘어가려던 그는 그들의 말에 눈이 날카롭게 변했다. 거처 안에 불이 켜져 있는 것이 분명히 보이는데 어찌 이런 거짓말을 한단 말인가.

"아직 불이 켜져 있구나. 뵐 수 있는지 한번 여쭤보아라."

송패준은 화가 끓어올랐지만 그것을 꾹꾹 눌렀다. 굳이 흥분해 일을 망가뜨릴 수는 없었다.

"저희는 분명히 말씀드렸습니다. 내일 오십시오."

하지만 천마십위의 말은 바뀌지 않았다. 송패준은 이들이 무슨 배짱으로 이러는지 궁금할 정도였다.

"나 소교주 송패준이 고하라 하지 않느냐!"

번쩍!

말과 함께 쏟아진 그의 눈빛은 사납기 그지없었다. 금방이라도 이들에게 손을 쓸 기세였다.

"하지만 저희는……"

천마십위가 물러서지 않고 말을 하는 도중,

"들이도록 해라."

패황의 거처에서 무거운 목소리가 들려왔다. 밖이 소란스러워지자 그가 직접 진화하고 나선 것이다.

"하, 하오나……."

천마십위의 수장 구지수(九指手)는 간곡한 말로 패황의 마음을 돌리려 했다. 요즘 그렇지 않아도 마교 내 소교주에 대한 소문이 좋지 않았다. 자신들도 몇 차례 이상한 움직임을 발견하지 않았는가.

"들이라고 했다."

하나 패황의 마음은 한결같았다. 송패준을 이해한다는 식인 것이다. 구지수는 그것이 못내 마음에 걸리는 듯했다. 야심한 밤이라 그의 불안은 더욱 심했다.

"아, 알겠습니다."

구지수가 고개를 들어 송패준의 얼굴을 노려보았다. 미리 엄포를 놓으려는 것이다.

"들어가십시오. 저희는 밖을 철통같이 지키고 있겠습니다."

만약 일이 생기면 도망갈 수 없으니 사고 치지 말란 말이다.

평소라면 호통을 쳤을 테지만 송패준은 참고 넘어갔다. 더 이상 여기서 입씨름하기 싫었다.

끼익! 타악!

송패준이 안으로 들어가자 구지수가 전음을 날렸다.

[철저하게 감시하라. 그리고 조금이라도 이상한 짓을 한다면 먼저 손을 써라. 책임은 내가 지겠다.]

그는 패황의 거처 안에 은신하고 있는 부하들에게 명령을 내렸다. 아무래도 불안한 마음을 지울 수가 없었다.

'제발……!'

그는 속으로 아무 일도 없기를 간절히 바랐다.

뚜벅뚜벅!

처억!

송패준은 패황의 앞으로 걸어가 무릎을 꿇었다.

"무슨 일이냐?"

패황은 무감정한 목소리로 용건을 물었다. 그에 송패준이 숙이고 있던 고개를 들었다.

그의 눈앞에는 칠흑처럼 검은 머리에 싸늘한 얼굴을 가지고 있는 노인이 있다. 사실 노인이라고 부르기도 어려웠다. 눈가의 주름 말고는 딱히 늙었다는 것을 알 수가 없었다.

극강의 내공으로 인해 나이보다 이십 년도 넘게 젊어 보이는 것이다.

송패준은 잠시 뜸을 들인 후 입을 열었다.

"지금까지의 삶에 대해 생각을 해보았습니다."

"…그래서?"

패황은 무슨 뜬금없는 소리냐는 얼굴로 그를 바라보았다. 무슨 말을 하려고 저런단 말인가?

"지금까지 저를 거둬주시고 이 자리에 있게 만들어주신 것. 정말 감사합니다. 하지만 하나 여쭙고 싶은 게 있습니다."

그 말과 함께 송패준의 눈빛이 달라졌다. 무엇인가 결연한 모습이었다. 그의 입이 천천히 열렸다.

"그래서 마음의 짐이 좀 가벼워지셨습니까?"

"……!"

패황의 눈빛이 차갑게 가라앉았다. 갑자기 그가 십 년도 더 전에 있었던 말을 꺼냈기 때문이다. 그에게는 떠올리고 싶지 않은 기억이었다.

"지금에 와서 그것을 묻는 이유가 무엇이냐?"

패황의 목소리는 북해의 칼바람처럼 매서웠다. 끓어오르는 노기가 그의 몸에서 유형화되어 나오고 있었다. 덩달아 내공도 움직여 거처 안이 엄청난 존재감으로 가득했다.

부르르르!

벽과 천장이 떨렸다.

방 이곳저곳에 몸을 은신하고 있는 천마십위가 그의 기세를 견디지 못해 일어난 현상이었다.

처억!

송패준이 자리에서 일어났다. 그는 패황의 기세에도 영향을 받지 않는 것 같았다.

그에 패황의 눈이 이채를 띠었다. 소교주인 그라도 자신의 기세에 자유로울 수는 없어야 정상이다. 자신은 세상에서 가장 강한 무인이었으니 말이다.

"왜 묻느냐고?"

송패준의 입에서 서슬 퍼런 목소리가 흘러나왔다. 또한 그의 눈은 검은색으로 물들기 시작했다.

"이제는 물어야 하니까!"

후화아악!

그의 몸에서 폭풍과 같은 기세가 쏟아졌다. 그것은 현재 방안을 가득 채운 패황의 기세를 가볍게 누를 정도였다.

투툭! 처억!

천장과 벽에서 은신해 있던 천마십위가 몸을 드러냈다. 패황에게 불충을 저지른 송패준을 처단하기 위해서인가?

그렇지 않았다. 송패준의 기세를 못 견뎌 은신을 풀 수밖에 없었던 것이다.

"크윽! 무, 무슨······!"

"소교주, 어찌 이런 행동을 보이는 것이오!"

천마십위의 고함에도 송패준은 신경 쓰지 않았다. 눈앞의 패황만을 볼 뿐이었다.

"당신은 스스로의 짐을 가볍기 하기 위해 나를 거뒀지. 속죄의 뜻은 절대 아니었을 거야. 그렇지 않아? 교주가 되고 싶어 형제를 찌른 패황님?"

어느새 그의 입엔 미소가 걸려 있었다. 마치 이날만을 기다려온 것 같은 모습이었다.

"네놈의 손에 아버님이 쓰러지시는 모습을 똑똑히 보았다. 왜 이제야 말하느냐고? 오늘 그 대가를 받을 생각이니까."

휘익!

쐐애액!

송패준이 손을 휘두르자 검은 강기가 패황에게 쇄도해 갔다. 예전 천무악과 용왕을 꼼짝 못하게 했던 무공이다.

패황은 자신에게 다가오는 검은 강기를 뚫어져라 쳐다보았다. 마교에서 나올 수 있는 무공이 아니었던 탓이다.

"흐음……."

팍!

그가 짧은 침음과 함께 손을 내저었다. 그러자 하얀색 강기가 그의 손에서 나왔다.

두 강기는 서로를 향해 미친 듯 돌진했다. 그리고 충돌!

하지만 충격음은 전혀 흘러나오지 않았다. 백색의 강기가 흑색 강기를 그대로 삼킨 후 소멸한 것이다. 이것은 상대를 능가하지 않고서는 도저히 불가능한 일이었다.

바닥에 엎어져 있던 천마십위는 놀란 눈으로 패황과 송패준을 살폈다. 놀란 그들과는 다르게 두 사람은 별 반응이 없었다.

스윽!

그때, 패황이 자리에서 일어났다. 그것과 동시에 항거할 수 없는 기운이 그의 몸에서 폭사되었다. 모두 송패준을 향한 것이었다.

"큭!"

송패준이 짧은 신음과 함께 얼굴을 찡그렸다. 자신이 내뿜고 있는 기세를 상회하는 기운이다.

저벅!

패황이 송패준을 향해 한 발 내디디며 입을 열었다.

"네가 그 무공을 어찌 익히고 있는 것이냐?"

그의 눈까지 가늘게 변하는 것이 그냥 넘어갈 수 없는 상황인 듯했다.

"크큭! 그래, 이것이 제일 궁금하단 말이군?"

지잉!

송패준의 손가락 끝에 다시 검은 강기가 생겨났다. 그것은 이전보다 더욱 검게 보였다.

"하긴 경계할 만하지. 패황이라 불리는 당신도 우습게 볼 수 없는 사황의 무공이니 말이야."

사황(死皇).

절대십천 중 이황의 하나로 죽음의 기운을 사용한다고 알려져 있다. 그는 운남을 시작으로 중원의 남쪽을 공포에 떨게 만들었던 인물이지만, 삼십 년 전 연기와 같이 사라져 버렸다.

하나 그 짧은 사이에 그가 보여준 무공은 가공할 만했다.

혼자서 백여 개에 달하는 중소 문파를 괴멸시켰으며, 무림맹에서도 최고 고수들만으로 인원을 꾸려 대항할 정도였다.

그런 사황의 무공이 지금 송패준의 손에서 다시 재현된다는 것이 선뜻 믿기지 않는 패황이다. 사황은 분명 자신과의 대결에서 동수를 이룬 후 중원을 떠난다 하지 않았던가.

"인연이 이어졌던 것인가?"

패황으로서는 그렇게밖에 생각할 수 없었다. 떠나는 모습을 분명 자신이 확인했으니 말이다.

"큭, 인연? 인연이라면 인연이지."

송패준은 패황의 말에 얼굴을 이죽거렸다. 그러면서 검은 강기를 다시 패황에게 날렸다.

후웅!

그리고 그의 입에서 흘러나오는 말.

"아버님의 사부이시고, 내겐 사조님이 되시는 분이니까!"

"……!"

패황의 얼굴이 놀람으로 물들었다. 설마 그런 인연으로 맺어졌다고는 생각을 못한 것이다. 그저 사황의 무공 중 한 자락을 우연찮게 배운 줄 알았는데 사문이라니.

그의 얼굴에 점차 노기가 들어찼다. 거기엔 송패준뿐만 아니라 자신의 형도 포함되었다.

"아무리 노여웠다고 해도 천하제일교의 사람으로서 그래서는 안 되는 것이다!"

푸화악!

그의 진정한 힘이 몸에서 터져 나오기 시작했다. 한 가닥 가지고 있던 정도 모두 놓아버린 모습이었다.

그는 자신에게 날아오는 검은 강기에 코웃음을 쳤다.

"흥! 고작 이따위로 나를!"

사황이 직접 오지 않는 이상, 그의 무공이라도 자신을 대적할 수는 없었다.

퍼엉!

그가 손을 내젓자 간단한 소음과 함께 검은 강기가 터졌다. 하지만 송패준의 공격은 그것이 끝이 아니었다.

"당연하지. 나도 그따위로 당신을 잡을 생각은 없어!"

패황의 눈이 강기를 바라보고 있는 찰나, 송패준은 다음 공격을 준비한 것이다. 그의 두 주먹 끝에는 금방과는 비교할 수 없는 크기의 강기가 준비되어 있었다.

웅웅웅!

대기가 울렸다. 송패준의 공격은 대기뿐만 아니라 사람들을 떨게 만들기에 충분했다.

창문이 뜯겨 나가고 건물이 흔들렸다. 송패준이 지금껏 외부에선 알지 못하게 펼쳐 놓은 기막을 없애 버린 것이다. 그만큼 이번 공격은 자신이 있다는 말이었다.

천마십위의 수장 구지수는 찢어질 듯 커진 눈으로 상황을 살폈다. 자신이 우려했던 상황이 결국 벌어지고 만 것이다.

그는 엄청난 기세에 무거워진 다리를 억지로 이끌며 방 안으로 천천히 걸어갔다. 만약의 상황을 위해 패황의 곁에 있으려는 의도였다.

패황은 구지수의 모습을 보며 씁쓸히 웃었다.

"내가 지금껏 너무 쉬운 모습을 보였나 보군. 부하나 네놈이나 나를 이토록 우습게 보다니."

패황의 눈이 서서히 하얗게 변했다. 그가 천마심공(天魔心功)을 끌어올리는 것이다.

모두가 그 모습에 침을 삼켰다. 대부분의 사람들은 패황의 강함을 느낄 뿐이지 실제로 본 자는 없었으니 말이다.

"치잇!"

파악!

스스로가 위축되는 느낌을 받았는지 송패준이 강기 덩어리를 날렸다.

쿠와와왕!

충격파로 주변을 엉망으로 만들며 강기 덩어리 두 개가 패황에게로 날아갔다.

패황도 마침 준비를 마쳤는지 자신의 오른손을 하늘 높이 들어 올렸다. 이어 천천히 아래로 그어내렸다.

쩌쩌저억!

그의 손에서는 그 어느 것도 나가지 않았으나, 강기는 천천히 세로로 갈라졌다. 심지어는 터지지도 않았다.

송패준의 눈이 천천히 찢어졌다. 그것이 시작이었기 때문이다.

패황은 손으로 여러 방향을 그었다. 그러자 그만큼 강기들은 조각이 나고 있었다. 결국 잘게 부서진 강기의 조각들.

피피피핑!

작은 소음만을 흘리며 그것들은 허무하게 터져 버렸다.

송패준은 지금의 상황이 믿겨지지 않는지 멍한 얼굴로 서 있었다. 아무리 패황이 강해도 이 정도일 줄은 몰랐던 것이다. 지금 자신의 강함은 거의 삼십 년 전 사황이 지닌 경지에 다다른 정도인데도 말이다.

패황은 무심한 표정으로 그를 바라보았다.

"네놈 말을 들어보니 무건 형님이 아직도 살아 계신 모양이구나."

그가 자신의 형님인 송무건을 거론했다. 그에 송패준의 눈에서 살기가 쏟아졌다.

"네놈의 더러운 입에 아버님의 존함을 담지 마라!"

얼굴도 노한 기색이 역력했다. 이 상황까지 와서도 형님이라고 부르는 패황이 가증스럽게 느껴질 뿐이었다.

웅웅웅!

그의 주먹이 검은 강기로 물들었다. 직접 부딪칠 요량인 것이다.

"쯧, 네놈은 내게 안 된다는 걸 아직도 모르겠느냐?"

그 모습을 본 패황이 혀를 찼다. 아비에 이어 자식에게까지 손대고 싶진 않은 모양이었다. 하나 이렇게 막무가내로 덤빈다면 그도 어쩔 수 없었다.

패황이 다가오는 송패준을 향해 백색 강기로 두른 손을 내밀었다. 이 상황을 빨리 끝내려는 것 같았다.

그가 무심한 눈으로 손을 휘두르려는 찰나,

"……!"

그는 사방(四方)에서 자신을 에워싸는 강력한 기에 깜짝 놀랐다. 자신에겐 너무나도 익숙한 기였던 것이다.

"네놈들이?"

패황의 얼굴이 엉망으로 일그러졌다. 그들은 다름 아닌 천마십위 중 네 명이었기 때문이다.

다른 천마십위 다섯 명조차 예상하지 못했는지 당황한 듯 움직이지 못했다. 그러나 수장 구지수는 달랐다. 그는 빠른 속도로 움직여 자신의 부하들을 공격했다. 패황을 돕기 위한 것이었다. 고수들의 대결에선 작은 흔들림도 결과로 귀결되니 말이다.

"어찌 네놈들이 형제를 배신하느냐!"

그의 손에는 사정이 없었다. 한 명의 목을 베고도 만족치 못하고 다른 자의 목을 노리고 있었다. 구지수가 또 한 명의 목숨을 거두기 직전, 갑자기 누군가가 그의 발목을 붙잡았다. 금방 죽였던 천마십위였다.

"뭐, 뭐냐!"

그는 목이 분리된 상태에서도 움직이고 있었다. 대경실색한 구지수가 당황했고, 나머지 두 명의 배신자는 패황을 공격했다. 물론 송패준 또한 다가오고 있었다.

패황의 얼굴이 어두워졌다.

자신의 최측근인 천마십위까지 송패준의 편에 섰다. 그렇다면 마교에서 얼마나 많은 무리가 그의 편에 들었는지는 알 수 없었다.

"후, 도저히 용서가 안 되는군."

그는 결심을 굳힌 듯 손을 앞으로 내뻗었다. 그러자 손에서 하얀 섬광이 흘러나왔다. 패황이 진심으로 펼치는 천마수라검이었다.

한 번의 휘두름에 한 명의 천마십위가 먼지가 되어 사라졌다. 그렇게 세 명의 천마십위가 모두 죽고, 마지막으로 송패준만이 남았다.

송패준은 악을 쓰듯 자신의 모든 내공을 검은 강기에 주입했다. 그리고 그것을 패황에게 던졌다.

슈와앙!

날아오는 강기 덩어리를 보며 패황이 낮게 말했다.

"먼저 가거라. 머지않아 형님도 네 곁으로 보내주마."

그의 손의 강기가 힘없이 갈라졌다. 이어 나타난 송패준, 그의 목숨은 경각에 달했다.

그는 이빨을 악물며 갈라진 강기 덩어리를 터뜨렸다. 아직 그의 제어를 벗어난 것은 아니었기 때문에 가능한 일이었다.

콰콰쾅!

건물이 무너져 내리고 수많은 먼지가 날렸다. 하나, 패황을 처치하진 못했다.

"커억!"

어느새 송패준의 목은 패황의 손에 잡혀 있었다.

패황의 하얀 손에 힘이 들어가는 찰나,

"놓아주시오."

그의 옆으로 벼락같이 떨어지는 거대한 몸이 있었다.

철탑거마(鐵塔巨魔).

마교 서열 삼위인 그가 나타난 것이다. 그의 거대한 몸에서는 알 수 없는 열기가 느껴졌다.

"네놈도 배신을 한 모양이구나."

"배신이 아니요. 난 원래부터 그를 모시는 사람이었소."

철탑거마의 얼굴은 웃고 있었다. 그것은 자신감이었다. 송패준을 구할 수 있다는 자신감.

그의 손이 별안간 시뻘건 화염을 토했다. 그리고 화염은 패황에게로 향했다.

"흥, 미진한 놈."

패황은 볼 것도 없다고 여겼는지 그대로 자신의 손을 내리 그었다.

퍼엉!

화염이 터져 나가고 철탑거마의 몸에는 붉은 혈선이 생겼다. 하지만 몸이 갈라진 것은 아니었다. 최강의 외공인 외신공(外神功) 때문이었다. 그렇다고 멀쩡한 것은 아니었다.

"쿨럭!"

그의 입에서 피가 쏟아졌다. 내장을 휘저어놓는 패황의 무공이었다.

"겨우 이따위로 내게 덤⋯⋯!"

패황은 철탑거마를 보며 일갈하려는 도중, 자신의 옆으로 다가서는 미약한 기를 느꼈다.

"설마⋯⋯!"

푸욱!

그의 경악한 음성에 맞추어 둔탁한 소리가 들렸다. 그의 옆구리에 커다란 단도가 박혀 있는 것이다.

"크흠, 음⋯ 영신마!"

음영신마(陰影神魔).

최강의 은신술과 경공을 가진 마교의 장로다. 가진 바 무공은 강하지 않으나, 지금처럼 신경만 분산시켜 준다면 최강의 위력을 발휘하는 그였다.

　"미안하오, 교주. 흐흐흐!"

　음영신마가 음산하게 웃을 때, 패황은 송패준을 손에서 놓고 말았다.

　덜덜덜!

　그의 몸이 급속도로 떨리기 시작했다. 단도에는 화혈산(火血酸)이라는 극독이 묻어 있었던 것이다. 화혈산은 혈맥을 녹일 정도로 강한 독이라고 알려져 있었다.

　패황은 어이없다는 눈으로 자신의 옆구리를 보았다. 자신이 이렇게 당할 것이라고는 상상하지 못했다. 그리고 음영신마의 배신도 예상 범위 밖이었다. 그는 자신의 오랜 충복 중 한 명이었으니 말이다.

　"이제 그만 가세."

　철탑거마는 송패준을 업은 상태로 음영신마에게 말했다. 비록 패황에게 부상을 입혔다지만 이렇게 쉽게 끝날 위인이 아닌 탓이다. 하지만 음영신마는 그렇게 생각하지 않는 듯했다.

　"왜? 그냥 처리하고 가자고. 흐흐흐!"

　그가 마치 벌써 이기기라도 한 것처럼 호기롭게 말했다.

　덥석!

　하나 누군가가 그의 머리를 잡았다.

　"으잉?"

그는 의아한 듯 손의 주인을 바라보았다.

"히익! 어, 어찌!"

그 손의 주인은 패황이었다. 화혈산을 몰아낸다고 정신이 없어야 하는 자가 움직인 것이다.

"사, 살려주시오!"

음영신마는 몸을 부들부들 떨며 외쳤다. 살고 싶다는 마음에 목숨을 구걸하는 것이다. 하지만,

퍼억!

그의 머리는 두부가 으깨지듯 부서져 버렸다.

패황은 배신한 자를 용서할 만큼 자비로운 사람이 아니었다.

음영신마가 죽는 모습을 본 철탑거마는 그대로 몸을 움직였다. 송패준을 구했으면 이곳의 일은 끝난 것이다.

비록 말리는 자신들의 말을 듣지 않고 마음대로 움직인 송패준에게 화가 났지만, 거사나 스스로를 위해서도 그는 꼭 필요한 존재였다.

"누가 놓칠 것 같으냐!"

패황이 분기탱천한 얼굴로 손을 앞으로 내뻗었다. 그러나 아무런 변화도 없었다.

털썩!

그는 오히려 자리에 주저앉으며 더욱 고통스런 얼굴을 했다. 화혈산의 독기가 빠른 속도로 몸에 퍼졌기 때문이다.

살아남은 구지수와 천마십위가 얼른 그에게로 다가갔다.

"괘, 괜찮으십니까!"

구지수가 걱정스런 음성으로 물었지만, 패황은 눈을 감은 채 말이 없었다. 아마도 독을 물리치기 위해 집중하는 것이리라.

구지수와 천마십위 다섯 명은 패황의 주위를 에워싸며 호법을 섰다. 그들의 눈은 매섭게 주변을 살피고 있었다.

잠시의 시간이 지난 후, 갑자기 마교의 이곳저곳에서 소란이 일었다. 그뿐만이 아니었다. 화광이 짙게 올라오는 것이 화재가 난 것 같았다.

송패준과 철탑거마가 미리 손을 써놓은 듯했다. 안에서 분란을 일으키고 밖에서는 공격을 하는 것으로 말이다.

마교 안은 순식간에 아수라장이 되었다.

"우웩!"

스윽!

그사이 독을 밖으로 배출한 패황이 자리에서 일어섰다. 완전히 독을 몰아낸 것은 아니나, 급한 불을 끈 것처럼 보였다.

그는 엉망이 되어버린 자신의 보금자리를 내려다보았다. 그리고 천마십위에게 명령했다.

"분란을 빠르게 정리하고 이곳을 떠난다."

적이 속속들이 알고 있는 마교 본단은 위험했다. 아직 배신자가 얼마나 더 있는지도 알 수 없는 상황이 아닌가.

그는 자신의 과거 일로 부하들이 고통 받는 것이 안타까운 듯했다. 그가 고개를 들어 밤하늘의 한곳을 바라보았다. 그곳은 동쪽이었다.

송패준이 이렇게 나설 정도면 자신을 상대할 준비가 끝났다고 보아야 했다. 그렇다면 지금 독자노선을 걸을 수 없었다. 그것은 곧 괴멸로 이어질 것이기 때문이다.

"무림맹이 있는 곳으로 간다."

그의 오늘 밤은 아주 길 것만 같았다.

마교 본단이 당했다.

소교주 송패준의 배신으로 인해 마교는 큰 손실을 입었고, 단결력이 깨져 버렸다. 혹시나 배신자일지도 모른다는 생각이 만연하니, 서로가 서로를 믿지 못하는 것이다. 거기에 귀천의 공격까지. 그들로서는 막을 수가 없었다.

마교의 무사들은 갈가리 찢어져 동쪽으로 향하고 있었다.

그곳은 무림맹이 있는 호북이었다.

마교의 패배 소식은 빠르게 온 중원으로 퍼졌다. 물론 무림맹과 북해, 수로채연합의 귀에도 들어갔다.

＊　　　　＊　　　　＊

무림맹의 대전 안.

무림맹주 남궁천을 위시한 많은 명숙들이 모여 있었다.

그들은 오늘 두 가지의 사건을 의논하기 위해 이곳에 모였다.

하나는 마교에서 날아온 서찰 때문이었다. 그들이 무림맹과 함께 귀천에 대항하고 싶다고 전해왔다.

또 다른 하나는 천무악에 관련된 이야기였다. 살아 있단 소식을 접한 이상, 직접 만나 앞으로의 일에 대해 의논할 필요가 있었던 것이다.

결론은 두 무리로 나눠 각각 찾아나서는 것으로 확정되었다.

마교의 무리는 현재도 쫓기고 있다고 했다. 그들 쪽으로는 무력 단체를 투입시켜야 했다. 그래서 무정단과 황보세가의 무사들이 나서게 되었다. 인솔자는 낭왕과 벽력권왕이었다.

잠시간의 봉문을 선언했던 황보세가는 남궁천의 요청으로 대부분의 무사들이 무림맹에 와 있는 상태였다. 속죄할 수 있는 기회를 준 것이다.

북해, 수로채연합 쪽으로는 권왕과 팽가를 제외한 황룡대만 가기로 했다. 그들이 스스로 꼭 가고 싶다고 나섰기 때문이다.

그들은 결정되는 순간 바로 움직였다. 귀천의 무리를 뚫고 움직이려면 준비할 것이 많았다.

안휘와 호북의 접경지.

그곳에는 권왕을 비롯한 황룡대가 주변을 경계하며 길을 걷고 있었다. 그들은 준비가 끝나는 대로 바로 움직였다.

죽은 줄 알았던 천무악을 본다는 생각에 들뜬 것이다.

"도대체 어떻게 살아났을까?"

차주철이 자신의 생각으로는 도저히 이해가 안 되는지 입을 열었다. 그에 옆에서 팽가룡이 타박했다.

"살아 있다는 것이 중요한 거지 어떻게 살아났다는 것이 무슨 필요야?"

그의 말에 황룡대의 모든 사람들이 고개를 끄덕였다. 살아난 것에 대한 이유는 필요없었다. 나타나 준 것만으로도 하늘에 감사하는 그들이었다.

"아직 만나러 가려면 멀었소이다. 현재에 집중들 해야 할 것이오."

사람들의 마음이 혹시나 풀어져 버릴까 걱정한 혜광이 주변을 두리번거렸다. 여기서 발각되어 포위라도 당한다면 천무악은 만나지도 못하고 죽을 수도 있었다.

"생각 외로 적의 포위망이 견고하진 못한 것 같군."

주변을 살피던 전춘광이 자신의 생각을 털어놓았다. 걱정할 필요가 없을 것 같다는 의견인 것이다.

"긴장을 풀지 말거라. 마교가 당했다. 분명 우리 쪽에도 무슨 수작을 부려놓았을 것이야."

통솔자인 권왕이 사람들의 경각심을 붙잡았다. 그는 귀천이 이렇게 허술하지는 않을 것이라 확신하고 있었다.

권왕의 말에 긴장한 황룡대원들은 다시 입을 다물고 길을 걸었다.

그때, 일행의 앞쪽에서 두 명의 사람이 헐레벌떡 뛰어왔다.

그들은 모용중인과 모용화린이었다. 정찰조로 앞쪽을 살피러 갔던 것이다.

"오십 장 앞에 적의 막사가 보입니다. 인원은 삼백 명 정도
됩니다."

모용중인의 말에 권왕이 고개를 끄덕였다. 허술해도 너무
허술하다고 생각했는데 지금이라도 적이 발견되어서 다행이
었다. 그는 더 오랜 기간 동안 적이 포착되지 않으면 퇴각하려
고 했다. 함정일 수도 있다고 판단한 것이다.

"산을 넘어서 간다. 우리가 굳이 시끄럽게 움직일 필요는 없
으니까."

모두 고개를 끄덕여 권왕의 말에 동의했다. 일을 복잡하게
만들고 싶지 않은 것은 그들도 마찬가지였던 것이다.

권왕과 황룡대 일행은 최대한 은밀하게 산을 넘는 중이었
다.

조심에 조심을 거듭해 길을 가고 있던 그때,

"응?"

권왕이 갑자기 인상을 찌푸렸다. 그리고 경공을 펼쳐 산의
정상으로 향했다. 황룡대는 영문을 몰라 급하게 따라붙었다.

정상에 도착하자 펼쳐지는 광경.

주변이 온통 산으로 이루어져 있어 정확하진 않았지만, 숲
이 일렁이고 있었다. 그것도 자신들이 넘고 있는 산 주위로 말
이다.

권왕의 얼굴이 차갑게 굳었다.

"당했군. 어찌 너무 허술하다 했건만……."

그의 말과 동시에 황룡대원들도 긴장한 표정을 했다. 적들이 점점 많아지는 걸 확인한 것이다. 자신들이 일당백의 무사라고 해도 개미 떼처럼 몰려드는 적에겐 당해낼 재간이 없었다.

다른 사람과 마찬가지로 적들을 보고 있던 팽가룡이 재빨리 입을 열었다.

"그럼 이럴 게 아니라 지금 바로 움직여야 합니다. 적들이 더욱 몰리면 빠져나가기도 힘듭니다. 다행히 지금이라면 돌파할 수 있습니다."

그는 한 지점을 손으로 가리켰다. 그곳은 다른 곳과 다르게 인원이 적었다. 퇴로 쪽으로는 사람이 가장 많아 후퇴하기 힘들었다. 이왕 도주할 거라면 최소한의 피해로 가야 했다.

"저곳은 적들의 수작일지도 모릅니다. 더군다나 목적지에서도 살짝 벗어나고요. 하지만 우리가 살아날 가능성이 가장 높은 곳입니다."

팽가룡의 말에 모두가 수긍했다. 그곳 말고는 방법이 없었던 것이다.

황룡대원들은 자신들의 장비를 챙기며 만반의 준비를 했다. 오늘 하루가 길 것이라고 예상하는 듯했다.

팽가룡은 걸음을 옮겼다. 그의 발걸음 끝에는 당천영이 서 있었다. 그늘이 진 그녀의 얼굴이 안타까웠는지 그가 부드럽게 안아주었다.

"괜찮을 거야. 우린 그냥 부대가 아니잖아. 수시로 죽음을 이겨내는 천무악 그 친우가 대주로 있는 부대잖아. 우리는 불사신이야."

현 대주 팽가룡이 천무악을 대주라 부르고 있었다. 황룡대원들의 마음속에는 항상 천무악이 대주로 있는 듯했다.

팽가룡의 위로의 말에 당천영이 웃는 얼굴로 답했다.

"으응, 당신도 있는데 내가 왜 불안하겠어? 제대로 안 지켜주면 발로 차버릴 거야."

두 사람은 서로의 얼굴을 보며 웃었다. 둘은 어느새 연인이 되어 있었다.

*   *   *

안휘 안경.

천무악과 일행은 지금 의원에 있었다.

"이 친구, 괜찮습니까?"

천무악이 의원에게 물었다. 그의 말에 의원은 얼굴을 찌푸렸다.

"부상이 심각합니다. 사라진 왼팔 부위가 가장 깨끗할 정도입니다. 쯧!"

위지관의 몸 상태는 좋지 않았다. 심적인 충격과 크고 작은 부상들, 그리고 부상을 입은 채 자신의 사부를 챙기는 과정에서 무리를 한 것 같았다.

천무악은 그런 위지관을 위해 많은 노력을 쏟았다. 주변으로 정심한 기를 끌어 모아 그가 치유에 힘쓰도록 하는 중이었다.

"의, 의원… 님, 저의 사부님은… 어떠십니까?"

위지관은 아픈 와중에도 자신의 사부를 먼저 챙겼다. 자신은 죽지 않을 테지만, 사부는 어떻게 될지 전혀 알 수가 없었기 때문이다.

의원은 말없이 고개를 저었다. 자신이 할 수 있는 것은 다 했다. 나머지는 자신의 소관이 아닌 것이다. 정신적인 문제가 아니던가.

"되었다. 사부님에 대한 것은 내가 알아볼 테니 넌 네 몸에나 신경 써라."

천무악이 위지관을 나무랐다. 친우의 치유가 늦고 있는 것이 귀괴 때문인 것을 알기에 하는 말이었다.

모두가 위지관을 걱정하고 있는 그때, 장강수로채의 부하 한 명이 급히 방으로 들어왔다. 그의 손에는 서찰이 들려 있었다.

"무림맹 측에서 연락이 왔습니다. 우리 쪽으로 오던 무리가 위험에 빠진 듯합니다."

천무악은 급히 서찰을 낚아챘다. 문득 불안한 생각이 들었기 때문이다.

서찰을 읽는 그의 손이 부들부들 떨렸다. 거기에는 팽가룡이 도움을 요청하는 글이 쓰여 있었다.

악서(岳西) 부근 산으로 이동 중. 귀천의 무리에 쫓기고 있음.

짤막한 글이지만 충분히 위기라는 것을 느낄 수 있었다. 죽은 줄 알았던 친우에게 보내는 글에 그 흔한 인사도 보이지 않으니 말이다.

천무악이 고개를 돌려 사람들을 바라보았다.

"가봐야겠습니다."

그의 말에 몇몇 사람들이 눈을 빛냈다.

* * *

샤샤샤샥!

황룡대 일행은 정신없이 수풀을 헤치고 있었다. 그들은 현재 산의 초입에 있었다.

적들은 끈질겼다. 한번 놓쳤음에도 불구하고 계속 쫓아오는 중이었다.

"헉헉! 어쩔 거야? 정말 들어갈 거야?"

차주철이 산에 본격적으로 들어서기 전, 동료들에게 물었다. 산이 험하거나 높지는 않았지만 불안한 감정이 든 것이다. 적들이 자신들을 꼭 이곳으로 몰아넣으려고 하는 느낌을 받았기 때문이다.

"어쩔 수가 없잖아. 헉헉! 부상자들을 대동한 채 더 이상 움직일 순 없어. 일단 올라가서 무악을 기다리자."

모용중인이 다급한 얼굴로 말했다.

뒤에서는 적들이 쫓아오고 동료들은 상당수 부상을 당했다. 이 상태로 평지에서는 견딜 수가 없었다. 고립되는 것은 전과 마찬가지나, 천무악이 있는 곳에서 그나마 가깝다는 것에 위안을 삼아야 할 듯했다.

결심을 굳힌 권왕이 앞장서 산에 오르기 시작했다.

"크큭! 우리의 생각대로 되었구나."

열심히 산을 타는 황룡대 일행을 보며 노인이 말했다. 그는 푸른빛의 피부와 눈을 가진 자로 녹귀보(鹿歸寶)라 불리는 사람이었다. 바로 독문의 문주였다.

황룡대 일행이 뚫으려 했던 곳은 사람이 일부러 적은 게 아니라, 많으면 안 되는 곳이었다. 이들, 독문의 무리가 있었기 때문이다.

이들은 송패준이 일을 일으키기 전에 마교에서 빠져 있었다. 천무악과 연합군을 견제하기 위해서 미리 보내놓은 것이다.

"독혈단(毒血團)은?"

녹귀보가 뒤에 있는 수하에게 물었다. 그에 수하는 고개를 숙이며 말했다.

"저기 오고 있습니다."

그들의 뒤편으로 시꺼먼 먼지를 일으키며 다가오는 무리가 있었다. 그들이 독문 최강의 부대 독혈단이었다.

"좋군. 이번 기회에 모조리 정리하겠다."

처처억!

"멸(滅)!"

녹귀보의 말에 부하들은 부복하며 소리쳤다. 그는 그들을 바라보며 흐뭇한 미소를 지었다.

'크크크! 이곳을 우리 땅으로 만들려면 확실한 정리가 필요하지.'

그의 머릿속에서는 상황이 정리되어 있었다. 귀천으로부터 약속 받은 이 땅을 독문만의 성지로 만들 계획이 말이다.

그는 독혈단과 부하들을 바라보며 소리쳤다.

"우리는 어둡고 축축한 운남을 떠나 이곳에 둥지를 튼다! 그 첫 발걸음에 우리의 공포를 느끼게 해주어라!"

그의 말이 끝나자 부하들의 몸에서 시꺼먼 독기(毒氣)가 피어오르기 시작했다.

"가자!"

"저놈들 벌써 올라오는데요?"

차주철이 뒤편에 있는 권왕을 보며 말했다. 그에 권왕은 인상을 찌푸렸다.

독문주 독귀(毒鬼) 녹귀보, 그는 예상보다 강했다. 자신이 힘을 다해 부딪쳐 보았지만, 백중세를 면하지 못했다. 그러는 동안 황룡대는 독에 중독되고 말았다. 예상 밖의 적들인지라 너무 준비가 부족했던 것이다.

"전투가 가능한 사람은 준비를 하여라."

권왕의 무거운 말에 황룡대 모두가 자리에서 일어섰다. 거기엔 독에 중독된 자들도 예외가 아니었다.

모용중인이 대원들을 바라보며 말했다.

"죽더라도 싸우다가 죽어야죠."

그의 말에 모두가 이빨을 보이며 웃었다. 그들은 천성이 무인이었다.

그들의 모습에 권왕 또한 미소를 지을 수밖에 없었다. 이들도 이렇게 나오는데 자신이 무서울 게 뭐가 있으랴.

"오늘 화끈하게 놀아보자꾸나."

그는 자신의 하나 남은 주먹을 힘주어 쥐었다.

독문과 황룡대의 전투가 벌어졌다.

나무와 풀이 검은색으로 죽고, 땅과 바위가 헤집어졌다. 수풀이 무성하던 산은 잠깐 사이에 황무지로 변하고 말았다.

황룡대원들은 독에 중독되지 않으려고 애쓰느라 제대로 된 공격을 못하고 있었다. 그나마 독에서 자유로운 사람들은 부상자들을 보호한다고 실력 발휘를 못했다.

권왕은 녹귀보를 맞아 고군분투 중이었다. 녹귀보의 독연(毒煙)은 땅까지 검은색으로 중독시켰고, 그 주위로는 독문의 사람들도 다가오지 않았다.

권왕의 얼굴에 다급함이 어렸다. 황룡대원들이 하나둘씩 쓰러져 가는 모습이 그의 눈에 밟힌 것이다. 그렇다고 자신이 나서줄 수도 없는 상황이니 안타까울 뿐이었다.

팽가룡과 차주철은 부상자들을 보호하면서도 잘 싸웠다. 독문의 문도들은 그들의 도에 심심찮게 목이 떨어져 나갔다. 두 사람 옆에 있는 모용중인도 일취월장한 실력을 뽐내고 있었다. 모용화린과 공수를 교환하며 움직이는 모습은 고수라 부르기에 부족함이 없었다.

황룡대원들 중 가장 바쁜 사람은 혜광과 당천영이었다. 혜광은 전투가 아닌 부상자들을 보살폈고, 그나마 독에 조예가 있는 당천영은 암기와 독을 뿌려대면서도 혜광을 돕고 있었다.

심하지 않은 중독은 당천영이 풀어내 버리니 독문으로서는 그녀가 눈엣가시처럼 느껴졌다.

독혈단의 단주 과자인(戈慈仁)은 문도들의 뒤에 서서 당천영을 유심히 살폈다. 그리고 결론을 내렸다.

"저년부터 죽여야겠군."

벌써 끝나고도 남아야 할 전투가 길어지고 있었다. 그것을 당천영의 능력이라고 확신한 그는 몸을 움직였다.

저벅!

그가 발걸음을 옮기자 몸에서 시꺼먼 독연이 피어올랐다. 녹귀보에 비할 바는 아니나 위협을 주기엔 충분했다.

팽가룡의 얼굴에 긴장감이 서렸다. 단원들을 처리하는 것도 식은땀이 나는데 단주는 얼마나 강할 것인가.

그는 자신의 도에 도강을 둘렀다. 그리고 그와 마주 보고 걸어갔다.

저벅저벅!

터벅터벅!

두 사람은 마주 보고 서서 서로를 살폈다. 둘 사이에 일어나는 기류는 주변을 무겁게 짓눌렀다. 권왕과 녹귀보의 대결이 전장을 좌우한다면, 이들의 대결은 당장 주변 사람들의 목숨을 결정짓는 것 같았다.

"흥! 뭐냐? 네가 저 못생긴 년의 오라비라도 되느냐?"

과자인이 팽가룡을 보고 코웃음을 쳤다. 자신의 앞을 가로막는 것이 가소롭게 보이는 듯했다. 팽가룡도 그에 지지 않았다.

"아니, 난 저 아리따운 소저의 지아비 될 사람이다. 넌 저런 여자라도 있냐? 그보다 여자를 품을 수는 있어?"

팽가룡은 과자인을 진정 안타깝다는 시선으로 보았다. 독인들은 몸에서 흘러나오는 독 때문에 일정 경지에 들지 못하면 사람과 살을 맞대기 힘들다는 것을 예로 든 것이다.

과자인의 얼굴이 흉측하게 일그러졌다. 상대가 독인들의 자존심을 건드린 것이다.

파팟!

그가 손을 움직이며 말했다.

"저런 년은 줘도 안 해!"

화우웅!

검은 독연 두 개가 팽가룡의 좌우로 다가왔다. 하지만 그는 고개를 숙인 채 움직이지 않았다.

독연이 코앞에 다가왔을 때, 그가 도를 부러뜨릴 듯 두 손으로 쥐었다. 이어 가로로 도를 휘둘렀다.

"아까부터 어디서 저년이래!"

펑펑!

그의 외침과 함께 독연이 터져 나갔다. 하나 독연이 무서운 이유는 지금부터였다. 안개가 끼듯 팽가룡의 주변 공기조차 독에 중독되어 푸르게 변했다. 이것을 한 모금이라도 들이마시면 중독은 당연한 일이었다.

팽가룡이 자신의 도를 한 손으로 빙글빙글 돌렸다. 이내 엄청난 속도로 도가 회전하자 독연이 그의 도 쪽으로 빨려들어갔다. 그리고 모은 독연을 과자인에게 던졌다.

"이딴 건 너나 많이 먹어라!"

휘이잉!

거친 바람과 함께 독연이 과자인에게 날아갔다. 그는 간단한 손짓으로 그것을 흩어버렸다. 그에게는 독연은 그저 공기와 다름이 없으니 말이다.

과자인의 눈빛이 변했다. 그가 주먹을 쥐자 독연이 그의 주먹을 감쌌다.

"아직 독이 뭔지 모르겠지?"

타탓!

그는 경공을 펼쳐 팽가룡에게 다가갔다. 그리고 주먹을 휘둘렀다.

쾅쾅쾅!

도강과 주먹이 수없이 부딪쳤다. 두 사람의 주변은 매캐한 연기로 자욱했다. 시간이 가면 갈수록 팽가룡이 불리한 상황이 되고 있었다. 그는 숨을 쉬어야 했으니 말이다.

그것을 보는 황룡대원들은 조마조마한 심정이었다. 혹시라도 팽가룡이 무너진다면 그를 막을 여력이 없는 것이다.

지금은 그나마 버티고 있지만 손이 부족해져 버리는 것이다.

"쿨럭!"

결국 팽가룡이 점점 물러서기 시작했다. 호흡이 달렸다. 짧은 호흡으로도 중독이 된 것이다. 그의 얼굴이 푸른색으로 변하고 있었다.

"그만두시오!"

후웅!

보다 못한 혜광이 환자들은 놔두고 손을 썼다. 그의 장풍은 독연을 멀리 퍼뜨려 놓았다.

잠시 뒤로 물러선 과자인이 피식 웃었다.

"다음은 중놈이냐? 저년, 생긴 것답지 않게 사랑받는가 봐? 크크큭!"

"뭐라고!"

덥석!

당천영이 발끈해 앞으로 나서려고 할 때, 그녀를 말리는 손이 있었다. 독에 중독되어서도 웃고 있는 팽가룡이었다.

독에 내성이 있는 그녀라 할지라도 과자인의 상대는 아니었다. 그것을 걱정해 미리 막은 것이다.

"가룡……."

당천영은 그 손을 뿌리칠 수 없었다. 팽가룡의 걱정이 전해졌기 때문이다.

혜광은 오랜만에 실력 발휘를 하고 있었다. 그의 백보신권은 권왕에겐 미치지 못했지만, 상당한 경지에 올라 있었다. 하나 그도 시간이 가면서 뒤로 물러설 수밖에 없었다.

압도적인 힘으로 그를 처리하지 않고서는 오래 버틸 수가 없는 것이다.

혜광이 견디지 못하고 쓰러지기 직전, 별안간 과자인을 향해 날아가는 독강(毒罡)이 있었다.

퓨숫!

퍼억!

그것은 뇌전과 같은 속도로 날아와 과자인의 독연을 뚫었다. 그리고 손에 구멍을 냈다.

"크아악! 어, 어떤 놈이 방해하느냐!"

과자인이 시뻘겋게 변한 눈으로 독강이 날아온 곳을 노려보았다. 그곳은 산의 정상으로 이어지는 길이었다.

"방해? 누가 누구를 방해했단 말이지?"

무거운 음성과 함께 숲이 움직였다.

저벅저벅!

한두 개의 발걸음 소리가 아니었다. 백 명도 넘을 것 같은 소리가 숲을 가득 울렸다. 이어 나타나는 그들의 면면.

수북한 턱수염에 각종 짐승의 가죽으로 만든 옷, 거칠게만 보이는 도끼 등의 무기는 그들이 산적이라는 것을 말해주고 있었다.

"녹림?"

황룡대원들의 입에서 스스로도 모르게 나온 소리였다. 하지만 산적들은 황룡대원들에게 관심을 주지 않았다. 오로지 독문의 사람들만 볼 뿐이었다.

그들 중 거대한 호랑이 가죽을 몸에 두른 자가 나와 소리쳤다.

"녹림 영웅들의 앞마당에서 이게 뭐 하는 짓들이냐!"

쩌렁쩌렁!

그의 사자후는 온 산을 뒤흔들었다.

우람한 덩치에 찢어질 듯 꿈틀거리는 근육, 매서운 눈. 그의 모습은 마치 산의 왕인 대호를 연상시켰다.

그들의 등장에 권왕과 싸우던 녹귀보가 눈을 빛냈다. 드디어 기다렸던 자들이 등장한 것이다.

"크큭! 어디서 큰소리치느냐? 매번 뒤 마려운 똥강아지마냥 도망칠 때는 언제고!"

녹림과 독문의 충돌은 이번이 처음이 아닌 듯했다. 녹림도들을 노려보던 녹귀보가 자신있게 손을 들어 올렸다.

그러자 독문의 문도들이 모두 품에서 동그란 물체를 꺼내 녹림의 산적들에게 던졌다.

펑퍼펑펑!

사방으로 독연이 자욱하게 피어오르며 주변을 뒤덮었다.

"저, 저!"

황룡대원들이 당황스런 음성을 토했다. 저것에 직접 맞아보진 않았지만, 독연의 무서움은 그들도 알고 있지 않은가.

"크큭! 크하하하! 어떠냐? 이번에도 도망갈 수 있겠느냐!"

녹귀보는 통쾌한 듯 크게 소리쳤다. 그는 지금껏 소탕하려고만 하면 도망가는 녹림이 마음에 들지 않았다. 그래서 운남독문 본문에서 가져온 화혈독무(和血毒霧)를 뿌린 것이다. 화혈독무는 극악의 독은 아니다. 하지만 상당한 수준의 독이 광범위하게 터지기 때문에 대량 살상에는 그만이었다. 만약 살아남는 자가 있다고 하더라도 그놈들만 골라 처리하면 되는 것이다.

"이제 확실히 정리했구나! 이젠 네놈들만 남은 것이냐? 크큭큭!"

그는 권왕과 황룡대를 보고 미소 지었다. 그의 얼굴은 마치 지금껏 봐줬다는 얼굴이었다.

그때, 숲에서 이상한 기류가 흘렀다.

휘오오오!

무엇인가가 빨려들어 가는 소리와 함께 굵은 음성이 들리는 것이다.

"정리? 누굴 말이냐?"

저벅저벅!

이어 발걸음 소리도 다시 들렸다.

"뭐, 뭐냐?"

녹귀보가 놀란 눈으로 숲을 바라보았다. 한두 명이면 몰라도 이렇게 많은 발걸음 소리가 들릴 수는 없었다.

하나 독연이 빠른 속도로 모이고 있었다. 그것도 단 한 곳으로 말이다. 잠시 후, 모든 독연이 사라지고 나타난 사내.

그는 아까 본 호랑이 가죽 옷의 사내였다.

그의 손에는 검은색으로 넘실거리는 동그란 구슬이 들려 있었다. 모든 독연을 모은 정화(精華)였다.

휘익!

사내가 검은 구슬을 독혈단의 한 명에게 집어 던졌다. 구슬은 빠른 속도로 날아가 그의 배에 박혔다.

푸쉬쉬쉬!

그러자 그의 목이 녹는 게 아닌가. 그가 한 줌의 혈수로 변하는 데엔 촌각도 걸리지 않았다.

"이이익!"

녹귀보의 푸른 얼굴이 시뻘겋게 달아올랐다. 그의 피부에도 그런 변화가 가능했는지 신기할 정도였다.

"쳐라!"

결국 참지 못한 녹귀보는 총공격을 내렸다. 그에 뒤에서 구경하고 있던 사극련의 사람들까지 뛰어들었다. 지금 이곳의 총대장은 바로 녹귀보였기 때문이다.

전장은 아수라장으로 변했다. 하지만 승세는 무림맹과 녹림

쪽으로 기울어져 있었다. 녹림의 무리가 너무나 많았던 것이다.

녹귀보는 믿을 수 없다는 얼굴로 전장을 바라보고 있었다.

그는 녹림의 사람이 이렇게 많을 것이라고는 상상도 못한 듯했다. 지금까지 도망만 다녔지 이렇게 총공세를 한 적이 없었으니 말이다.

"대결 도중에 어딜 보는 게냐?"

권왕은 아무리 상대가 충격을 받았다고 해도 전쟁 중에 그것을 봐줄 만큼 너그러운 사람이 아니었다.

퍼억!

둔탁한 소리와 함께 녹귀보의 머리가 권왕의 주먹에 의해 터졌다. 이름깨나 알려진 강자의 최후치고는 초라하기 그지없었다.

독혈단주 과자인은 호랑이 가죽 사내의 손에 목숨을 잃었다. 나머지 독문 문도들과 사극련의 무사들도 서서히 쓰러져 갔다. 결국 녹림과 황룡대가 승리한 것이다.

모든 적을 쓰러뜨린 후, 두 무리는 어색한 얼굴을 하고 있었다. 누구 하나 서로 말을 거는 자가 없었던 것이다. 하나 계속 이렇게 있을 수는 없는 법.

권왕이 앞으로 나섰다. 도움을 받은 입장에서 고맙다는 말은 전해야 했다.

"녹림 영웅들의 도움을 받다니, 정말 고맙네그려."

그는 진심으로 감사의 말을 전했다.

"영웅들은 무슨……."

비록 차주철이 뒤에서 작은 소리로 중얼거렸지만 말이다.

그에 녹림 총표파자로 보이는 호랑이 가죽 사내도 앞으로 나섰다.

"고마워할 필요는 없소. 우린 집을 지킨 것뿐이니……."

그는 그 말을 마치고 몸을 돌리려고 했다. 하지만,

"서, 설마 천장 오라버니?"

그의 귀로 떨리는 가냘픈 목소리가 들려왔다. 당천영이었다.

그녀는 호랑이 가죽 옷의 사내가 처음 등장했을 때부터 뚫어져라 쳐다보았다. 자신의 오라비인 당천장을 많이 닮았기 때문이다. 하나, 그가 집을 뛰쳐나간 지 십 년이 흘렀고, 저 거대한 덩치는 그녀의 예상에 들어 있지 않았기에 긴가민가했다.

그러다 그의 옆에 딱 달라붙어 있는 녹색옷의 사내, 녹영을 알아본 것이다. 그는 자신과 동생 당천진을 구하기 위해 한쪽 눈까지 내어놓지 않았던가.

그 당시에는 저 사내의 행동을 이해하지 못했는데, 만약 눈 앞에 있는 사람이 정말 당천장이라면 모든 것이 맞아떨어졌다. 그에게 동생을 지켜달라고 명하면 되는 것이니 말이다.

당천장의 얼굴에 안도의 미소가 어렸다. 여동생이 자신을 알아보지 못하는 것 같아 살짝 섭섭해지려 하는 차였던 것이다.

"잘 지냈느냐?"

그가 그녀의 안부를 물었다. 당천영은 대답을 하지 않고 고개를 숙이고 있었다. 몸까지 조금씩 떨리는 중이었다. 그간 오라비를 걱정한 마음이 여간 큰 것이 아닌 듯했다.

저벅!

당천장이 한 걸음 뒤로 물러났다. 녹림의 사람들은 그를 의아한 듯 바라보았다. 앞으로 다가가도 모자랄 판에 왜 뒤로 물러난단 말인가. 이유는 바로 알 수 있었다.

"야이, 미친 오라버니야!"

다다다닥! 빠악!

녹림 사람들의 눈앞으로 섬광이 지나갔다. 그리고 그 섬광은 그들의 총표파자 후두부를 정확히 가격했다.

"크억!"

털썩!

당천장은 어지러운 듯 바닥에 주저앉았고, 그 위를 당천영이 덮쳤다. 그녀는 자신의 오라비를 사정없이 때리기 시작했다.

퍼퍼퍼퍽!

그녀의 눈에선 눈물이 흘렀다. 하나 얼굴은 행복한 듯 웃고 있었다.

녹림의 사람들과 황룡대원들은 두 남매의 사정을 대충 알기에 그저 흐뭇하게 바라볼 뿐이었다. 물론 당천장은 죽을 맛이었지만 말이다.

녹림 총표파자의 산채.

지은 지가 얼마 되지 않은 듯 깨끗한 집무실에 여러 사람이 둘러앉아 있었다.

"그래서 지금 우리 보고 힘을 빌려달라는 말인가?"

그중 당천장이 무거운 음성으로 으르렁거렸다. 그의 기분이 좋지 않은 듯 했다.

"오라버니……."

당천영은 그런 오라비를 조심스레 말렸다. 자신보다 더한 고통을 받으며 살아온 그다. 그것은 동생인 자신이 말린다고 풀릴 한이 아닌 것이다.

당천장은 눈앞에 있는 권왕, 그리고 팽가룡을 죽일 듯 노려보았다.

"내가 당신들을 도와준 것은 단지 동생을 구하기 위함이었다. 그 이상도 이하도 아니니 이곳을 그만 떠나라."

그는 화가 났다. 감히 무림맹이 누구에게 도와달라는 말을 하는 것인가. 당가가 무너질 때, 숱한 도움 요청에도 손 한 번 들어주지 않았던 무림맹이다. 당천장에겐 그런 그들을 도와줄 마음도, 필요도 없었다.

팽가룡은 모른다고 쳐도, 권왕만큼은 어떤 일이 있었는지를 알기에 선뜻 입을 열지 못했다.

사천에 있는 많은 문파에서 무림맹에 손을 쓴 일이 있었다. 사천당가의 도움 요청을 거부하란 말이었다. 몇몇 사람들이 말도 안 된다며 거절을 했지만, 대다수의 사람들은 벌써 그쪽으로 넘어간 상황. 결론은 당가의 요청을 거부하는 것으로 났었다.

권왕은 그 당시 여러 문파의 의견에 반대하는 입장이었지만, 지금 이 상황에서는 변명거리도 되지 않았다. 눈앞에 있는 사람은 그 아픔을 직접 겪었으며, 복수를 위해 가문까지 나온 인물이 아닌가.

하지만 지금 같은 상황에 그냥 물러서기도 쉽지 않았다. 한 손이라도 더 필요한 시기였기 때문이다.

"그러지 말고, 내 말 좀……."

"불가!"

당천장은 이제 권왕의 말조차 듣지 않으려고 했다.

끼이익!

그때, 집무실의 문이 열리며 일단의 사람들이 들어왔다. 그들은 권왕과 황룡대를 도와주러 온 천무악과 빙제, 그리고 용왕이었다.

"대, 대주? 대주우!"

덜컹! 다다닥!

걱정스런 얼굴로 자리에 앉아 있던 당천영이 벌떡 일어나 천무악에게 뛰어갔다. 그녀의 얼굴엔 환한 미소까지 걸려 있었다.

그런 그녀의 모습에 팽가룡은 섭섭할 만도 하건만, 전혀 그런 내색을 하지 않았다. 오히려 그녀보다 더 반가운 얼굴로 천무악을 맞았다.

"이 친우야! 도대체 어떻게 된 일이야?"

"나쁜 놈! 네가 그러고도 인간이냐?"

팽가룡뿐만 아니라 차주철과 모용중인도 그를 반겼다. 그렇게 소식을 듣고 하나둘 모이다 보니 어느새 집무실은 황룡대로 넘쳐났다.

"크크크! 잘들 지냈어?"

천무악도 반가움을 가감없이 드러냈다. 그가 얼마나 이들을 그리워했던가.

집무실은 그들로 인해 축제 분위기가 되어갔다.

모두가 흐뭇한 얼굴로 그들의 우정을 지켜보았지만, 딱 한 명은 인상을 찌푸린 채 눈을 감고 있었다.

그사이 소외되어 버린 당천장이었다.

"크하하하! 술이란 놈을 오랜만에 알현하니 기분이 날아갈 것 같구나!"

"벌써 날아간 것 같네! 왜 이렇게 소리를 질러?"

차주철이 시끄럽게 소릴 지르니 모용중인이 그를 타박했다. 현재 분위기에 전혀 어울리지 않아서였다.

술도 있고 황룡대원도 있다. 웃고 떠들어도 문제가 없는 분위기였지만, 사람들은 입을 열지 않았다.

믿었던 사람의 죄를 묻기가 쉽지 않았던 것이다.

그렇다고 계속 이렇게 있을 수도 없는 일. 권왕이 힘들게 입을 열었다.

"어떻게 된 것인가?"

그의 질문이 마음에 들지 않았을까. 고래고래 소리를 지르던 차주철이 끼어들었다.

"에이, 어르신! 그게 아니죠."

그는 천무악을 바라보며 진지한 얼굴로 물었다. 지금까지 웃는 모습도 사라지고 없었다.

"그냥 까놓고 말하자. 네가 살아 있다는 것은 그놈도 살아 있단 말이 되겠지? 위지관, 그 씹어 먹을 새끼가 왜 그랬던 거냐? 그리고 그 새끼는 지금 어디 있고?"

차주철은 마치 철천지원수의 행방을 묻는 것 같았다. 사람들도 심정으로 그를 이해했기 때문에 나무라지 않았다. 그들은 떨리는 마음으로 천무악의 답을 기다렸다.

"후우……."

천무악도 이들의 심정을 이해했다. 그래서 더욱 말을 잘해야 했다. 위지관을 이해해 주기 바라는 마음에서였다.

그는 이들에게 위지관이 겪었던 상황부터 설명했다. 잡혀 있는 사부, 귀천에서의 명령, 그리고 그의 갈등까지, 그 후에 자신들이 나오게 된 이야기로 이어졌다.

모든 이야기가 끝났다. 하지만 누구 하나 입을 여는 사람이 없었다.

두 사람이 살아서 돌아온 것은 정말 하늘에 고마워하고 있었다. 하지만 돌아온 위지관이라는 친우에 대해 어떻게 말해야 할지를 모르는 것이다.

천무악은 나지막한 목소리로 한마디를 보탰다.

"너희들이 그놈을 이해해 주기 바란다."

검에 찔렸던, 죽다가 살아난 친우가 위지관의 죄를 감싸주고 있다. 그런 상황에 그들이 무슨 말을 할 수 있을까.

벌컥벌컥!

그때, 차주철이 자신의 앞에 있는 술독을 통째로 들이켰다. 타는 속을 달랠 길이 술밖에 없는 듯했다. 그는 술통을 비우고 나서야 입을 열었다.

"푸하! 술맛 좋네. 이야기는 잘 들었다. 나머지는 우리가 그놈과 만나서 풀 이야기인 것 같네. 일단 오늘은 친우의 귀환을 축하하자고!"

차주철이 술잔을 높이 들었다. 그제야 모두 웃으며 술을 마시기 시작했다. 와자지껄 시끄럽게 떠들며 기분을 푸는 황룡대원들. 하지만 그들의 눈은 차갑게 가라앉아 있었다.

귀천이란 무리에 대해 분노한 것이다. 마음으로 통한 친우를 해할 수밖에 없도록 만든 그들의 수법, 또 그들의 수작으로 인해 죽어간 친우의 사부와 그들이 아는 사람들, 그 어느 것 하나 용서할 수 없는 일이었다.

그들은 뼛속 깊숙이에 분노를 박으며 술을 마셨다. 오늘은 귀천의 패망을 위한 술자리였다.

엄청난 양의 술과 피곤함에 하나둘 쓰러졌고, 마지막까지 남은 사람은 천무악과 당천장뿐이었다. 두 사람은 술에 취하지 않는 사람들이기 때문이다.

천무악의 경우는 검지가 정화작용을 하지만, 당천장은 자신의 품에 있는 피독주가 그 역할을 대신했다. 그것은 당가의 가주라는 징표였다.

그는 품에서 꺼내 그것을 만지작거렸다. 영롱한 빛을 뿌리는 옥패, 마치 천무악이 지니고 있는 자정이환 같았다.

"소중한 물건 같군요."

천무악이 당천장에게 넌지시 물었다. 그에 당천장은 피식 웃었다.

"조부님께서 돌아가시면서 내 손에 쥐어주셨던 거요. 당가를 반드시 일으켜 한을 풀어달라며 말이오."

그의 조부는 주변 문파들에 의해 무너지는 당가를 보며 힘겨워했었다. 자신의 못남으로 인해 이런 일이 벌어진 것 같았기 때문이다. 거기에 그의 아들은 태생적으로 허약해 높은 수준의 무공을 익히지 못했다.

그렇다 보니 후일의 모든 희망은 손자인 당천장에게로 모아졌다.

조부는 돌아가셨다. 그리고 아버지는 희망없이 숨만 붙어 있다. 단지 그에게 수시로 말했을 뿐이다.

"넌 꼭 당가를 일으켜야 한다."

현실에 너무 숨이 막혀 가출을 했지만, 결국 돌고 돌아 당가를 일으키겠다는 지금에 와 있다. 비록 그 시작은 녹림이란 이름이 되겠지만 말이다.

"훗!"

당천장의 입에서 바람이 새어 나왔다. 자신이 처음 보는 사내에게 왜 이런 말을 하는지 이해가 되지 않았던 것이다.

'동질감인가?'

술자리를 같이하며 많은 이야기를 들었다. 비록 그는 아무 말도 하지 않았지만. 거기에 동생 당천영이 상황 설명을 해주었다. 이야기를 종합해 본 결과 눈앞에 있는 그도 자신과 다를 것이 없어 보였다.

"제가 한마디 해도 되겠습니까?"

상대의 이야기를 모두 들은 천무악이 입을 열었다. 당천장은 그가 무슨 이야기를 할지 궁금해 고개를 끄덕였다.

"요점부터 말하자면, 이번에 저희와 함께하자는 말입니다."

당천장은 그의 말에 인상을 찡그렸다. 정파, 즉 무림맹이 싫다고 분명히 말했다. 그런데 함께하자니.

천무악의 말은 계속 이어졌다.

"저도 당 형과 마찬가지로 무림맹이 싫습니다. 몇몇 문파 때문이죠. 하지만 그렇기에 더욱 그들과 함께하려는 것입니다."

천무악은 청성파와 몇몇 문파의 사람들에게 자신의 힘을 보여주고 싶었다. 지금껏 천지문을 무시했던 모든 자들에게 강함이란 것을 직접 느끼게 해주려는 것이다. 그것도 눈앞에서.

그들에게서 벗어나 따로 움직인다면 분명히 편할 것이다.

하나 그들은 자신들이 무서워서 피한다고 생각할 수도 있었다. 그리고 그것은 결국 또 다른 문제를 야기할지도 모르는 일이다.

천무악은 그들의 뇌리에 확실히 못 박아주고 싶었다. 천지문은, 자신은 함부로 건드릴 사람이 아니라는 것을 말이다.

당천장은 천무악의 말에 골똘히 생각했다. 비록 저 말이 다 맞지는 않았다. 조금 억지도 있었다. 하지만 틀린 말은 아니었다.

피의 길을 갈 수도 있다. 무참히 짓밟을 수도 있는 것이다. 그러나 그것은 그들에게 다시 복수심을 유발할 뿐, 덤비면 죽는다는 기시감을 줄 수는 없었다.

생각을 정리한 당천장이 천무악을 바라보았다.

"알았소. 같이하는 걸로 하겠소."

그렇게 녹림의 사람들도 연합군에 참여하게 되었다.

녹림과 황룡대원들은 며칠이 지나서야 산을 떠나 연합군이 있는 안경에 도착할 수 있었다. 휴식과 부상자의 회복이 필요했기 때문이다.

황룡대원들은 안경에 도착하자마자 위지관이 있는 의원으로 향했다. 그곳에서 사경에서 갓 벗어난 친우를 볼 수 있었다.

"왔나?"

위지관은 밝은 목소리로 그들을 맞았지만 몰골은 말이 아니었다. 밥도 제대로 먹지 못해 바짝 마른 모습이었다.

황룡대원 모두 한마디씩, 아니면 주먹을 써서라도 화를 풀려고 했다. 하나 아무도 그런 행동을 할 수 없었다.

친우의 왼팔은 허전했고, 몸은 성한 곳이 보이지 않았다. 거기에 비록 밝은 목소리지만 얼굴은 미안함으로 가득차 있었다. 아래로 깔린 시선이 그의 마음을 대신하는 것 같았다.

아무런 미동도 없는 그 상황에서 차주철이 앞으로 나서며 움직였다. 그는 위지관을 향해 바로 걸어갔다.

저벅저벅!

그의 앞에선 차주철은 주먹에 힘을 주어 힘차게 휘둘렀다.

퍼어억!

뚝뚝뚝!

피가 바닥을 흥건하게 적셨다. 위지관을 포함한 모두가 경악한 얼굴로 차주철을 바라보았다. 그는 주먹으로 자신의 얼굴을 때린 것이다.

"뭐, 뭐 하는 짓이야!"

가장 당황스런 위지관이 차주철에게 소리쳤다. 그는 친우가 자신을 때릴 것이라 생각하고 있는 차였다.

주저앉아 한참 동안 피를 뱉던 차주철이 고개를 들었다.

"헷! 내, 내가 이러니 네놈 기분은 어떠냐? 크윽!"

그는 입속이 쓰라린 듯 인상을 찌푸렸다. 하지만 말을 멈추지는 않았다.

"황당하냐? 아프겠냐? 미안하냐? 지금 네가 느끼는 감정이 우리의 감정이었다."

차주철은 어느새 눈물을 머금고 있었다.

"네놈 혼자 고통스럽게 그런 고민을 했다고 생각하니… 내가 황당하고, 아프고, 미안하다. 도대체 왜 말을 안 했냐……."

그의 눈에서 결국 눈물이 흘렀다. 항상 호쾌하고 굳건하던 그가 남자의 우정을 흘리는 것이다.

"네놈이 무슨 짓을 해도 우린 친우잖아!"

차주철의 외침에 위지관의 눈에서도 눈물이 흘렀다. 황룡대원들도 모두 공감하는지 눈시울을 붉혔다.

자신들은 피는 나누지 않았지만 같이 동고동락한 의형제와 다름없었던 것이다.

"미, 미안해. 정말 미안하다."

위지관이 친우들에게 고개를 숙였다. 그의 행동에는 진심이 담겨 있었다.

"자식들!"

황룡대원들이 두 사람을 보며 밝게 웃었다. 그들 또한 아마 당분간은 조금 어색할지 몰라도 가슴속의 앙금은 풀린 것 같았다. 이제 그들은 모든 원흉인 귀천을 상대하는 것에만 집중할 수 있게 되었다.

第五章
천무악, 기지를 발휘하다

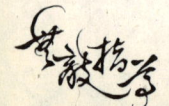

귀천에 변화가 생겼다.

　한 번도 모습을 드러내지 않았던 귀천의 수장이 나타난 것이다. 스스로를 천하제일인이라 일컫는 자.

　천외사존(天外死尊) 송무건이 바로 그였다.

　복건 태녕 귀천의 대전 안.

　칠흑같이 검은 머리, 창백한 얼굴, 날카로운 눈이 어딘지 모르게 패황과 닮은 사람, 천외사존이 자신 앞에 부복하고 있는 자를 내려다보았다.

　그자는 자신의 아들 송패준이었다.

　"반대에도 불구하고 움직였다고 들었다. 사실이냐?"

　아버지의 말에 송패준은 고개를 들지 못했다. 그는 자신이 성공할 줄 알았다. 하다못해 패황과 비슷한 실력은 될 것이라 생각했던 것이다. 하나 결과는 패배에 무영신마를 비롯한 힘들게 끌어들였던 전력까지 잃고 말았다. 더 큰 곳에서 써먹을 중요한 패였는데 말이다.

"죽여주십시오!"

송패준은 입이 열 개라도 할 말이 없었다. 그저 자신의 실패를 인정하고 처벌을 기다릴 뿐이었다.

"흐음……."

천외사존은 자신의 턱을 쓰다듬으며 고민하는 듯했다. 너무나 큰 실수에 자신의 아들이라도 쉽게 용서가 안 되는 것 같았다.

이내 마음을 정했는지 그가 입을 열었다.

"이번 전쟁을 이끌어라. 그래서 떨어진 사기를 직접 올려놓아라."

아버지의 선처가 의외였는지 송패준이 놀란 눈을 했다. 자신의 아버지는 지금껏 실패를 용납지 않았으니 말이다. 그는 기쁜 얼굴로 고개를 숙였다.

"아버님이 도착하셨을 때는 저들의 수족만을 볼 수 있게 만들겠습니다. 더 이상의 실망은 없을 것입니다!"

"음, 나가보아라."

아버지의 축객령에 송패준은 걸음을 옮겨 대전을 나섰다.

쿠웅!

거대한 문이 닫히고 대전 안에는 천외사존 혼자만이 존재

했다.

"우매한 놈. 내가 갈 때까지 기다리라 했건만."

그는 안타까웠다. 동생을 쉽게 손봐줄 수 있는 있는 방법이 사라졌기 때문이다.

"하지만 이것도 괜찮겠지. 가장 큰 재미는 뒤로 미뤄놓는 게 말이야. 크하하하!"

그는 자신의 두 손을 바라보았다. 힘이 넘치고 있었다. 주체할 수 없는 힘이 온몸 구석구석을 누볐다.

그는 그 점이 너무나 좋은지 잠시 흐뭇하게 웃었다. 하지만 그것은 이내 섬뜩한 미소로 바뀌었다.

"이번에야말로 제대로 된 피의 향연을 펼칠 수 있겠구나. 그것이 너무 기대되는군. 크큭, 크하하하!"

그의 광기 섞인 웃음소리는 한동안 계속 대전을 울렸다.

*   *   *

무림맹 주변을 둘러싸고 있던 사극련과 독문의 잔당들이 일제히 물러났다. 귀천의 본거지에서 출발한 본진과 함께하기 위해서였다.

무림맹의 정문.

그곳에는 많은 사람들이 나와 있었다. 북해, 장강수로채, 녹림의 연합군이 도착하는 날이기 때문이다.

지금껏 이런 자리에서는 볼 수 없던 맹주 남궁천까지 나와 있었다.

"옵니다!"

수하 한 명이 달려오며 소리쳤다. 그에 사람들의 시선은 수하 뒤쪽을 향하게 되었다.

발걸음도 당당한 연합군의 위용! 귀천의 본진이 오고 있다는 소식에 불안해하던 사람들을 안정시킬 정도의 모습이었다. 그들의 선두에는 용왕과 빙제, 녹림 총표파자가 자리하고 있었다.

저벅저벅! 처억!

드디어 도착한 그들의 앞으로 남궁천이 다가갔다.

"이렇게 와주어서 고맙소이다. 본인은 남궁천이라 하외다."

그를 시작으로 연합군의 세 사람도 자신을 소개했다. 서찰은 주고받았을지라도 이렇게 마주 보는 것은 처음인 그들이다.

각 수장들의 소개가 끝나자 남궁천이 주변을 두리번거렸다.

자신이 가장 보고 싶어했던 인물이 보이지 않는 것이다.

그때, 연합군의 무리가 반으로 갈라지며 하나의 길을 만들었다. 이어 그 길을 천천히 걸어오는 이는 천무악이었다. 그는 밝은 얼굴로 남궁천에게 인사를 건넸다.

"그간 강녕하셨습니까?"

그의 인사가 어찌 이리도 기쁠까. 남궁천은 얼른 다가가 천무악의 손을 잡았다.

"암, 잘 지냈지. 네가 고생이 많았다. 내가 네 소식을 듣고 얼마나 가슴 아파했는지 아느냐."

말하는 도중 그의 시선이 한곳을 향했다. 그곳에는 남궁혁
진이 서 있었다. 그사이에 많은 고초를 겪었는지 몰골이 말이
아니었다.

"냉큼 이리 와서 빌지 못하겠느냐!"

남궁천의 호통에 남궁혁진은 몸을 떨었다. 망해도 그는 무
림맹주의 손자였다. 자신이 천무악에게 빈다면 그것은 할아버
지를 욕되게 하는 것과 다름없다고 생각하는 그였다.

그의 그런 마음을 눈치챘을까. 천무악은 조용히 남궁천을
말렸다. 굳이 그럴 필요가 없다는 것이다.

사실 천무악은 지금 남궁혁진의 사죄 같은 것은 받고 싶지
않았다. 권왕에게 전해 들은 것이 있었기 때문이다.

"맹주님, 전 그 무엇보다도 그곳에 먼저 가고 싶습니다."

"그곳? 아!"

남궁천은 천무악이 말하는 그곳을 바로 떠올렸다. 그렇지
않아도 가장 먼저 찾을 거라 예상하고 있었던 것이다.

"가세나."

남궁천은 선두에 서 천무악을 안내했다.

화지천(化支天).

커다란 위패에 적힌 글자다. 이곳은 화지천의 넋을 기리기
위해 남궁천이 특별히 만들어놓은 곳이었다.

"사실 얼마 전까지만 하더라도 자네 위패 또한 저기에 올라 있었네."

남궁천의 친절한 설명을 뒤로하고 천무악은 위패 앞에 섰다. 그리고 천천히, 그것도 정성을 다해 위패에 절을 올렸다.

"이 못난 제자, 이제야 사부님을 뵙습니다."

천무악은 화지천이 죽은 지 몇 달이 지나서야 인사를 올리는 것이었다. 그간 그의 마음은 죄송스럽기 그지없었다.

지켜보는 모든 이들은 천무악의 마음이 이해가 되었는지 같이 목례를 취했다.

잠시 후, 권왕이 다가왔다.

"이놈을 천지문이 있는 천중산에 묻어두었다네. 나중에 같이 가세나."

그의 말에 천무악은 고개를 끄덕였다. 그리고 사부에게 마음속으로 고했다.

'모든 일이 끝난 뒤 사부님께 당당히 찾아가겠습니다.'

천무악의 눈에 굳은 다짐이 서렸다.

'그때가 되면 하늘에서 큰 소리로 웃으실 수 있을 겁니다. 저란 놈을 자랑하시면서요.'

그는 그 다짐을 끝으로 몸을 돌렸다. 나머지 이야기를 하게 된다면, 그것은 화지천의 무덤 앞이 될 것이다.

천무악과 모든 사람들이 그곳을 떠나고 혼자 남은 사람이 있었다. 은설련이었다.

그녀는 화지천의 위패 앞에서 눈을 꼭 감았다.

‘어르신, 무악이 무사하게만 해주세요. 반드시 그리 되게 보살펴 주세요.’

은설련은 자신의 바람이 화지천에게까지 닿기를 간절히 빌었다.

그로부터 며칠 뒤, 마교의 사람들도 무림맹에 도착했다. 그들은 지쳐 있었다. 특히나 패황은 병색이 깊어 보였다. 끈질기게 쫓아오는 적들로부터 부하들을 지키기 위해 몸을 사리지 않았기 때문이다.

남궁천은 의당에 특별히 지시해 패황의 병환을 돌보는 데 힘쓰게 했다. 그는 현재 꼭 필요한 존재였으니 말이다.

무림맹에 모인 북해, 장강수로채, 녹림, 마교, 이렇게 역사상 유례없는 연합군은 귀천과의 최후의 전쟁을 준비하고 있었다.

귀천의 무리가 강서에 들어섰다는 소식이 들어왔다.

그렇다면 이제 무림맹도 출정을 해야 했다. 일반 사람들의 터전이 있는 무한이란 도시에 피해를 주기는 싫었던 것이다.

사람들은 소식을 듣자마자 움직이려 했다. 큰 전투를 앞두고 철저한 준비를 하려는 것이다. 하지만,

“저기… 그런데 말입니다…….”

소식을 전하러 온 부하는 아직 할 말이 끝나지 않은 것 같았다.

“무언가?”

말을 질질 끄는 걸 질색하는 용왕이 얼굴을 잔뜩 찌푸린 채 물었다. 그에 부하는 겁먹은 듯 목을 움츠리며 대답했다. 말도 아주 신속했다.

"병력이 약 팔만 명 정도로, 예상보다 더 많다고 합니다!"

그는 자기 할 말만 마치고 자리를 벗어났다.

그가 사라진 후, 사람들은 서로의 얼굴을 바라보며 멍한 얼굴을 했다. 차이가 나도 이만 명이나 차이가 나는 것이다. 물론 무림연합군의 병력이 더 적다는 게 문제였다.

"어쩌지?"

명숙 중 누구 하나 답을 꺼내지 못할 때, 천무악이 나섰다.

"어차피 결과는 고수의 수로 결정됩니다. 그러니 너무 걱정하지 마시고 이렇게 준비합시다."

천무악의 계획은 이랬다. 기존의 결전지인 강소 상고(上高)를 버리고 최대한 호북 쪽으로 끌어들이자는 것이다. 황룡대와 자신이 간헐적으로 습격해 인원과 속도를 줄이는 동안, 나머지 사람들은 함정을 만들라는 이야기였다. 그러면 사람의 수는 대충 맞게 될 거란 그의 예상이었다.

사람들은 치밀하지 못한 계획에 적들이 과연 당할지 의문이었다. 그래도 믿음이 가는 게 있다면 황룡대의 기습이었다. 지금껏 그들이 보여준 위용은 기대하게 만들기에 충분했다.

거기에 마교와 수로채, 그리고 녹림과 북해에서도 정예를 일부 내어준다고 했다. 인원이 너무 많으면 기습이 안 되기에 모두 적당한 숫자를 맞추었다.

결국 천무악의 계획은 받아들여져 기습대는 나머지 부대와 달리 한발 일찍 출발했다. 시간을 최대한 벌려면 갈 길이 멀었다.

강서의 안의(安義).

이곳을 지나려면 반드시 강을 건너야 했다. 선봉장은 용왕에게서 벗어나 귀천의 장로가 되어 있는 황당충이 맡고 있었다. 그는 강을 바라보며 고민했다. 어떻게 하면 빨리 건너갈지를 말이다.

강은 상당히 깊어 물속으로는 지나가지 못할 것 같았다. 배말고는 수단이 없었다. 강이 길어서 다리를 놓기는 힘들어 보였다.

"뗏목을 만들어라!"

황당충의 명령에 부하들은 무리 지어 산으로 들어갔다. 다행히 강 근처에 우거진 숲이 있어 뗏목을 만들기에 좋은 나무가 많았다.

부하들은 너나 할 것 없이 나무를 베기 시작했다. 그들이 일에 집중하고 있는 그때,

쉬쉬쉬쉭!

날카로운 소리와 함께 허공에서 기검들이 날아왔다. 그리고 나무 위에서는 날랜 족제비처럼 녹색 인영이 내려와 귀천 무리의 목을 베고 도망갔다.

퍼퍼퍽! 스가악!

"이, 이게 뭐야? 크아악!"

"스, 습격이다! 적의 공격이야!"

귀천의 사람들은 우왕좌왕하며 정신을 차리지 못했다.

기검은 어디서 날아오는지 알 수가 없었고, 녹색 인영들의 움직임은 산속임에도 불구하고 평지와 다르지 않았다. 거기에 간간이 날아드는 암기와 화살 또한 그들을 죽음으로 몰아넣고 있었다.

잠시 후, 그들이 물러가고 숲엔 정적이 찾아왔다. 사람들은 주변을 둘러보며 상황을 확인했다. 결과가 드러나자 그들은 경악할 수밖에 없었다. 찰나의 순간에 삼백 명은 됨직한 사람들이 죽어 나갔다.

그들을 공격한 사람들은 천무악과 녹림의 사람들이었다. 녹림 사람들의 특성을 잘 살려 기습에 성공한 것이다. 황룡대원 몇몇은 화살과 암기를 날리며 그들의 뒤를 보호했다.

어이없게 당하자 황당충은 더 많은 부하들을 산으로 보냈다. 일부는 주변을 살피며 적의 기습에 대비하라고 보낸 것이다.

하지만 그 뒤로도 신출귀몰한 기습대의 움직임에 속수무책으로 당하고 말았다.

그러는 와중에도 나무는 차곡차곡 쌓여 뗏목을 만들 수가 있었다.

뗏목이 완성되자 귀천의 사람들은 하나둘씩 건너기 시작했다. 첫 번째 무리가 강 건너에 다다르자 바로 두 번째 무리가 출발했다.

연합군의 능력은 거기에서도 발휘가 되었다.

와직! 와지직!

잘 건너던 뗏목이 반 토막이 났다. 그리고 강으로 떨어진 사람들은 물속으로 끌려 들어가 익사하고 말았다. 장강수로채의 수적들이 실력을 선보인 것이다.

강 건너 뭍에 있던 사람들은 북해 사람들과 황룡대원들에게 도륙을 당했다. 더군다나 천무악의 기검들이 강을 종횡무진 누비니 적들은 넘어올 엄두도 내기 힘들었다.

상황이 나쁘다는 것을 느낀 황당충은 고수들과 함께 무력답수(無力踏水)의 방법으로 강을 건넜다. 하나 그때는 이미 연합군은 철수하고 없었다.

"으득, 이놈들!"

황당충은 이빨을 갈았다. 자신이 누구던가.

장강수로채에서 벗어나 귀천에 몸담은 지 고작 삼 년 만에 장로라는 직분을 받은 사람이다. 지금에 와서는 귀천의 서열 이십위 권에 있는 강자가 바로 자신인 것이다. 그런데 이곳에서 적들의 웃음거리가 되다니.

피해가 상상외로 컸다. 더 이상 당한다면 상부의 질책도 피할 수 없을 것 같았다.

그의 자존심 때문이라도 더 이상은 당할 수 없었다.

황당충은 그 뒤로도 기습이 계속 신경 쓰여 항상 선두에 섰고, 고수를 곳곳에 배치했다. 부하들에게도 주의를 기울일 것을 당부했다.

하지만 적들은 더 주도면밀했다. 처음에는 기습하기 좋은 밤에 공격을 해왔다. 황당충은 그에 발 빠르게 대처했다. 밤에는 자신을 포함한 고수들이 경계를 선 것이다. 하나 그 뒤엔 고수들이 지쳐 쉬면서 움직이는 낮에 공격을 해온 것이다.

기습은 계속되었고, 귀천의 사람들은 지쳐 갔다. 뒤에 가서는 처음처럼 큰 피해는 없었지만, 그들의 분노는 극에 다다랐다. 전혀 쉴 수가 없다 보니 짜증이 커진 것이다.

어느새 귀천의 사람들은 호북에 접어들었다. 당하면서도 부지런히 움직인 결과였다.

호북의 통산(通山).

무림맹이 있는 무한과 멀지 않은 곳이었다. 하루만 열심히 걸으면 닿을 정도의 거리. 피곤에 찌든 이들은 빨리 이 전쟁을 끝내고 싶었다.

그들이 넓은 평야를 지나고 있을 그때,

휘오오오!

갑자기 먼지바람이 일었다. 그리고 일어난 먼지가 가라앉았을 때는 그들의 맞은편에 일단의 무리가 서 있었다.

천무악과 황룡대를 포함한 기습대였다.

황당충은 그들을 보며 회심의 미소를 지었다.

"미천한 것들, 고작 기습 따위를 성공했다고 사기가 하늘을 찌르나 보군! 감히 정면에 나타날 생각을 해? 우철!"

그의 부름에 한 사람이 나타났다.

그의 이름은 우철(于喆). 사극련 최강 무력 부대 사패단(詐覇
團)의 단주로, 사극련에서의 서열 또한 십위 권 안에 들어가는
고수였다.

"처리하겠습니다."

그의 말에 황당충은 고개를 끄덕였다.

다다다다!

사패단의 고수 오백여 명이 기습대를 향해 뛰어갔다.

황당충은 그 모습을 보고 웃었다. 그의 눈에는 갈가리 찢겨
진 적들의 모습이 보이는 것 같았다.

"저놈들의 뼈마디 하나까지 가루로 만들어야 할 것이야. 크
크큭!"

그는 승리를 장담하고 있었다.

"사정 봐주지 말고 모조리 죽여 버려라! 지금까지 당한 울분
을 풀어놓으란 말이다!"

"우아아아!"

우철의 함성에 부하들이 같이 소리 질렀다. 그들에게도 눈
앞에 있는 적들은 씹어 먹어도 부족할 정도로 울화가 치미는
존재였다.

사패단이 다가오는 것을 보고 기습대의 사람들도 긴장했다.

지금까지와는 달랐다. 적들의 방심을 유도해 몰래 공격하는
것이 아니라 정면대결이기 때문이다.

"긴장하지 말고 최대한 부상당하지 않게 조심히!"

천무악이 소리치자 사람들이 고개를 끄덕였다. 이곳에서 적을 막기 위한 것이 아니라 더 큰 유혹을 위해 잠시 싸울 뿐이었다. 괜한 부상은 오히려 동료들의 발을 붙잡게 될 것이다.

지잉! 지잉!

허공에 기검이 맺혔다. 천무악의 공격은 벌써 시작된 것이다.

스악! 스악!

바람을 가르는 소리와 함께 사패단에게로 쇄도하는 기검.

챙! 채챙!

하지만 그들도 미리 예상하고 있었는지 손쉽게 막는 모습을 보였다. 지금까지 가장 큰 피해를 본 수법이었다. 몰랐으면 모를까, 예상할 수만 있다면 사패단에게는 어려운 공격이 아니었다.

"치잇!"

천무악의 입에서 아쉬운 음성이 흘렀다. 적들을 조금은 줄이려고 했는데 실력이 녹록치가 않았다.

콰콰콰쾅!

드디어 기습대와 사패단이 격돌했다.

선두에는 황룡대가 자리하고 있었다. 다른 사람들에 비해 무공이 높았기 때문이다.

차주철은 자신의 대도를 휘두르며 적들을 상대하고 있었다. 그의 도에는 사정이 없었다. 걸리는 대로 베거나 잘랐다.

그러다 보니 어느새 그의 주변은 시체들로 가득했다.

사패단의 부단주 허력(許曆)은 차주철을 찍었다. 상대의 손에 죽어 나가는 부하가 너무 많았기 때문이다.

콰쾅!

"……!"

차주철은 자신에게 날아드는 도를 무의식중에 막았다. 그리고 놀랐다. 절대 자신에 비해 밀리지 않는 거력을 느낀 탓이다.

"해볼 만하겠군!"

허력의 무공은 그의 승부근성에 불을 지폈다. 차주철이 언제 이런 상대를 두고 도망간 적이 있던가.

쾅쾅쾅!

쏴아아아!

엄청난 기파가 주변을 휩쓸었다. 엄청난 대결에 놀란 사람들은 그들과 일정한 거리를 두고 있었다.

"또 시작이군. 쯧쯧!"

모용중인이 차주철을 보고 혀를 찼다. 수시로 저런 모습을 보다 보니 친우지만 질리는 것이다. 그의 말에 옆에 있던 혜광이 말을 받았다.

"그 친우만 문제는 아닌 것 같소. 저기도 난리구려."

혜광은 여전히 사람들에게 말을 놓지 않고 있었다. 모용중인은 그게 마음에 들지 않았지만 지금 따질 생각은 없었다. 그가 손으로 가리킨 곳에는 팽가룡이 차주철과 같은 얼굴을 하고 있었으니 말이다.

그는 사패단주인 철우를 맞아 고군분투하고 있었다.

"아이고, 왜들 저런대? 그런 애들은 무악이한테 맡기란 말이야!"

모용중인이 소리치고 있을 때, 천무악은 사패단을 유린하고 있었다.

"저, 저! 멍청한 놈들 같으니라고!"

황당충의 얼굴이 분노로 벌겋게 물들었다. 그는 사정 봐주지 말고 다 죽이라 했지만, 상황은 진전이 전혀 없었기 때문이다.

"공격하라! 전원 공격하란 말이다!"

그의 흥분한 소리가 허공에 울려 퍼지자, 선봉에 속해 있는 만 오천 명의 무사들이 일제히 달려들었다.

두두두두두!

마치 지진이 난 듯 땅이 흔들렸다.

기습대의 사람들은 그 광경에 얼굴이 하얗게 질렸다. 만 오천 명이 달려오는 모습은 그들을 경악케 하기 충분했다.

"대, 대주!"

당천영이 천무악에게 소리 질렀다. 이대로 있을 것이냐는 의미였다.

픽!

그녀의 외침에 천무악이 한 명의 적을 쓰러뜨리고 고개를 들었다. 그리고 크게 외쳤다.

"후퇴하라!"

그의 목소리에 기습대는 상대하던 적을 뒤로하고 물러서기 시작했다. 부단주 허력과 싸우던 차주철도 아쉬운 눈으로 몸을 돌렸다.

"나중에 다시 하자! 그땐 네놈의 목을 따주마!"

"가긴 어딜 간다는 말이냐!"

허력은 차주철을 놓치지 않기 위해 끝까지 뒤따라갔다.

그들과 마찬가지로 일대일 대결을 하던 팽가룡과 철우는 살짝 양상이 달랐다.

"너도 가야 하는 것 아니냐?"

"빌어먹을! 나중에 반드시 다시 붙자! 그땐 봐주지 않겠다!"

"그렇게 억울하면 지금 붙고 가. 또 놀아주긴 귀찮으니 말이다."

"저놈이!"

팽가룡이 철우를 죽일 듯 노려보았다. 상대의 말이 마치 자신을 놀리는 것 같지 않은가.

그의 몸에는 군데군데 상처가 보였다. 철우는 쉬운 상대가 아니었다. 미처 피하지 못한 공격에 몸을 내어주고 만 것이다.

팽가룡은 쉽게 발걸음이 떨어지질 않는지 고민하는 모습을 보였다. 그 모습을 멀리서 본 천무악이 소리쳤다.

"가룡!"

더 이상 지체하면 적의 한가운데에서 싸우게 될 것이다. 그러면 목숨은 없다고 봐야 했다.

"치잇! 다음에 보면 기필코 봐주지 않을 것이다!"

"허허, 지금 보고 가래도?"

처억!

철우가 팽가룡의 퇴로를 차단하고 섰다. 이제 그를 쓰러뜨리지 않고는 물러서지도 못할 상황이었다.

"멍청한 놈!"

천무악이 팽가룡 쪽으로 몸을 날렸다. 친우를 버리고 그냥 갈 수는 없었다.

기잉! 기잉!

허공에 기검들이 생겨났다. 그리고 그것은 철우에게로 쏟아졌다.

"어, 엇!"

철우는 갑작스런 공격에 당황했는지 정신없이 막아댔다.

"빨리 나와!"

공격과 동시에 천무악이 소리쳤다. 그에 팽가룡은 급히 땅을 박찼다. 지금밖에 기회가 없는 것이다.

타앗!

"어딜 가려고!"

철우는 그를 놓치기 싫었는지 자신의 도를 크게 휘둘렀다.

채채챙!

팽가룡의 몸에 도가 박힐 찰나, 기검들이 나타나 도를 막아냈다. 천무악이 미리 그의 도를 차단한 것이다.

친우가 후퇴하는 것을 확인한 천무악은 그제야 가슴을 쓸어

내렸다. 하마터면 큰일 날 뻔하지 않았는가.

그는 몸을 돌려 다가오는 적들을 마주 보았다. 그들은 벌써 천무악의 지척까지 다다라 있었다.

"그냥 갈 순 없지?"

처억!

그가 하늘로 손을 뻗었다. 그리고 눈을 감고 정신을 집중했다.

지잉! 지잉! 지잉!

지금까지와는 달리 엄청난 수의, 더군다나 크기도 훨씬 큰 기검들이 허공에 만들어졌다.

모든 준비가 끝나자 천무악이 이마에서 땀을 훔치며 씨익 웃었다.

"더 분노하라고."

휘익!

그의 손이 호선을 그리며 아래로 떨어졌다. 그와 동시에 큼직한 기검들도 적들을 향해 쏟아졌다.

그것을 본 황당충이 급히 소리쳤다.

"피하라!"

그는 몸을 띄워 허공으로 솟구쳤다. 기검을 막아내기 위해서였다.

그의 검이 붉은색으로 물들었다. 그가 송패준으로부터 받은 무공인 사화천검(死火天劍)이 일어난 것이다.

사악!

예리한 소리와 함께 붉은 낙월(落月)이 허공을 찢어발겼다.

그것은 한 치의 오차도 없이 기검에게 날아갔다.

쿠콰아앙!

엄청난 폭음과 함께 기검이 흔적도 없이 사라졌다. 그러고
도 사화천검은 여력이 남았던지 몇 개의 검을 더 부수고 흩어
졌다.

황당충이 땅에 내려섰을 때는 어느 정도 상황이 끝나 있었
다. 많은 수의 검을 황당충과 고수들이 막아냈지만, 몇 개는 결
국 막지 못해 부하들에게 떨어지고 말았다.

고통에 울부짖는 그들의 목소리가 허공에 메아리쳤다. 그
소리들은 황당충과 선봉에 선 사람들의 귀를 어지럽혀 그들을
분노케 했다.

"몇몇만 남아 이곳을 수습하라! 그리고……."

그가 몸을 돌려 기습대가 사라진 곳을 노려보았다.

"나머지는 나를 따르라."

그의 가라앉은 목소리는 같은 편도 몸을 떨게 했다.

"멍청해! 그게 뭐 하는 짓이야?"

앞을 향해 뛰고 있던 당천영은 쫓아온 팽가룡을 구박했다.
하마터면 다시는 못 볼 뻔했기 때문이다.

"미, 미안……."

팽가룡은 딱히 할 말을 찾지 못했다. 그의 불찰이었으니 말
이다.

"그만 해둬. 아직 끝난 게 아니니까."

천무악이 살짝 웃는 얼굴로 두 사람을 말렸다. 그에 당천영도 화가 풀리진 않았지만 물러설 수밖에 없었다. 그의 말대로 아직 끝난 것이 아니니 말이다.

그들의 뒤쪽으로는 미친 듯 달려오는 적들이 선명하게 보였다.

이제 지금이 중요했다. 자신들, 기습대가 할 일의 분수령이 바로 이곳이었다.

앞에 보이는 구릉을 넘으면 평야가 나온다. 하지만 그전에 좁은 숲길을 통과해야 한다. 그곳에서 적들을 궤멸시킬 계획이었다. 지금쯤이면 무림맹의 사람들이 함정을 만들어놓았을 것이다.

"조금만 힘내자!"

천무악이 사람들을 독려했다. 기습대는 적들이 눈치채지 못할 만큼 속도를 조금 줄였다. 거리 차이를 최소한으로 두려는 것이다. 생각할 겨를도 없이 뒤따라올 수밖에 없도록 할 계획이었다.

두두두두!

적들이 뛰는 소리가 바로 등 뒤에서 들렸다. 자신들이 원하는 거리가 된 것이다. 천무악의 손짓에 기습대는 전속력을 다해 달리기 시작했다.

그때부터 잡힐 듯 말 듯한 상황이 계속되었다.

숲에서는 녹림도와 청성파의 사람들이 적들을 기다리고 있었다. 당천장으로 인해 앙숙일 수밖에 없는 이들이 함께하고 있는 것이다.

"옵니다!"

수하의 말을 들은 당천장은 손짓했다. 그에 녹림도들은 일사불란하게 움직였다.

일부는 적이 다가오면 함정을 발동시킬 것이다. 그들의 머리 위로는 엄청난 크기의 바위들이 나무 위에 주렁주렁 매달려 있었다. 그뿐만 아니라 죽창을 꽂아 만든 무기와 독이 묻은 화살 등도 준비된 상태였다.

다다다다!

기습대의 사람들이 숲길에 당도했다. 당천장은 지나가는 천무악과 눈을 마주치곤 고개를 끄덕였다. 준비는 마쳤다. 이제 적들만 다가오면 되었다.

하지만 적들이 숲길로 들어서는 것이 보이지 않았다.

'이게 어찌 된……!'

당천장의 얼굴에 의문이 들 찰나,

쏴아아아!

바람에 갈대가 눕듯 숲을 헤치고 등장하는 자들이 있었다. 그들은 바로 귀천의 무리였다.

"후퇴하라! 나무를 방패 삼아 뒤로 물러서란 말이다!"

당천장은 소스라치게 놀라 소리 질렀다. 어찌 적들이 함정인지를 미리 알고 있단 말인가.

그가 부하들의 뒤를 봐주기 위해 앞으로 나설 때, 청성파는 벌써 적들과 맞닥뜨린 상태였다.

"크아악!"

비명 소리가 숲을 가득 울렸다. 녹림도들과 다르게 청성파의 사람들은 숲을 이용할 줄 몰랐다. 그렇다 보니 피해가 현저하게 큰 것이다.

그들은 정신이 없어 보였다. 설치해 놓은 함정들은 마구 쏟아져 적아를 구분하지 않았고, 중간에 고립되어 죽어가기 일쑤였다.

그때, 지나갔던 기습대가 나타났다. 일이 잘못되었음을 알고 다시 돌아온 것이다.

"당 형!"

천무악이 당천장을 불렀다. 빨리 물러나자는 뜻이었다. 녹림도들은 무사히 숲을 빠져나간 상태였다. 적들보다 그들의 움직임이 기민했기 때문에 가능한 일이었다.

그것을 본 당천장은 그나마 한숨 돌릴 수 있었다. 그러다 청성파 일행을 바라보았다. 그쪽은 여전히 갈피를 못 잡고 있었다.

그들을 잠시 보고 있던 당천장의 눈에 결심이 어렸다. 이어 몸을 바로 움직였다.

타앗!

그가 향한 곳은 청성파 일행이 있는 숲이었다.

천무악은 그에 놀란 눈을 했지만, 이내 의도를 알 수 있었다. 자신이 처음 만난 날 말했던 것을 그가 먼저 실천한 것이다.

천무악은 동료들에게 녹림도와 퇴로를 부탁했다. 그리고 그도 청성파 사람들이 있는 쪽으로 몸을 날렸다.

샤아악!

"크아악!"

청성파의 문도 한 명이 바닥에 쓰러졌다. 그래도 사문의 형제들은 거기에 신경 쓸 겨를이 없었다.

청성파는 마교와의 전쟁으로 많은 고수를 잃은 상태였다. 하지만 아직도 건재함을 알리기 위해 이 작전에 자진해서 뛰어들었다. 작전대로였다면 별로 어려운 일이 아니었기 때문이다.

하나, 이렇게 된 상황에 고수가 없으니 그들은 더욱 힘들어질 수밖에 없었다.

또 한 명의 젊은 청성파 문도가 적의 도에 노출되었다. 이대로 가면 목이 잘리는 것은 당연지사.

젊은 문도는 눈을 질끈 감았다. 자신의 목이 잘리는 것을 볼 용기가 나지 않았던 것이다.

잠시의 시간이 지났다. 그러나 아직도 그의 숨은 붙어 있었다. 젊은 문도가 눈을 떴다. 그의 눈앞에는 든든한 어깨를 가진 사내가 서 있었다. 그는 바로 당천장이었다.

파파파팍!

그의 손에서 쉴 새 없이 암기가 쏟아졌다. 당가의 비전절기들이 전면을 수놓고 있었다.

젊은 문도는 넋이 나간 채 그 움직임을 보고 있었다. 그의 눈에는 너무도 눈부시게 보이는 장면이었다.

그것을 당천장이 발견했다.

"뭐 하나! 어서 물러서!"

그가 호통을 치자 그제야 정신을 차린 문도는 화들짝 놀라 발을 움직였다. 멋진 모습에 정신이 팔려 범의 아가리에 있다는 것을 깨닫지 못한 것 같았다.

당천장은 그곳에서 신위(神威)를 드러내고 있었다. 그의 등장으로 목숨을 챙긴 청성파의 문도들은 도망치면서도 당천장의 등을 바라보았다. 그들에겐 새로운 목숨을 준 은인이 아니던가.

그들이 어떤 눈을 하던 간에 당천장은 신경 쓸 겨를이 없었다. 그사이, 그의 몸에도 상처가 늘어나고 있었던 것이다.

"크으윽!"

그가 답답한 신음을 뱉었다. 그의 앞으로 덤벼드는 많은 적을 상대하다 보니 몸에 무리가 온 것이다. 당천장 한 사람 앞에 족히 이백 명이 되어 보이는 적이 자리하고 있었다.

하나의 검이 그의 앞섶을 훑고 지나갔다.

푸우욱!

허공을 수놓는 피. 작은 상처가 아니었다.

그는 잠시 어지러움을 느꼈다. 피가 급속도로 빠져나가니 생긴 일이었다. 다리가 후들거려 그가 막 주저앉으려는 찰나,

"여기서 쓰러지면 모양새가 별로지."

누군가가 그의 옆에 다가와 부축했다. 당천장이 겨우 정신

을 차려 고개를 들어보니 해맑은 얼굴의 사내가 보였다. 바로 천무악이었다.

"멋지게 왔으니 갈 때도 멋지게 가야지 않겠습니까?"

천무악이 자신을 뒤따라온 팽가룡에게 당천장을 넘겼다. 그리고 허공에 기검들을 만들어내기 시작했다.

슈각! 슈가각!

달려들던 적들이 일거에 정리되었다. 나무의 뒤를 돌아 날아오는 기검을 막기에는 그들의 실력이 부족했던 것이다.

그는 청성파의 사람들을 하나둘 챙기며 빠르게 뒤로 물러났다. 저들의 수장들이 오기 전에 피해야 했다.

챙챙챙!

"이노옴! 용서치 않겠다!"

그때, 숲을 흔드는 분노의 일갈이 있었다.

천무악이 고개를 돌려보니 청성파의 장로 소칠기가 시뻘게진 눈으로 누굴 노려보고 있었다. 상대는 사패단의 단주 철우였다. 그리고 그의 앞에는 도에 복부를 꿰뚫린 사람이 있었다.

청성파의 장로이자 소칠기가 아끼는 사제인 정화주였다.

"용서치 않으면? 당신이 어쩔 수 있는데?"

철우의 이죽거림에 소칠기는 몸을 떨었다. 그의 말대로 자신이 특별히 할 수 있는 게 없는 것이다. 정화주가 도에 찔린 이유가 자신을 구하기 위해서가 아니었던가.

그가 철우와의 대결에서 밀리는 듯하자 정화주가 도우러 나섰다. 철우의 뒤쪽에서 기습을 감행한 것이다. 하지만 철우는 이미 알고 있었고, 그것은 지금과 같은 참상으로 이어졌다.

"도망… 쿨럭! 가시오."

정화주는 피거품을 뱉으며 입을 열었다. 사형만큼은 살란 말이었다.

"입 열지 말거라. 내 얼른 의원을 불러 낫게 해주겠다."

소칠기는 정화주의 머리를 쓰다듬었다. 비록 둘 다 나이를 지긋이 먹은 노인이었지만, 소칠기의 눈에는 아직 정화주가 어리게만 보인 것이다.

어릴 때부터 우애가 깊었던 두 사람이었기에 이해가 되는 행동이었다. 소칠기는 그를 마치 동생처럼 여기며 살아왔으니 말이다.

"하품 난다. 너도 그만 뒈져야지?"

저벅!

그 몇 마디가 지루했던지 철우가 도를 들고 소칠기에게로 다가왔다. 이제 그만 끝내려는 모습이었다.

타닷!

하지만 막상 먼저 덤벼든 이는 소칠기였다. 철우가 다가오다가 혹시나 정화주에게 피해를 줄까 걱정되어 그러는 것이다.

쾅쾅쾅!

거친 굉음과 함께 두 사람은 부딪쳐 갔다. 하지만 금방 실력 차이는 드러났다. 소칠기가 밀렸다.

"크윽!"

그의 입에서는 단내가 나는 것 같았다. 사력을 다해도 이길
수 있는 방도가 보이지 않았다.

"죽어랏!"

철우의 도가 필살의 일격을 날리는 찰나, 그들의 귀에 들리
는 굉음이 있었다.

쿠오오오!

마치 용의 울음소리와 같은 소리였다. 그리고,

콰아앙!

거친 충격과 함께 철우의 몸이 뒤로 날아갔다. 천무악의 청
룡이 만든 상황이었다.

"이, 이놈이!"

철우는 충격이 꽤 큰 듯 잠시 몸을 가누질 못했다. 자신의
도로 막아서 다행이지 잘못했으면 그대로 죽을 수도 있는 공
격이었다.

"일어나시죠."

하나, 천무악은 철우에게 관심이 없었다. 그는 소칠기를 일
으킨 다음 정화주를 안아 들었다. 그들이 계속 이곳에 있을 이
유가 없었기 때문이다.

"고맙네. 정말 고마워. 내 이 은혜를……."

소칠기는 천무악에게 연신 인사를 했다. 예전 그를 잡아먹
으려 했던 그때와는 정반대의 모습이었다.

왠지 어색한 그의 모습에 천무악은 속으로 웃었다.

'당신도 사람이었던가?'

지금 소칠기의 모습은 욕망이나 이익을 밝히는 모습이 아니었다. 그저 사제를 살리고 싶어하는 평범한 사형에 불과했다.

"가십시다."

"가긴 어딜 간단 말이냐!"

슈우욱!

별안간 천무악에게 강기가 날아들었다.

콰아앙!

투툭!

엄청난 충격음 후, 먼지가 가라앉으며 적이 모습을 드러냈다. 그는 선봉군의 총책임자 황당충이었다.

철우가 위험한 것 같아 도와주러 왔다가 천무악을 발견하곤 곧장 뛰어든 것이다. 이 기습작전을 계획하고 실행한 장본인이 아니던가.

"너는 못 간다."

황당충은 천무악을 향해 죽일 듯 노려보았다.

웅웅웅!

천무악의 전면에는 어느새 일지파랑강벽이 자리하고 있었다. 부상자를 들고 있는 상황에 충격을 줄 수는 없지 않은가. 손을 못 쓰는 상황에서 정신 집중만으로 강벽을 만드느라 진력을 꽤 소비한 것 같았다. 그의 이마로 땀 한줄기가 흘러내렸다.

"받으십시오."

천무악은 소칠기에게 정화주를 건넸다. 세 사람이 같이 도망칠 수는 없게 되어버렸다. 그렇다면 일단 살 수 있는 사람만이라도 살아야 했다.

소칠기는 발이. 쉽게 떨어지지 않는 것 같았다. 계속 고개를 돌리는 그에게 천무악은 밝게 웃어주었다.

그것이 마음에 들지 않은 듯 황당충이 인상을 찌푸렸다.

"네놈은 여전히 하늘 높은 줄 모르고 설치는구나. 그때와 변한 게 전혀 없어."

"이왕 설치는 건데 하늘까지 생각하며 해야 하나? 당신이야말로 완전히 출세했군. 그때의 지질하던 모습은 찾을 수가 없어."

천무악의 대답에 황당충의 얼굴이 차갑게 굳었다. 자신의 감추고 싶은 과거를 들추니 화가 난 것이다. 게다가 마치 자신들을 허수아비 취급하는 것 같은 느낌마저 들었다.

"아직 상황이 이해가 되지 않나 본데?"

처억!

그가 살짝 손을 들었다.

척척척!

그러자 뒤에 서 있던 부하들이 무기를 손에 들고선 앞으로 한 발 전진했다. 어떤 이들은 강궁(强弓)까지 대동하고 있었다.

"넌 지금 독 안에 든 쥐다."

황당충의 얼굴에 자신감이 어릴 때, 누군가가 그의 말을 끊었다.

"그건 반대인 것 같은데?"

"…누구냐!"

저벅저벅!

일단의 무리가 숲 속으로 들어왔다. 그들의 가장 선두에는
용왕이 서 있었다. 어떤 일이 생길지 몰라 미리 대기하고 있던
장강수로채의 사람들이 도와주러 온 것이었다.

용왕이 가라앉은 목소리로 말했다.

"내 입으로 누군지 말할 필요가 있을까?"

번쩍!

그의 눈에서 형용할 수 없는 뜨거운 열기가 쏟아져 사방으
로 뻗어 나갔다. 이것은 분노의 열기였다.

"네놈이 날 가장 잘 알지 않나. 안 그래, 황당충?"

용왕이 기다리고 기다리던 재회의 시간이었다.

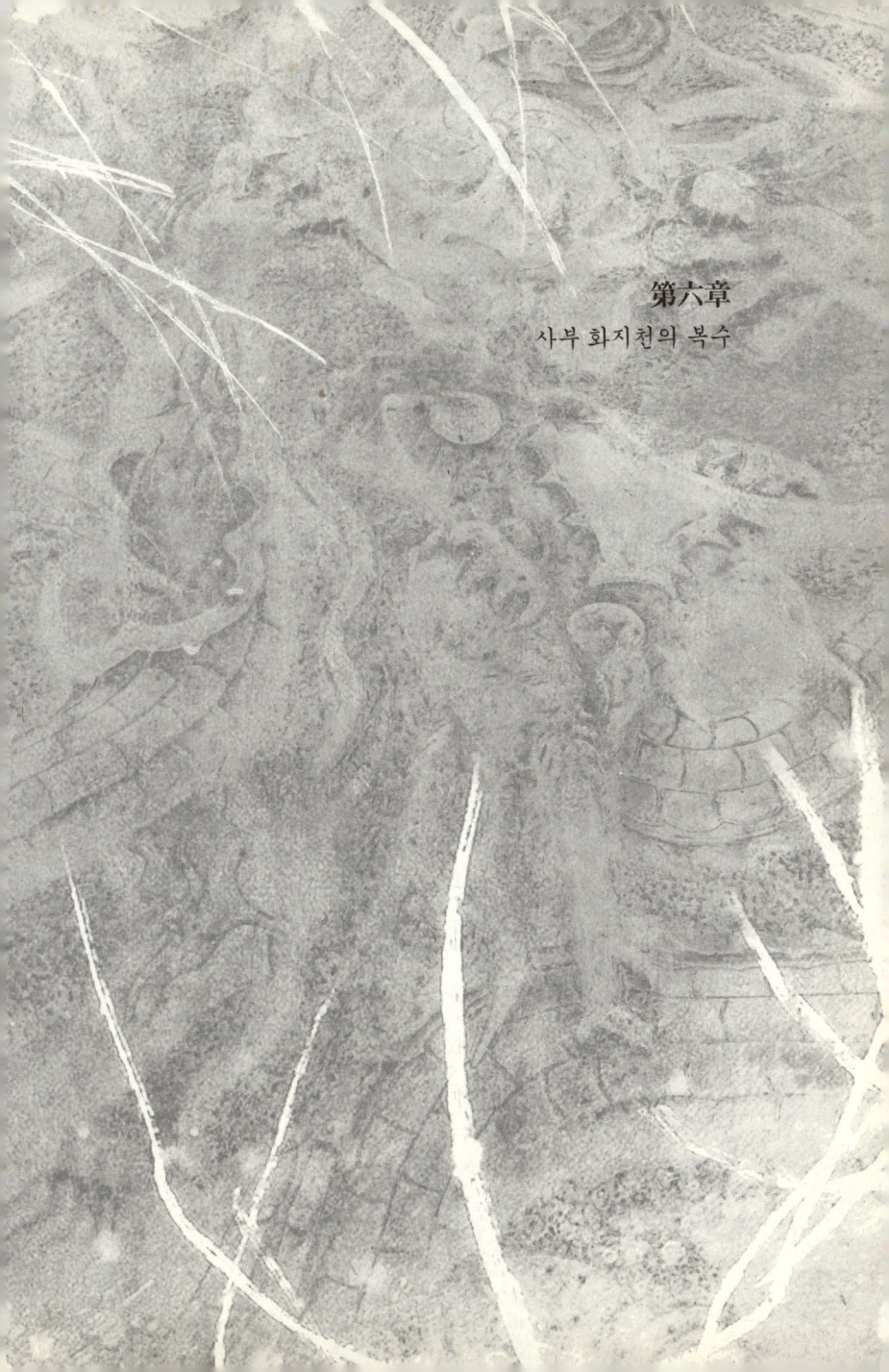

第六章
사부 화지천의 복수

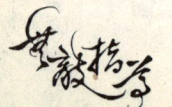

"보고합니다! 선봉에 있는 황당충 장로님께서 지원을 요청하셨습니다!"

부하의 말에 송패준의 얼굴이 일그러졌다. 그 많은 인원으로도 아직 기습대를 처리하지 못했다는 말이었기 때문이다.

"기습에 대한 정보를 알려줘도 그 모양이란 말이냐!"

그는 화를 참지 않았다. 그에 당황한 부하가 서둘러 말을 이었다.

"장강수로채에서 지원을 나왔다고 합니다."

"그래도 그렇지!"

송패준이 자신의 관자놀이를 눌렀다. 머리가 아픈 것이다.

그렇다고 나 몰라라 할 수도 없었다.

"제갈 일주님, 나서주셔야겠습니다."

그가 고개를 돌렸다. 그곳에는 제갈청학이 있었다.

"흐음……!"

제갈청학은 마음에 들지 않는 얼굴을 했지만 따를 수밖에 없었다. 지금의 총사령관은 눈앞에 있는 송패준이었으니 말이다.

"알겠소."

제갈청학은 그의 부하들을 데리고 빠른 속도로 이동했다. 하지만 행동과는 다르게 얼굴에는 굴욕감이 가득했다.

"건방진 놈! 감히 누구에게!"

그는 울화가 치밀었다. 어찌 런주 천외사존도 아닌 소련주 따위가 자신에게 명령을 내린단 말인가.

"그 빌어먹을 놈들이 그렇게 가지만 않았어도!"

제갈청학은 자신이 끌어들였던 독문과 수라문을 욕하고 있었다. 그들의 수장들이 멍청하게 당하는 바람에 자신의 입지가 약해졌으니 말이다. 그것만 아니라면 자신은 천외사존과도 나란히 할 수 있었을 것이다.

"천무악, 이놈은 기필코 죽여 버릴 것이다!"

자신의 세력들만 완전히 붕괴시킨 천무악에게 모든 화는 집중되고 있었다.

*　　　*　　　*

"꽤 강해졌구나. 이 정도라면 배신한 보람이 있겠는데?"

"닥쳐라!"

용왕의 이죽거림에 황당충이 입에서 불을 토했다. 그는 자신만만하게 붙었지만 아직은 약간 모자라다는 느낌을 받았다. 그 결과로 자신의 몸에는 조금씩 상처가 생기기 시작한 것이다.

콰쾅!

대결을 하면 할수록 그에게 불리해지고 있었다.

'치잇, 이렇게 되면!'

그는 결심을 굳혔다. 다른 사람에게 지는 것은 참을 수 있으나, 용왕에게만은 이기고 싶었던 것이다. 그것을 위해 수로채를 배신하고 귀천에 몸담지 않았던가.

"네놈이 이 뒤로도 이죽거릴 수 있는지 보겠다!"

구구구구!

황당충의 말이 끝나자마자 갑자기 땅이 흔들렸다. 그리고 그의 몸 주위로 검은 회오리가 생겨났다.

"저건!"

조금 떨어진 곳에서 그 광경을 본 천무악이 놀란 목소리를 했다. 지금 황당충의 모습이 빙궁에서 본 가도준의 모습과 흡사했기 때문이다.

"용왕님, 조심하십시오! 그냥은 죽지 않으니 몸 전체를 파괴해야 합니다!"

용왕은 천무악의 외침에서 떠오른 것이 있었다. 천무악이 북해를 다녀온 후 말한 내용이었다. 가도준이 죽지도 않는 괴물이 되었더란 말이다.

천무악의 말은 황당충도 그때와 같다는 말과 다르지 않았다.

'이놈! 그래도 그렇지, 네놈의 영혼까지 버렸단 말이냐!'

지금은 이렇게 배신하여 자신의 적이 되었지만, 그래도 한때는 이십 년을 따랐던 충복이다. 하여 일말의 동정심은 가지고 있었는데 이젠 그것마저도 접게 만들어 버렸다.

"이 모든 것이 나의 업보겠지. 너에 대한 미안한 마음, 내 마음 깊숙이 간직하마!"

쿠웅!

용왕의 다리가 반쯤이나 땅에 파묻혔다. 천근추를 펼친 것이다. 그리고 그의 몸이 시뻘겋게 변했다. 그의 최강 무공인 혈천공이었다. 아마도 적혈천우를 사용하기 위한 것이리라.

"크흐으! 마음 깊이 간직? 개소리 마라! 그냥 네놈 목숨을 내게 바치면 된다!"

어느새 거대해진 황당충은 검은 기운을 용왕에게 퍼부었다.

터엉! 터엉!

쉬이익!

검은 기운은 공기마저 녹이며 용왕에게 쇄도했다. 용왕은 호신강기를 펼쳐 그것을 막았다. 하지만 그것도 오래 버티지는 못할 것 같았다. 호신강기도 녹고 있었으니 말이다.

용왕은 땀을 뻘뻘 흘리며 정신 집중을 하고 있었다. 호신강기를 뚫고 들어온 사기(死氣)가 그의 몸을 상하게 해도 모를 정도였다.

황당충은 정신이 붕괴되어 가는 과정에서 위기감을 느꼈다. 용왕이 지금까지 한 번도 보인 적이 없는 진지한 모습을 하고 있었기 때문이다.

"지지 않겠다! 흐으압!"

그도 이판사판이 되어버렸다. 불안함에 견딜 수가 없었다.

황당충의 몸이 급격하게 부풀어 올랐다.

두 사람의 그런 모습에 오히려 당황한 것은 천무악이다.

저대로 가면 사달이 날 게 분명했다. 용왕의 진지한 모습에 가능성도 엿보았지만 방비를 하지 않을 수는 없었다.

"모두 내 뒤로 피하시오!"

그가 소릴 질렀고, 장강수로채의 사람들은 일사불란하게 천무악의 뒤로 가 피신했다.

고오오오!

천무악의 주변으로 바람이 일었다. 그는 바람에 몸을 맡긴 채 허공에다 천천히 원을 그렸다. 일지파랑강벽이었다.

하나 지금까지와 달랐다. 자신의 몸 주위로만 펼치는 것이 아니라 반경 십 장에 달하는 커다란 강벽을 형성하고 있는 것이다.

"야, 우리도 피해야 하는 거 아냐?"

돌아가는 상황이 심상치 않음을 느꼈는지 귀천의 무리도 뒤쪽으로 천천히 물러섰다. 그들도 괜한 싸움에 휩쓸려 죽고 싶은 마음은 추호도 없는 것이다.

스으윽!

용왕이 천천히 눈을 떴다. 그의 눈은 붉은색으로 빛났다.

적혈공을 극성까지 끌어올리면 나타나는 현상이었다.

"잘 가라."

그가 나지막한 목소리와 함께 손을 앞으로 뻗었다. 그의 손에는 동그란 구슬이 있었다, 핏빛으로 소용돌이치는 구슬이.

화아악!

붉은 빛이 온 공간을 장악하며 퍼져 나갔다. 용왕의 가장 강한 초식, 적혈천우의 진정한 위력이 드러나는 순간이었다.

핏빛 구슬은 조금의 흔들림도 없이 황당충에게로 날아갔다.

의식이 거의 없는 상황에서도 황당충은 그것을 볼 수 있었다. 눈이 절로 가는 구슬이었기 때문에.

그는 절규하는 목소리로 소리쳤다.

"쿠아악! 네놈이나 죽어라아!"

황당충의 몸에서 검은 기운이 폭발적으로 확장되었다. 이어 그것은 핏빛 구슬뿐만 아니라 근거리에 있는 용왕의 몸까지도 삼켜 버렸다.

사람들은 눈을 동그랗게 뜬 채 그 장면을 보고 있었다. 마치 거대한 검은 구를 보는 것 같았다.

잠시의 정적, 그리고 이어진 대폭발!

땅이 지진이 난 것처럼 흔들렸다. 사람들은 몸의 중심을 잡으며 보았다.

검은 천을 찢고 솟아오르는 붉은 기류를 말이다.

콰콰콰쾅!

엄청난 폭발음과 함께 세상이 하얗게 변했다.

"크아악!"

"사, 살려줘!"

가까이에 있던 귀천의 무리는 속수무책으로 폭발에 휩쓸렸다. 그들은 하얀 먼지가 되어 허공에 흩날렸다.

쩌쩌적!

폭발의 위력은 엄청났다. 천무악의 일지파랑강벽에도 금이 가고 있었다. 그는 이빨을 악물고 내부에 강벽을 하나 더 만들었다. 막지 못한다면 자신을 몰라도 뒤에 있는 장강수로채의 무리는 확실히 죽을 것 같았다.

잠시의 시간이 지나고,

휘오오오오!

숲은 사라지고 공허한 바람이 공간을 채우고 있었다.

후두둑!

하얗게 변한 먼지 또한 하늘에서 내려 마치 눈을 연상케 했다.

"후우!"

천무악은 일지파랑강벽을 거두며 벌어진 참상을 보았다. 그의 눈앞에는 아무것도 없었다. 울창하던 숲도, 바글거리던 사람도, 황당충도, 용왕도 말이다.

뒤늦게 정신을 차린 장강수로채 사람들은 이리저리 돌아다니며 용왕을 찾았다. 하지만 그 무엇도 찾을 수 없었다. 뭐라도 있어야 찾을 게 아닌가.

장강수로채 사람들의 눈에 눈물이 어릴 때, 천무악이 입을 열었다.

"그만 나오시죠."

사람들은 그의 말에 눈을 동그랗게 뜬 채 천무악을 바라보았다. 어디서 무엇을 보고 나오라는 말인가?

그때,

"쳇, 재미없는 놈! 이럴 때 부하들의 진심이나 좀 알아볼까 했더니!"

불쑥!

갑자기 땅에서 손 하나가 쑤욱 올라오며 말소리가 들렸다. 용왕이었다.

"두모옥!"

사람들은 용왕님도 아닌 두목이라 소리치며 그에게 몰려들었다. 그들의 마음속에서 그는 항상 두목이었던 것이다.

울먹이는 부하들을 보고 용왕도 웃었다. 두목이면 어떻고 용왕이면 어떠랴. 그저 서로의 마음을 확인한 것만으로도 만족하는 얼굴이었다.

"어? 두, 두목?"

그를 향해 뛰어가던 부하들이 갑자기 놀란 눈을 했다. 그에게 있어야 할 것이 보이지 않는 것이다.

"하하하! 이거?"

용왕이 피가 뚝뚝 흐르는 자신의 오른쪽 어깨를 보았다. 거기에는 팔이 붙어 있지 않았다. 몸을 피하는 게 늦어 자신의 팔을 희생한 것이었다.

"괜찮습니까?"

천무악이 대표로 그의 안부를 물었다. 그에 용왕은 아무렇지 않다는 듯 하나 남은 팔을 휘돌리며 말했다.

"아무렇지 않다. 다만 네놈 주위에 계속 팔병신들이 늘어가는 것 같아 안타깝구나. 크허허허!"

용왕의 호탕한 웃음에 천무악은 씁쓸한 미소를 지었다.

무인이 자신의 주된 팔을 잃었다. 어찌 슬프지 않을까. 하지만 걱정 끼치기 싫어 저러는 것이다. 아마 이 뒤로도 힘든 내색 한번, 도와달라는 말 한번 하지 않을 것이다. 다시 무위를 회복하느냐는 오로지 스스로에게 달렸기 때문이다.

그렇게 그들이 서로의 감정을 이해하며 천천히 자리를 정리하고 있을 때, 갑자기 들리는 소리가 있었다.

두두두두두!

지축이 흔들리는 느낌과 함께 지평선 너머로 뿌연 먼지가 일었다. 귀천의 지원군, 제갈청학이 이끄는 무리였다.

천무악이 용왕을 보며 다급히 말했다.

"일단 물러서야겠습니다. 이대로는 저들의 상대가 되지 않습니다."

용왕도 그의 말에 수긍하며 서둘러 부하들을 이끌고 연합군 본진으로 이동했다.

"이, 이게 어찌 된 일이냐!"

제갈청학은 눈앞에 벌어진 참상에 입을 열지 못했다. 이만 명이 넘던 선봉군 중에 오천 명 남짓만이 살아 있었던 것이다. 자신은 서둘러 왔는데도 말이다.

"이, 이 머저리 같은 것들!"

그는 분기를 참지 못했다. 이렇게 되면 자신만 또 문책을 당할 가능성이 높아졌다. 그렇지 않아도 송패준은 그를 마음에 들지 않아하고 있지 않은가.

흥분해 있는 제갈청학에게 사패단의 단주 철우가 다가왔다. 그는 일어났던 사건을 설명하러 온 것이다. 이제는 제갈청학에게 지휘권이 있으니 말이다.

모든 이야기를 전해 들은 그는 고개를 끄덕였다. 그리고 결정했다. 본진이 올 때까지 기다리기로 말이다.

'역시 보통 놈들이 아니다. 우리가 여기서 굳이 목숨을 걸 필요는 없다. 송패준 그놈에게 모든 걸 떠넘기겠다.'

그는 자신의 세력을 보존하기 위해 문책을 받기로 마음먹은 것이다.

*   *   *

하루가 지났다. 귀천의 본진도 도착해 제갈세가와 함께 있었다.

콰앙!

"무엇이요? 일주는 아무 일도 하지 않고 손가락만 빨았단 말이오!"

송패준의 날카로운 음성이 큰 막사 안을 가득 휘저었다. 그는 적어도 제갈청학이 도망치는 적들의 뒤를 쳐 사기라도 꺾어놓을 줄 알았다. 하지만 아무것도 하지 않았다니.

자신의 아버지인 천외사존이 도착하기 전에 일을 웬만큼 처리해야 하는 그로서는 애가 타는 일이었다.

"내일 당장 적들을 공격하겠소. 준비들 하시오!"

펄럭!

송패준은 긴 장포를 휘날리며 막사를 나섰다. 더 이상 얼굴을 마주하기 싫은 것이다.

자신에게 명령조로 말하자 제갈청학도 기분은 상했지만 참았다. 내일 총공격 때 제갈세가의 무리가 더 뛰어남을 보여 송패준을 깔아뭉개려는 의도였다.

둥둥둥둥!

전쟁의 시작을 알리는 북이 울렸다.

양 진영에서 사람들이 몰려나오니 이곳 함녕(咸寧)의 평야가 가득 찬 것처럼 보였다.

연합군의 진영에서는 권왕, 낭왕, 빙제, 당천장이 선두에 서 걸어왔고, 귀천의 진영에서는 송패준, 제갈청학, 뇌제가 앞장서 걸어나왔다.

처억!

마주 본 두 진영. 팽팽한 긴장감이 어렸다.

"검제와 패황은 왜 보이지 않는 거지? 뒤에서 무슨 수작이라도 걸려는 것이냐?"

송패준이 먼저 입을 열었다. 그는 무림맹주라는 말을 하지 않았다. 그저 검제라고 칭했다. 한 단체의 수장이 아닌 자신의 옆에 있는 뇌제와 같은 급이라는 것을 말하는 듯했다.

"허허허! 우리가 왜 그런 짓을 하겠소? 대단한 자들을 상대하는 것도 아닌데 말이오."

권왕도 지지 않고 말을 받았다. 조용히 적의 속을 긁는 말솜씨가 일품이었다.

요즘 따라 성질이 급해진 송패준의 얼굴이 벌겋게 달아올랐다. 권왕의 말에 기분이 상한 것이다. 그가 소리치려고 하는 그때, 먼저 입을 연 자가 있었다.

"하하하, 권왕. 그런 게 아닌 것 같소만? 혹시 그런 병법을 통제할 만한 사람이 없는 건 아니오?"

그는 제갈청학이었다. 그의 말은 교묘하게 연합군의 진영에 울려 사람들의 흥분을 자아냈다.

"어찌 저런 놈이 무림맹의 군사였지? 배신하고도 아무렇지 않은 표정인데?"

"말해 무엇 하나? 저런 배신자는 그냥 능지처참을 해야 할 걸세!"

특히나 무림맹의 사람들은 흥분을 감추지 못했다. 한때는 자신들의 상관이었으나 지금은 배신자에 적이 아닌가. 생각만 해도 분이 오르지 않을 수 없었다.

그들의 모습을 본 제갈청학은 비릿하게 웃었다. 자신의 생각대로 된 것이기 때문이다. 송패준의 쓸데없는 열 마디보다 자신의 한 마디가 더 위력이 있다고 보여주는 대목이었다.

"하하하! 이런 환영도 나쁘지 않군. 모쪼록 모두 무사하길 바라오. 하나, 내 검에는 눈이 없으니 조심하는 것이 좋을 것이오. 크하하하!"

뚜벅뚜벅!

제갈청학은 그 말을 끝으로 먼저 몸을 돌렸다. 더 이상 상대할 필요가 없다고 생각한 것이다.

그 모습에 권왕과 낭왕, 그리고 보고 있던 모든 무림맹의 무사들이 이빨을 갈았다. 그렇게 가증스러울 수가 없었던 것이다.

"허허허, 권왕. 노여움을 푸는 게 좋겠소. 너무 흥분한 것이 아닌가 생각이 되오. 큰 전투를 앞두고 좋은 양상은 아닌 것 같소이다."

"제 생각에도 그렇군요."

빙제와 당천장이 권왕의 흥분을 풀어주려고 노력했다. 괜한 흥분으로 전투를 망칠까 저어해서 그런 것이다.

권왕이라고 왜 그런 것을 모르겠는가.

"허허, 여러분의 말이 맞소이다. 그래도 예전엔 친우라고 생각했었는데, 저런 뻔뻔한 모습을 보니 내가 좀 흥분한 것 같소이다. 이제는 풀었으니 걱정 안 해도 될 것 같소."

그는 웃는 얼굴로 사람들에게 말했다. 진정했으니 걱정 말란 말이었다. 빙제와 당천장도 그에 마음을 놓았다.

하지만 그들은 한 명, 낭왕의 불타오르는 눈을 확인하지 못했다.

*　　　*　　　*

송패준은 자신의 진영으로 돌아가면서도 계속 뒤쪽을 확인했다. 맹주나 패황은 그렇다 치더라도 가장 확인하고 싶은 천무악이 보이지 않았던 것이다.

'놈, 또 무슨 일을 꾸미고 있는 것이냐?'

그는 주위를 수시로 살피며 경계를 늦추지 않았다. 혹시나 모를 기습에 대비하는 것이다.

*　　　*　　　*

"큭큭큭, 두고 봐라. 전투가 시작되면 재밌는 것을 볼 수 있을 것이다."

제갈청학은 자신의 옆에 서 있는 손자 제갈휘정을 보고 웃었다. 제갈휘정은 무슨 일로 조부가 그러는지를 알 수 없었지만 기대하고 있었다. 적어도 자신의 조부는 흰소리를 하는 사람은 아니었으니 말이다.

"공격하라!"

멀리서 송패준이 손을 흔드는 것이 보였다. 드디어 대전투의 시작인 것이다.

양 진영은 너나 할 것 없이 먼저 덤벼들었다. 연합군은 자신들의 전우에 대한 복수를, 귀천은 무림 통일이라는 자신들의 목적을 위해 싸웠다.

챙챙챙챙!

사방에서 무기끼리 부딪치는 소리가 들리고,

"크아아악!"

처절한 비명 소리와 함께 피가 튀었다.

서로 죽고 죽이는 살육의 현장. 순식간에 아수라장으로 변한 그곳에는 적아의 구별이 없어 보였다.

피가 강을 이루고 시체가 작은 언덕을 만들었다. 그래도 그들은 무기를 휘두르는 것을 멈추지 않았다.

서걱!

"크아악!"

푸슉!

낭왕은 적의 목에서 도를 뽑았다. 그는 지금 수십 명의 적을 베었지만, 갈증이 사라지지 않는 듯했다. 죽여야 할 자를 죽이지 않아서일 것이다.

그가 멀리서 싸우고 있는 제갈청학을 노려보았다.

'으득, 너 때문에 죽은 나의 형제들이 얼마인 줄 아느냐!'

그는 이빨이 부서져라 꽉 물었다.

제갈청학이 무림맹에서 도망갔을 때, 그리고 수라문과 독문이 움직였을 때도 낭왕은 그들의 정보를 알게 된 정확한 이야기를 무림맹에 전하지 않았다. 혹여 자신의 부하들이 모자람으로 비쳐질까 해서였다.

제갈청학을 쫓으면서는 낭왕의 부하 수백 명이 목숨을 잃었다. 그리고 수라문과 독문이 움직일 때, 그들의 행보를 발견한 자신의 많은 부하들이 또 죽임을 당했었다. 어찌 그렇게도 눈에 잘 띄었을까? 그 많은 부하들이 무엇 때문에 그렇게 그들을 쫓았을까?

그것은 모두 제갈청학의 계략이었다.

밑밥이 있으면 고기는 절로 모여드는 법.

그는 극소수의 인원만 데리고 막힌 곳으로 들어갔다. 그렇게 되면 누구나 경계심을 누그러뜨린 채 한 발 더 다가오게 마련이다. 충분히 빠져나올 수 있다는 생각에 말이다.

하지만 그 안에는 많은 무사들이 준비가 되어 있었고, 그들은 죽임을 당했다. 제갈청학의 낚시는 그렇게 한동안 이어졌다. 수라문과 독문의 경우도 마찬가지였다.

낭왕은 그들의 움직임을 전해 듣고는 추적하라고 했다. 정확히 어디로 가서 무얼 하는지 말이다.

적들은 움직임 도중 찢어져 적은 수로 빈 저택 같은 곳에 들어갔고, 낭인들은 무리 지어 그들을 살피러 들어갔다. 그리곤 죽음.

부하들은 낭왕의 명에 맹목적으로 최선을 다했다. 그것이 자신들을 이끄는 낭왕에 대한 예의라 생각했기 때문이다. 모두 끈끈한 정이 있었기에 가능한 일이었다.

'으득! 내 눈앞에서 본 이상 너를 용서할 수 없다!'

제갈청학을 짓밟아야 했다. 그래야 저승에 있는 부하들도 편히 눈을 감을 것 같았다.

낭왕의 눈이 주변을 훑었다. 자신의 부하들은 찾는 것이다.

낭인들은 낭왕의 눈을 보자마자 의도를 알 수 있었다. 그들 또한 그 일을 잊지 않았으니 말이다.

순식간에 많은 낭인들이 모였다. 그들은 한 마리의 고고한 늑대처럼 따로따로 천하를 누비지만 동료애로 한번 뭉쳤다 하면 그 어떤 무리보다 단합이 잘되었다.

촤아악!

큰 바위에 금이 그어지듯 그들은 전장을 가로질러 제갈세가가 있는 곳으로 움직였다. 그리고 그들의 코앞에 당도했을 때는 한 무리의 늑대 떼가 되어 사정없이 물어뜯었다.

질풍과 같이.

"용서치 말아라!"

낭왕의 외침과 동시에 움직인 낭인들은 제갈세가의 무사들을 도륙했다. 복수에 불타고 있는 그들을 막기에는 힘에 부쳐 보였다.

"이게 무슨! 크아악!"

제갈세가의 일반 문도들은 이들이 왜 이러는지 알 수 없었다. 모든 일이 그들과는 상관없이 일어났기에.

낭왕은 적을 처리하면서도 제갈청학을 찾았다. 원흉은 그자이기 때문이다.

'이놈은 어디에 있나?'

그는 예리한 눈으로 주변을 계속 살폈다.

"......!"

그때, 제갈세가의 뒤편에서 그를 웃는 얼굴로 보고 있는 제갈청학을 찾을 수 있었다.

"네 이놈!"

낭왕의 눈에서 불꽃이 일었다. 상대는 마치 자신을 조롱하는 것 같지 않은가.

그가 도를 하늘로 치켜들었다. 그러자 붉은 도기가 용의 형상을 하며 그의 도신을 감쌌다. 낭왕을 지금의 자리에 있게 해준 강룡도법(强龍刀法)이었다.

"하아앗!"

우렁찬 기합과 함께 그가 도를 바닥에 내려쳤다.

쾅쾅쾅쾅!

그가 발출한 강기가 땅바닥을 찢어발기며 제갈청학에게로 향했다. 중간 중간에 있던 제갈세가의 부하들은 영문도 모른 채 몸이 터져 나갔다. 그들로서는 낭왕의 강기를 읽을 수가 없었던 것이다.

제갈청학은 자신에게 다가오는 붉은 강기를 보며 웃었다. 마치 가소롭다는 듯이.

그가 자신의 검을 빼 들었다. 그리고 허공에다 가볍게 휘둘러 본 후 붉은 강기를 향해 내리그었다.

푸슝!

조그마한 백색 강기가 그의 검에서 나와 붉은 강기를 맞아 갔다.

콰콰콰쾅!

두 강기가 마주치자 엄청난 폭발음과 함께 땅이 뒤집혔다. 사람들은 자신들도 모르게 그곳을 바라보았다. 그곳에는 커다란 구멍이 파여 있었다.

"낭왕, 겨우 이 정도 가지고 날 어찌해 보려고 했던 거요? 하하하!"

제갈청학은 의기양양했다. 그것이 보기 싫었을까.

파팟!

낭왕은 한 치의 망설임도 없이 상대를 향해 뛰어들었다.

"어디 이것도 받아봐라!"

그리고 붉은 강기가 둘러진 도를 제갈청학에게 휘두르려고 했다. 하지만,

처억! 처억!

갑자기 그의 앞을 막아서는 제갈세가의 무사들. 그들의 손에는 검은 구체가 들려 있었다.

"……!"

낭왕의 얼굴이 샛노랗게 변했다. 그 물건의 정체를 알아본 것이다.

"피해라!"

그는 큰 소리로 부하들에게 위험을 알리고 몸을 띄웠다. 그의 머리 위로 지나가는 검은 구체를 막기 위함이었다.

서걱! 따다다당!

몇 개는 반으로 쪼갰지만, 몇 개는 밖으로 튕겨낼 수밖에 없었다. 개수가 너무 많았던 것이다.

부하들은 갑자기 낭왕이 왜 그러는지 이해를 못하는 얼굴이었다. 하나, 곧 그 이유를 알게 되었다.

콰콰콰콰쾅!

천둥 치는 소리와 함께 천지가 뒤집혔다. 얼마나 큰 폭발이었는지 전장의 모든 사람들이 잠시 무기를 거두고 그곳을 바라볼 정도였다.

후두두둑!

먼지가 가라앉으며 쏟아지는 괴성!

"크아악! 내, 내 다리!"

"아, 앞이 안 보여……! 너무 아프다고!"

온 사방에 시체와 부상자로 넘쳐났다. 낭인들과 제갈세가의 일반 무사들이 있던 장소는 마치 운석이라도 떨어진 모양이었다.

제대로 서 있는 사람이 거의 없었다. 모두가 죽어가고 있었다.

제갈청학은 주변을 둘러보며 통쾌한 웃음을 날렸다.

"크하하하! 보았느냐? 이것이 우리 제갈세가의 기술로 만들어진 화성탄(火晟彈)이다!"

그는 화성탄의 위력에 아주 만족하는 얼굴이었다. 앞에는 자신을 위해 목숨 바치던 세가의 무사들이 시체가 되어 있는데도 말이다.

사람들은 화성탄의 크나큰 위력에 넋이 나간 것 같았다. 드러난 상황이 너무나 충격적이기 때문이었다.

저벅저벅!

제갈청학이 천천히 앞으로 걸어갔다. 그가 가는 곳에는 피투성이로 힘없이 서 있는 낭왕이 있었다.

"아, 안 된다…… . 너희들이 이렇게 가면 안 된단 말이다…… ."

그는 미친 듯 중얼거렸다. 또다시 자신의 과오로 부하들이 죽었다고 생각하니 정신을 차릴 수가 없었던 것이다.

"알겠소? 머리가 멍청하면 몸이 고생이란 말을."

제갈청학은 낭왕을 비웃고 있었다. 그의 불같은 성격이 또 이런 결과를 만들지 않았는가.

"네, 네놈만은… 도저히… 도저히 용서할 수 없다!"

낭왕은 붉게 변한 눈으로 제갈청학을 쏘아보았다. 그리고 자신의 도에 필생의 내공을 담기 시작했다.

쿠화아앙!

그의 도 끝에 나타난 붉은 화룡이 낭왕의 심정을 대신해 포효했다.

"죽어랏!"

쿠화앙!

그가 검을 휘두르자 화룡은 제갈청학의 미간을 향해 날아갔다. 그리고,

퍼서억!

꿰뚫어 버렸다.

"......!"

하나 실상이 아니었다. 허상이었다.

푸욱!

"쿨럭!"

가죽이 뚫리는 소리와 함께 낭왕이 검붉은 피를 뱉었다. 그의 가슴에는 제갈청학의 검이 박혀들어 있었다.

"내가 네놈보다 약하다고 생각지 마라."

어느새 낭왕의 앞에는 제갈청학이 서 있었다.

털썩!

"우웩!"

낭왕은 자리에 주저앉았다. 더 이상은 서 있을 기력도 없는 것이다.

"멍청한 놈. 퉤!"

제갈청학은 낭왕의 얼굴에 침을 뱉었다. 그것은 무인에 대한 예의가 아니었다.

"불쌍해서 곱게 보내주마."

그가 자신의 검을 하늘로 치켜들었다. 낭왕의 목을 베려는 것이다. 그의 검이 막 움직일 찰나,

쉬잉! 쉬잉! 쉬잉!

갑자기 허공에 생겨난 기검들이 제갈청학을 향해 쇄도해 왔다. 이어 엄청난 함성이 제갈세가 진영의 뒤편에서 들렸다.

"와아아아아!"

그들은 지금껏 보이지 않던 천무악과 황룡대, 그리고 기습대였다. 적의 배후를 치기 위해 산을 돌아온 것이었다.

그리고 나타난 차주철과 그의 동료들. 그들은 곧장 제갈세가부터 공격했다. 낭왕이 쓰러지는 것을 본 탓이었다.

"사부님! 사부니임!"

차주철은 눈에서 흐르는 눈물을 닦을 생각도 하지 않고 몸을 날렸다. 그의 앞을 막는 제갈세가의 정예들은 공격도 하지 못하고 반으로 쪼개지기 일쑤였다.

천무악은 그의 옆에서 뛰면서도 열심히 손을 놀려 제갈청학을 괴롭혔다. 더 이상 낭왕을 건드리지 못하게 하는 것이다.

챙챙챙!

"치잇, 빌어먹을 놈들!"

제갈청학은 황룡대를 욕했다. 깔끔하게 처리해서 천외사존에게 인정을 받으려 했는데 실패한 것이다. 자신의 불찰이었다. 신경을 쓴다고는 했지만, 자신도 모르게 풀어버린 것 같았다. 오히려 지금은 퇴각하지 않으면 고립될 지경이었다.

"퇴각! 퇴각하라!"

그는 일절의 망설임 없이 퇴각을 명했다. 하지만 그것을 용납할 천무악이 아니었다. 그는 외치기 전, 차주철을 한번 바라보았다.

울고 있는 친우. 그 모습은 화지천을 잃은 그때의 자신 모습과 다르지 않았다. 그가 이빨을 꽉 물고 외쳤다.

"오늘 이들을… 살려 보내지 마라."

내공을 실은 목소리는 황룡대의 가슴을 차갑게 만들었다.

촤악!

"크아악!"

송패준은 연합군 무사의 가슴에서 검을 뽑으며 천무악을 바라보았다.

"드디어 왔군! 별것 아닌 방법이나 쓰며 늦게 오다니."

휘익!

그는 몸을 뒤로 돌렸다. 그리고 한 부하에게 신호를 보냈다. 지금의 이 상황에서 써먹으면 가장 좋은 수를 그는 가지고 있었던 것이다.

"오늘 이 전투, 내가 갖겠다."

송패준은 연합군 측을 보며 비릿하게 웃었다.

"허, 어디서 네놈 따위가!"

제갈휘정은 자신의 앞을 막은 상대를 보며 어이없어했다. 도대체 어디서 생겨난 용기인지 궁금할 정도였다.

"내가 어때서? 나 이제 좀 강해졌거든?"

그는 모용중인이었다. 그가 제갈휘정을 상대하기 위해 검을 곧추 세우고 있었던 것이다. 물론 그 혼자는 아니었다.

"이러면 상대가 될까요?"

"이젠 충분할 것 같소만."

모용화린과 혜광도 함께였다.

이제는 제갈휘정의 얼굴에도 살짝 긴장감이 어렸다. 혜광은 쉬운 상대가 아니었기 때문이다.

"홍, 이런다고 달라질 것은 없다. 하나 나한테 이렇게까지 덤벼들 이유가 있나?"

제갈휘정은 이들이 이렇게 자신을 딱 골라온 이유가 궁금했다.

그에 대한 대답은 혜광이 했다.

"우리도 오고 싶어 온 것은 아니오. 다만 재수없게 제비뽑기에서 졌을 뿐. 우린 배신 따위나 하는 당신과 얼굴도 마주하기 싫소이다."

황룡대에서 이제 배신이란 지겨운 일이 되어버렸다. 그리고 그것은 청산해야 할 과거가 되었다. 더군다나 제갈휘정은 제갈청학의 손자로서 일선에서 행동하며 자신들에게도 위협을 주지 않았던가.

"고작 제비뽑기로 왔다? 하하하! 정말 재수없는 게 확실하군. 지옥으로 떠나는 배를 골라서 왔거든?"

고오오오!

그가 기를 끌어올리니 눈이 하얗게 변했다. 아버지 제갈중광과 똑같이 천통현안공을 익힌 것이다.

"어디 한번 놀아볼까?"

파팟!

그가 몸을 날리니 세 사람도 무기를 고쳐 잡고 마주 달려나
갔다.

챙! 채챙!

"이놈이!"

제갈청학은 계속 낭왕의 목을 베려고 했다. 하지만 천무악
이 계속 그것을 방해했다. 기검이 쉴 새 없이 날아온 것이다.
그것뿐이라면 어려울 것이 없었다. 간간이 날아오는 무영지는
그의 등골을 오싹하게 만들었다.

촤악!

그의 앞을 막아주던 제갈세가의 정예무사가 쓰러졌다. 드디
어 차주철과 친우들은 제갈청학의 앞까지 오게 된 것이다.

타탓!

"사부님!"

차주철은 바로 낭왕에게 뛰어갔다.

"꽤, 괜찮으세요? 눈 좀 떠보세요!"

그는 사부를 붙잡고 흔들었다. 낭왕의 눈이 좀처럼 떠지지
않아서였다.

"으… 쿨럭! 주, 주철이냐……?"

그는 그제야 입에서 피를 뿜으며 겨우 정신을 차렸다. 차주
철이 부르는 목소리를 들은 것 같았다.

"사, 사부……."

주륵!

차주철의 얼굴에서 눈물이 하염없이 흘렀다. 지금의 모습은 아침에 본 사부가 아니었다. 까만 머리는 백발로, 탱탱하던 피부는 쭈글쭈글하게 변해 있었다. 내공뿐만 아니라 선천진기까지 사용한 듯했다. 회생의 가능성이 없었다.

"약속했잖아요! 우리가 오면 같이 공격하기로! 그런데… 그런데 왜 먼저 공격한 겁니까!"

자신들과 같이 공격했으면 이렇게 당하지는 않았을 것이다. 그렇기에 차주철은 사부가 더욱 원망스러웠다.

"허허! 이, 이 사부가… 너무 못나서… 그게 그놈들에게 미안해서. 괜히 너, 너에게 미안하게 되었구나……."

낭왕은 차주철을 보며 웃었다. 괜히 아파하는 모습을 보이기가 싫었다. 그럼 항상 자신을 기억할 때마다 그 모습을 떠올리지 않겠는가.

차주철은 그런 사부가 더 미웠다. 그래서 그런지 눈물은 멈추지 않았다.

"울지 말거라. 어차피 사람은 한 번은 죽어야 하는 법. 그래도 나 정도면 멋지게 살다 가는 것이지 않느냐. 허허허!"

그의 얼굴에서 환한 미소가 떠올랐다. 금방이라도 벌떡 일어날 것 생기가 돌고 있었다. 회광반조였다.

"네놈 형님들 잘 챙기고 앞으로 들어올 동생들도 잘 챙겨라. 하늘에서 보고 마음에 안 들면 벼락을 떨어뜨릴 테다. 허허허!"

낭왕의 자리를 그에게 물려준다는 말이었다.

차주철은 싫다며 계속 억지를 부리고 싶었지만, 흘러가는 시간을 붙잡을 수 없어 고개를 끄덕였다.

"빨리 가야겠구나. 저놈들이 계속 오라 손짓을 하네. 가서 일단 미안하다고 무릎부터 꿇어야겠구나. 허허허……."

덥석!

낭왕이 양손으로 각각 차주철의 손과 자신의 도(刀)를 힘주어 잡았다. 그리고 맑은 눈으로 말했다.

"네놈 장가가는 것은 꼭 보고 싶었는데. 진심으로……."

털썩!

차주철을 어릴 때부터 거둬 지금까지 키워준 낭왕은 그렇게 세상을 떠났다.

차주철은 잠시 그를 안고 오열했다. 사부와의 마지막 인사를 나누는 것이었다.

잠시 후, 그는 다른 낭인에게 사부의 시신을 맡기고 자리에서 일어섰다. 그의 손에는 사부의 파룡도(破龍刀)가 들려 있었다. 그것은 낭왕의 상징이었다.

처억!

그가 일어나며 파룡도를 한번 훑어보았다.

'사부님, 휘어질지언정 부러지지 않는 낭왕이 되겠습니다!'

그는 굳건한 다짐을 하며 고개를 들었다.

저벅저벅!

이제 그는 진정한 낭왕으로서 행보를 시작하게 된 것이다.

쾅쾅쾅!

"이 애송이가!"

제갈청학은 기가 막힌 듯 소리쳤다. 지금 자신이 상대하고 있는 자는 그가 알던 자가 아닌 것 같았다.

천무악, 그에 대한 소문은 들었지만 마주하고 나니 그보다 더하다는 것을 느낄 수 있었다.

제갈청학의 눈은 어느새 하얗게 변해 있었다. 천통현안공을 사용했기에 백안(白眼)이 된 것이다.

'어떻게, 어떻게 나의 예측을 넘어서고 있는 것인가!'

그는 죽은 아들 제갈중광이 느꼈던 것을 그대로 답습하고 있었다.

자신들이 이 무공을 얻기 위해 한 고생이 얼마던가. 하지만 그렇게 얻은 무공이 이토록 무참히 깨어지니 화보다는 좌절이 앞섰다.

하나 상대인 천무악이 그것을 이해해 줄 이유는 없었다. 그는 청룡을 꺼내 제갈청학을 나름 여유있게 상대했다. 한번 상대해 본 무공이기에 비교적 수월한 것이었다.

저벅저벅!

그때, 천무악의 옆으로 차주철이 걸어왔다.

"왔나?"

천무악의 물음에 차주철은 가볍게 고개를 끄덕였다. 이어 가라앉은 목소리로 입을 열었다.

"내게 양보해 줄 순 없나?"

자신이 제갈청학을 상대하고 싶다는 말이다.

"힘든 상대다."

천무악은 솔직히 말했다. 제갈청학은 차주철의 실력으로는, 아니, 자신이 아닌 다른 사람들에게는 강한 자였다. 그도 천능동해각법이 아니라면 쉽지 않은 상대였다.

"알고 있다. 하지만 하고 싶다."

천무악도 차주철의 마음을 이해했다. 제갈청학은 차주철뿐만 아니라 자신에게도 원수였다. 자신의 사부가 그의 흉계에 유명을 달리하지 않았던가.

친우이기에 어느 정도 양보를 할 순 있었다. 하나 그것이 차주철의 목숨을 앗아갈 수도 있었다.

"큭큭큭! 큭큭! 나 제갈청학이 언제 이렇게 우습게 되었지?"

두 사람이 자신을 두고 의논을 하고 있었다. 누가 상대할지를 말이다.

"내가 이러려고 무림맹을 배신한 줄 아나!"

이딴 취급이나 받자고 귀천으로 돌아선 게 아니었다. 혼자 오롯이 서고 싶어 지금 이 자리에 서 있는 것이었다.

고오오오!

갑자기 그의 몸에 백광(白光)이 서렸다. 눈은 더욱 하얗게 변해 마치 투명한 유리알 같았다.

"진정한 제갈가의 무공을 보여주마!"

타닷!

"······!"

작은 소음과 함께 제갈청학이 사라졌다. 차주철은 어디인지를 몰라 두리번거리고만 있었다.

"피해!"

천무악이 급하게 그를 밀쳤다.

스아악!

금방까지 차주철이 있던 곳에 하얀 검강이 서린 검이 지나갔다.

"뭐, 이런······!"

그는 모골이 송연해지는 느낌이었다. 도저히 볼 수가 없었던 것이다.

"아직 끝이 아닌데?"

퍼억!

"크아악!"

주르륵!

차주철이 자신의 복부를 잡으며 뒤로 밀려났다. 어느새 그의 옆에 나타난 제갈청학이 발로 걷어찬 것이었다.

"주철, 뒤로 피해 있어!"

천무악이 차주철 옆에 서서 그를 보호했다. 차주철은 자신의 입술을 피가 나도록 깨물었다.

'이런 짐이 되려고 나선 것이 아니다!'

푸확!

그의 도에서 붉은 화룡이 나타났다. 원래 이것은 파룡도의 진정한 주인만이 드러낼 수 있는 비기(秘技)였다. 지금까진 사용한다 해도 이끌어낼 수 없었지만, 낭왕이 죽기 전 그의 손과 도를 잡으며 의지를 이어준 것이었다.

스가악!

그가 전면을 향해 도를 가로로 그었다.

틱!

작은 소리와 함께 제갈청학의 위치가 파악되었다.

"거기구나!"

웅웅웅!

파룡도가 낮게 울었다. 그러더니 화룡의 형상이 갑자기 커졌다.

휘익!

쿠우우우!

그가 도를 휘두르자 거대한 화룡이 전면을 가득 메우며 날아갔다. 마치 실제 용이 나타난 것 같았다.

화룡현신(火龍現身).

파룡도로 펼치는 강룡도법 최강의 절기였다.

스윽!

사라졌던 제갈청학이 나타났다. 아무리 빠르게 움직여도 피할 수 없다는 것을 안 탓이다.

그가 검의 손잡이를 가슴에 가져다 댔다. 그리고 눈을 잠시 감았다가 떴다.

그러자 하얀 강기가 마치 꽃처럼 피어났다. 천통현안공의

극의(極意) 천개화(天開花).

하늘이 처음 열렸을 때 내려온 천상화 중 하나였다. 그것이 지금 제갈청학의 손에서 피어난 것이다.

푸슉!

그는 그것을 천통현안공으로 알아낸 화룡현신의 약점에 꽂았다.

쿠아악!

콰콰쾅!

화룡이 괴로운 듯 꿈틀거리더니 그 자리에서 폭발하고 말았다. 제갈청학이 약점을 제대로 알아낸 것이다.

엄청난 화염이 공간을 뒤덮었다. 마치 현생의 모든 것을 태울 듯이 말이다.

하지만 잠시 후, 제갈청학은 멀쩡한 몸으로 나타났다. 이어 그들을 향해 밝은 웃음을 보였다. 그의 검끝에는 이전보다 더욱 큰 천개화가 피어 있었기 때문이다.

"꺼져라!"

파라라랑!

꽃잎 떨리는 소리가 사방으로 울려 퍼졌다. 하얀 꽃은 바람을 타고 천무악과 차주철에게 날아오고 있었다.

차주철은 침울한 얼굴을 할 정신도 없었다. 저것을 막지 못하면 자신에겐 죽음뿐일 테니 말이다.

그가 당황하고 있을 때, 천무악은 눈을 감고 오른 검지를 앞으로 내뻗은 상태였다.

기이이잉!

작은 공명과 함께 주변의 기가 검지로 빨려들어 왔다. 그것은 흡사 소용돌이를 보는 것 같았다. 하나도 버림 없이 모든 것을 수용한 천무악의 검지.

화아악!

잠시의 정적 후, 그의 검지는 파란 태양을 내어놓았다. 영롱한 빛을 발하는 파란 구체.

번쩍!

그와 동시에 천무악이 눈을 떴다. 그리고는 파란 태양을 향해 자신의 검지를 찔렀다. 검지의 끝에는 다시 한 번 파란 빛이 모여 있었다.

쿠웅!

파직! 파직!

엄청난 반발력으로 인해 생긴 충격파가 주변을 휩쓸었다. 터져 나오는 힘을 이기지 못한 공간이 이리저리 뒤틀리며 비명을 질러댔다.

그때, 들리는 천무악의 낮은 목소리.

"멸혼중첩강(滅魂重疊罡)."

천공일지공 최후의 절기가 그의 눈앞에 나타난 것이다.

콰앙!

천지를 뒤흔드는 소리와 함께 파란 구체는 천개화를 향해 날아갔다.

"아아……!"

사람들은 두 절기의 충돌을 두려워하는 듯했다. 대체 어떤 일이 벌어질지 알 수가 없는 것이다. 하나 벌써 일어난 일.

　쿠콰아앙!

　번쩍!

　사람들은 충돌 후 쏟아진 빛에 눈이 머는 것 같았다.

　휘오오오!

　후폭풍이 이래서 무서운 것인가. 이어 쏟아진 바람은 용솟음쳐 회오리바람이 되었다. 그리고 그것은 주변을 휘저었다.

　투툭! 후두둑!

　하늘로 솟구쳤던 먼지가 천천히 바닥으로 떨어졌다. 하지만 아직도 상황을 확인할 수 없었다. 천무악과 차주철, 제갈청학이 있던 곳만큼은 안개가 낀 듯 좀처럼 맑아지지가 않아서였다.

　조금의 시간이 더 흐른 후, 사람들은 상황을 확인할 수 있었다.

　굳건히 서 있는 두 사람이 보였던 것이다.

　"와아아아아!"

　황룡대를 비롯한 연합군은 기쁨의 함성을 질렀다. 이렇게 엄청난 대결에서 자신의 편이 승리했는데 어찌 기쁘지 않을 수 있겠는가!

　특히나 황룡대원들은 더 기뻐했다. 저렇게 강한 자가 자신들의 대주니 더할 나위가 없었다.

　반대로 귀천의 사람들은 얼굴이 흙빛으로 변했다.

귀천 서열 삼위가 목숨을 잃었다. 이위인 송패준이 있었지만 그가 제갈청학을 이긴다고는 장담할 수 없었다. 소련주라는 신분이 있었기 때문이다.

연합군의 분위기는 고조되어 귀천의 무리를 사정없이 몰아치기 시작했다.

후방으로 돌아왔던 기습대도 힘을 얻어 움직임이 평소보다 더 빨랐다.

"어, 어찌 이런 일이!"

제갈휘정은 조부의 죽음을 믿을 수가 없었다. 그가 알기로는 천외사존을 빼면 최강의 무인이었다. 한데 이렇게 명을 달리하다니. 그는 잠시 정신을 못 차렸다.

"이봐, 한눈 팔 시간이 있어?"

하지만 상대가 그걸 기다려 줄 이유는 없었다.

슈웃!

모용중인은 친절하게 경고를 해주며 검을 날렸다.

"빌어먹을!"

채앵!

제갈휘정은 급히 검을 휘둘러 상대의 검을 막았다. 그리고 한숨을 돌렸다. 잘못했다가는 그도 조부를 따라 죽을 뻔했으니 말이다.

"안심하긴 이른데요?"

하나 끝난 게 아니었다. 어느새 그의 뒤엔 모용화린이 서 있었다. 그녀도 실력이 일취월장해서 이젠 얕볼 수 없는 무인이 되어 있었다.

"하앗!"

그가 급히 몸을 돌려 그녀의 검을 막았다. 이어 몸을 공중으로 띄워 반대편으로 내려섰다.

콰앙!

금방 그가 있던 자리에는 혜광의 주먹이 작렬해 구덩이를 만들어놓고 있었다.

백안이 있었기 때문에 가능한 움직임이었다. 하지만 그의 경지는 조부나 아버지에 비해 너무 낮았다.

한 수는 쉽게 파악이 가능해도, 이어지는 연환을 파악하는 것에는 약간의 시간이 필요한 것이다.

채앵!

제갈휘정이 내려선 곳에는 다시 모용중인이 서 있었다. 그의 몸은 상처투성이였는데, 감각을 끌어올리는 것에 시간이 걸려서 이렇게 당한 것이었다. 그러나 지금에 와서는 가장 잘 싸우고 있었다.

언젠가 천무악이 그에게 말한 적이 있었다. 감각은 탁월하다는 말이었다. 그 진가가 지금 발휘되고 있었다.

"체엣!"

탓!

제갈휘정은 또 몸을 움직였다. 모용화린과 혜광은 신경을 곤두세워 그가 어디에 나타날지를 파악하고 있었다.

"어딜?"

하나 모용중인은 그렇지 않았다. 점차 빛을 발하는 감각이 그의 행보를 정확히 알려준 것이다.

결국,

푸욱!

"크으악! 네, 네놈 따위에게!"

제갈휘정은 자신의 옆구리를 손으로 잡고 몸을 물렸다. 상대가 이렇게 귀신 같이 따라오니 더 이상은 움직이기도 쉽지 않았다.

더군다나 검을 주고받아도 모용중인이 더 잘 피하고 반격하니 방법이 없어보였다.

고오오오!

그가 기를 끌어올렸다. 비기를 꺼내 위기를 모면하려는 것이다.

"지금 그럴 여유가 있나?"

푸욱!

"커억!"

제갈휘정의 가슴으로 길쭉한 검이 나와 있었다. 모용중인은 제갈휘정이 준비할 때까지 기다려 줄 이유가 없었다. 그렇다 보니 그대로 공격을 감행한 것이다.

털썩!

제갈휘정이 바닥에 무릎을 꿇었다. 그리고 허무한 듯 하늘을 올려다보았다. 이렇게 죽자고 용을 썼던 것이 아니다. 아쉬운 마음이 가득 들었다. 하지만 그것은 하늘에 가서 조부와 나눌 이야기인 것 같았다.

모용중인의 검이 지체 없이 그의 목을 베어버렸기 때문이다.

천무악은 전장의 중앙에 서서 한곳을 멍하니 바라보고 있었다. 그곳은 제갈청학이 있던 곳이었다.

'사부님, 제일 큰 원흉을 죽였습니다. 복수를 했단 말입니다!'

그는 마음속으로 사부 화지천과 대화를 하고 있었다. 이 순간 그것을 지나칠 순 없었던 것이다. 가장 고대했던 순간이 아닌가.

'앞으로 몇 놈 남지 않았습니다. 기다려 주십시오.'

그는 간단한 대화를 마치고 고개를 옆으로 돌렸다. 그곳에는 차주철도 눈을 감고 무엇인가를 중얼거리고 있었다.

"훗! 자식!"

그는 그런 차주철을 뒤로하고 다시 전장으로 향하려고 했다. 하나 그럴 수가 없었다.

제갈세가의 무리에서 벗어나 저 멀리 도망가는 자들이 보였기 때문이다.

혈천사로의 일로와 제자인 곤수, 그리고 삼로의 제자 아명이었다.

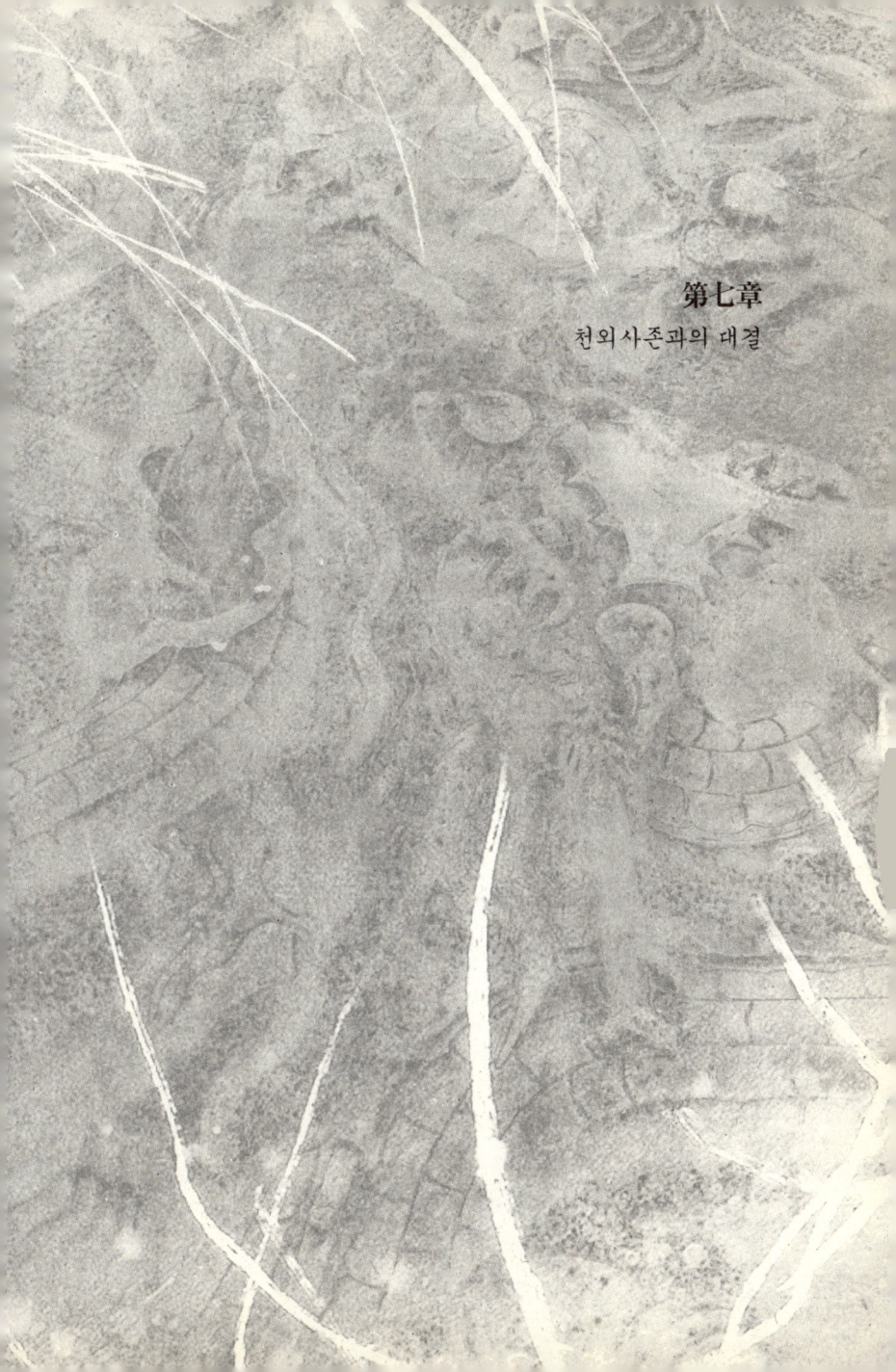

第七章

천외사존과의 대결

"크아악!"

"사, 살려줘!"

비명 소리가 온 전장을 뒤덮었다. 사람들이 죽고 있는 것이다. 대부분이 귀천의 사람들이었다.

상황이 어렵게 되고 있었다. 그럴수록 송패준의 속은 타들어갔다.

'왜 아직도 데려오지 않는 거냐!'

명령한 지가 언제인데 아직도 시행되지 않는지 송패준은 그 부하를 반드시 죽여 버리겠다고 마음먹고 있었다.

그의 조바심이 극에 달했을 그때,

"으으으으으!"

흐느끼는 소리가 울려 퍼지더니 시꺼먼 옷의 사람들이 등장했다. 그들은 처음엔 갈피를 못 잡는 듯 비틀거렸지만, 이내 빠른 속도로 달리기 시작했다.

"후방을 조심하라!"

팽가룡이 기습대 전체에 들리도록 소리쳤다.

천무악이 잠시 빠진 사이, 그가 그들을 지휘하고 있었기 때문이다.

기습대는 두 부류로 나눴다. 한 부대는 정면에서 도망치려는 귀천의 무리를, 한 무리는 뒤에서 다가오는 시꺼먼 옷의 사람들을 막기 위해 움직였다.

귀천은 벌써 많은 인원을 잃었다. 이제는 연합군보다 더 적을 정도였다. 하지만 송패준은 승리를 자신하고 있었다.

"흐흐흐흐!"

뒤쪽에서 오는 적과 싸우려고 움직이던 전춘광은 깜짝 놀랐다. 그리고 자신도 모르게 뒤로 물러섰다.

그런 행동은 전춘광뿐만 아니라 곳곳에서 일어났다.

시꺼먼 옷을 입은 사람들의 정체가 바로 정파의 사람들이었던 것이다.

"정신 차려라! 이들은 섭혼술에 당한 자들이다! 너희들을 못 알아본단 말이다!"

팽가룡이 목이 터져라 외쳤지만 황룡대 등 사람들은 그의 말을 듣지 않았다. 뒤로 물러서기에 정신이 없는 것이다.

그들이 공격을 안 한다고 해서 섭혼술에 당한 자들도 똑같이 하는 것은 아니었다. 그들은 맹목적으로 공격을 감행했기 때문에 연합군의 피해는 커져만 갔다.

녹림과 빙궁의 사람들은 섭혼에 걸린 동료를 찾을 수 없었다. 그래서 조금은 편한 마음으로 당하는 연합군 사람들을 도와주려고 하는데, 오히려 당한 사람이 화를 내며 검을 비켜들었다. 절대 건드리지 말라는 것이다.

상황이 이러니 이번에는 연합군 측이 위기에 빠졌다. 특히나 기습대는 고립된 상황이 되어버린 것이다.

"후우, 더 기다릴 수가 없겠구먼. 이러다 그전에 사달이 날 판이니. 쯧쯧!"

"그런 것 같구려. 우리 천하제일교의 사람들이 저렇게 정이 깊은 줄은 오늘 처음 알았소이다."

기습대에 있는 두 사람이 하는 대화였다. 그들은 피풍의에 머리엔 죽립을 쓴 사람들이었다. 외모는 알 수가 없으나 목소리는 나이 든 사람의 그것이었다.

"가봅시다!"

펄럭! 펄럭!

휘릭! 휘릭!

피풍의와 죽립을 벗은 그들은 검제와 패황이었다. 그들은 적의 강자들을 처리하기 위해 기습대에 포함되어 있었던 것이다.

이들은 경험 많은 노강호답게 처리해야 할 사람들을 확실히 알고 있었다.

픽! 퍼퍽!

"크악!"

"어, 어찌 알고! 크헉!"

섭혼인들은 죽어도 아픈 줄도 모르고 죽었다. 하지만 두 사람이 처리할 사람들은 아니었다. 바로 섭혼술을 펼치는 사람들이었다.

술사만 처리하면 섭혼인들은 그저 서 있는 허수아비에 불과했다.

그러나 귀천도 바보는 아니었다. 이럴 경우를 대비해 대기하고 있던 사람들이 있었다.

삐리리리리!

"어둠의 망령들이여, 내 그대들을 불러 빛을 보게 하리니……."

바로 음괴와 혼마였다.

그들은 섭혼술이 소용없어지자 피리와 정신 지배로 섭혼인들을 조종하기 시작했다. 이들의 지배는 절대적이었다.

섭혼인들은 광적인 상태가 되어 연합군을 공격했다. 그에 연합군은 속수무책이었다.

그것이 너무 답답했을까.

검제가 사자후를 질렀다.

"정신들 못 차릴까! 이들은 의지가 없는 인형이네! 자신이 원하지 않은 살인을 한다! 그것을 이들이 좋아할 것 같은가? 하늘에서도 눈을 감지 못할 것일세! 더군다나 죽이는 이가 사문의 사람이라면 더욱더!"

검제의 사자후는 연합군의 가슴 깊숙이 파고들었다. 그리고 그것은 결과로 이어졌다.

다시 맹공을 펼치기 시작한 것이다.

사문의 존장이 그의 제자를 해하는 살귀가 되는 것이 싫었다. 더군다나 무인이라면 가슴속에 협을 품고 있을 터. 자신이 원하지 않는 살인을 좋아할 리가 없다는 생각이 들기 시작한 것이다.

그 생각들은 계속 강해져 종국엔 귀천의 분노로 이어졌다. 저들이 이렇게 조종하지 않는다면 이런 상황, 아픔이 존재할 리 없었으니 말이다:

"귀천을 멸하자!"

"사문의 어른을 욕되게 하지 말자!"

열기는 금방 올라 다시 전세는 연합군 쪽으로 기울었다. 조금만 더 밀어붙이면 귀천이 완전히 무너질 찰나,

"멍청한 놈들."

전장 전체에 울려 퍼지는 음산한 목소리가 있었다. 듣기만 해도 절로 몸을 떨 만한 목소리.

촤아악!

섭혼인들이 갈라지며 일단의 무리가 전장에 들어섰다. 그들은 검은 옷을 입은 채 하나같이 흉흉한 기세를 뿌리는 자들.

그들의 중심에는 천외사존이 있었다.

그는 모든 사람들을 둘러보며 입을 열었다.

"오늘 이곳은 내게 혈로의 시작이 될 것이다."

그의 사기 가득한 목소리에 모두가 털을 곤두세워야 했다.

"어딜 그리 급하게 가나?"

일로와 곤수, 그리고 아명은 자신들의 앞을 가로막은 자를 바라보았다.

움찔!

그들은 꼭 겁먹은 사람들처럼 몸을 움츠렸다.

자신들을 죽이고 싶어하는 천무악이 있었기 때문이다.

"묻고 있질 않나. 어딜 가냐고?"

일로의 얼굴이 벌겋게 달아올랐다. 이렇듯 추궁을 당하니 굴욕감이 올라온 것이다.

"으득! 네놈이 알 것 없지 않느냐! 흰소리하지 말고 용건이나 밝혀라!"

천무악은 일로의 말에 피식 웃었다.

"그걸 물어 뭐 하나? 당연히 알고 있는 것이 아닌가?"

그가 검지에다가 청룡을 불렀다.

쿠오오오!

"당연히 사부님의 복수를 하러 왔지."

청룡의 포효와 천무악의 말이 어우러지자 세 명의 얼굴에서 핏기가 가셨다. 그들에겐 거부하고 싶은 현실인 것이다.

그들은 천무악이 제갈청학을 상대하는 걸 보았다. 그 엄청난 위용과 무공. 그것은 자신들이 상대할 수 있는 수준이 아니었다.

"어, 어떻게 하면 살려줄 건가?"

눈알을 이리저리 돌리던 일로가 천무악에게 물었다.

천무악과 곤수, 그리고 아명은 당황스러웠다. 그렇게 당당하던 일로는 어딜 가고 비굴한 늙은이만 있단 말인가.

결국 천무악의 얼굴이 찌푸려졌다.

"그렇게 살고 싶다면 사부님을 건드리지 말았어야지!"

그가 언성을 높였다. 자신이라고 이런 짓을 하고 싶은 게 아니었다. 그저 사부와 조용히 살고 싶었는데, 그것을 이들이 망가뜨려 놓았다.

지금은 그 죄를 묻기 위해 온 것이었다.

한데 엉뚱한 소리나 하는 일로를 보니 더 화가 치밀어 올랐다. 화지천이 자신 때문에 고작 저런 놈에게 죽었다고 생각하니 너무나 억울했던 것이다.

게다가,

"난 건드리지 않았다. 모두 죽은 놈들과 이놈들이 건드린 것이다. 난 그저 같이 있었을 뿐이라고."

일로는 말도 안 되는 변명까지 늘어놓았다. 죽는 순간까지 후회 같은 것은 하지 않겠다던 그의 말은 개소리와 다름없었던 것이다.

천무악은 짜증이 났다. 그냥 저 인간과 더 이상 말을 섞고 싶지 않았다. 그가 손을 들기 전까지도 그의 말도 안 되는 거짓말은 계속되었다.

처억!

그러다 천무악이 자신의 검지를 들어 올리자 일로는 갑자기 돌변했다. 그가 자신의 봉에 힘을 주더니 그대로 돌진해 오려 하는 것이 아닌가.

천무악은 알고 있었지만 큰 신경은 쓰지 않았다. 어차피 자신에겐 위협이 되지 않기 때문이다.

이제 빨리 동료들에게 돌아가야겠다는 생각이 든 그가 일로의 공격을 막으려는 찰나,

퍼억!

갑자기 일로의 가슴이 갈라지며 봉이 솟아올랐다.

"크, 크억! 어, 어느 놈이……?"

일로가 놀란 눈으로 고개를 뒤로 돌렸다. 그리고는 더 놀랐다. 자신을 공격한 사람은 다름 아닌 제자 곤수가 아닌가.

"이놈… 그동안 키워주고… 먹여줬더니… 쿨럭! 은혜를 원수로 갚아?"

그는 믿을 수 없다는 듯 곤수를 바라보았다. 하지만 곤수의 얼굴은 냉랭하기 그지없었다.

"은혜? 네놈의 입으로 직접 말했다! 우리 부모님을 네가 죽였다고! 그런데도 은혜를 운운하다니! 으득!"

곤수는 이어 천무악을 보았다.

"비록 명 때문에 어쩔 수 없이 해야 했지만, 그래도 우리가 죽인 건 죽인 것이다. 나는 구차하게 변명하지 않겠다. 다만 미안하다는 말은 전한다."

그는 잠시 말을 끊으며 하늘로 고개를 들었다.

"하늘이시여, 다음은 부디 좋은 생으로 태어나게 해주소서."

퍼억!

그는 말이 끝나자마자 봉으로 자신의 천령개를 내려쳤다. 즉사였다. 이어 다른 소리도 들려왔다.

콰악!

후두둑!

하늘에서 혈우(血雨)가 떨어졌다.

아명이 아무런 말도 없이 자신의 머리에 화살을 쏜 것이다. 대신 그의 손엔 사부 삼로가 사용하던 혈사궁이 들려 있었다.

"쿨럭! 쿨럭!"

덜덜덜!

이제 남은 사람은 일로 혼자였다. 그는 죽음이 두려운지 굉장히 불안한 얼굴이었다.

"사, 살려줘. 네, 네게 내 모든… 것을 바치겠다."

휘익!

천무악은 들을 가치도 없다는 듯 몸을 돌렸다. 그리고 그곳을 벗어났다.

일로는 굳이 죽이지 않아도 목숨이 끊어질 것이다. 오히려 서서히 죽어가며 죽음의 고통을 계속 느끼게 될 것이다.

그에게 어울리는 죽음이었다.

하지만 곤수와 아명은 살짝 불쌍하다는 감정도 들었다. 그들은 자신이 원해서가 아닌 혈천사로의 강요에 의해 삶을 살아왔기 때문이다.

"어찌 보면 선택할 수 없는 것이 무인의 삶일지도. 나도 지금 당장 귀천 놈들에게 죽을지도 모르는 일이잖아."

그는 씁쓸한 얼굴을 한 채 다시 동료들에게로 발길을 돌렸다.

"저, 저놈들은 뭐야!"

"사신, 사신이다!"

사람들은 하늘을 보고 있었다.

그렇지 않아도 찌푸린 하늘이 지금은 새까맣게 물들어 있었다. 천외사존이 이끌고 온 부하들이 공중으로 솟아올라 생긴 일이었다.

터덕! 터덕!

그들은 어느 한 진영으로 떨어진 것이 아니라 골고루 퍼진 상태로 내려섰다.

스릉!

그리고 마치 사슬낫처럼 생긴 무기들을 꺼내 들었다. 새까만 그들의 무기. 그것은 사기(死氣)로 충만했다.

휘익!

그들이 그것을 휘두르기 시작하자 전장은 한 폭의 지옥도(地獄圖)로 변했다.

"크아악!"

"나, 나는 귀천이다! 귀, 귀천이라…… 커억!"

그들에게 적아의 구분은 없었다. 그저 눈에 보이는 대로 살육을 벌이고 있었다.

"이게 무슨!"

"그만두지 못하나! 어찌 이리도 변한 게 없는가!"

검제와 패황은 천외사존에게 동시에 소리쳤다. 하지만 말의 의미는 각자 달랐다. 검제가 경악해서 치는 소리라면, 패황은 재범(再犯)의 의미를 담고 있었다.

"변해? 변하면 안 되지. 내가 왜 변한단 말인가. 난 항상 이 날을 손꼽아 기다려 왔다."

천외사존의 무심한 말에 패황의 얼굴은 더욱 일그러졌다.

"또 그 짓을 일삼겠다는 말인가! 대체 언제까지 그런 것에 사로잡혀 있을 것인가!"

이십여 년 전, 패황이 눈앞에 있는 자신의 형 천외사존을 벤 이유가 있었다. 그는 피에 미친 광자(狂者)였다.

그는 비밀 장소에서 자신의 지위를 악용해 사람들의 피를 취하고 있었다. 영생(永生)으로 가는 방법이라고 생각하는 것이었다.

그는 교주가 되면 더 큰일을 행하려 계획하고 있었다. 중요 수족들을 빼놓고는 정파와의 전쟁에 투입하는 것이다. 그리고 마지막 결전지에 어마어마한 양의 화탄을 설치해 모두 죽일 생각이었다. 그들의 영(靈)과 피를 취하기 위한 방법이었다.

그는 그것을 자신이 모시는 신의 제단에 바쳐 영생과 무한

한 힘을 얻겠다는 계획을 가지고 있었다.

패황은 그 계획을 사전에 눈치챘고, 결국 형을 제거하게 되었다.

하나 형제라는 끈에 매어서일까. 그는 형을 죽이지는 못하고 무공을 폐한 후 마교 밖으로 내쫓아냈다.

하지만 어찌 된 일인지 자신의 형은 더 강해지고 더 피에 미친 자로서 다시 자신의 눈앞에 나타났다.

"닥쳐라! 신께서 노하신다. 이런 성스러운 의식에 그딴 소리나 내뱉다니! 넌 역시 나의 종으로는 부족하다!"

휘익!

천외사존이 팔을 내젓자, 시꺼먼 기운이 두 사람을 향해 섬전과 같이 날아왔다.

쾅! 쾅!

"크윽!"

"흑!"

그것을 막은 두 사람은 무거운 신음을 흘리며 뒤로 밀려났다. 가벼운 손놀림에도 담겨 있는 힘이 엄청났다.

검제와 패황은 누가 먼저랄 것도 없이 서로를 바라보았다.

합공을 하자고 의견을 내놓은 것이다.

마음이 통한 그들은 발을 놀렸다.

스팟! 타탓!

그들은 곧장 천외사존에게로 향했다.

"가룡, 이놈들 뭐야!"

모용중인이 동그랗게 변한 눈으로 물었다. 생긴 것도 생긴 것이지만 무공이 너무 높았던 탓이다.

"나도 모른다. 하지만 확실하다. 정신 놓으면 죽는다!"

연합군도, 귀천도 서로 무리 지어 검은 옷의 사신들에게 대항하고 있었다. 아직은 비록 중과부적이었지만, 강자들끼리 모인 무리는 사신과 대항함에 있어서도 부족하지 않았다.

챙강! 서걱!

팽가룡이 공격을 막으면 모용중인이 사신을 베었다. 하지만 타격을 입는 것 같지가 않았다. 그들은 변함없이 공격을 할 뿐이었다.

"미치겠네! 왜 먹히질 않지?"

"네놈이 약하니 그렇겠지! 저길 봐라!"

팽가룡이 말한 곳에는 빙제와 북해의 장로들이 사신을 상대하고 있었다. 주로 공격은 빙제가 했는데 확실히 효과가 있었다. 움직임이 둔해져 점점 지쳐가는 것을 확인할 수 있었다.

그쪽뿐만 아니라 귀천의 무리에서는 뇌제가 활약을 하고 있었다. 그도 빙제 못지않은 실력으로 사신을 괴롭히고 있었던 것이다.

"알겠지? 네놈이 약하다는 걸?"

"그럼, 어쩌라고!"

휘익!

그들이 잠시 한눈을 판 사이, 사신은 사슬낫을 크게 휘둘렀다. 그리고 그것은 순식간에 두 사람을 위기에 빠뜨렸다.

"숙여!"

"……!"

갑자기 거대한 화룡이 그들 쪽으로 날아왔다. 두 사람은 기겁을 하며 몸을 숙였고, 화룡은 사신과 부딪쳤다.

쿠웅!

끼아아아!

사신이 바닥에 쓰러졌다. 이어 괴로운 듯 소리쳤다. 공격이 먹혔다는 말이 된 것이다.

처억!

"괜찮아?"

그들 곁으로 날아든 사람은 차주철이었다. 그는 붉은색으로 번들거리는 파룡도를 들고 서 있었다.

팽가룡과 모용중인에겐 더없이 멋있는 모습이었다. 이제 그들도 본격적으로 상대를 할 수 있는 것이다.

"쿨럭!"

"괜찮소? 으득, 지독하게도 강해졌군!"

패황이 상대를 죽일 듯 노려보았다. 천외사존은 강해도 너무 강했다. 자신들의 공격은 통하지도 않지만 상대의 공격은 아니었다.

살짝만 몸을 내어주어도 눈앞에 있는 검제처럼 피를 토할 정도로 위력이 굉장했다.

"으음, 괜찮소이다. 그런데 이걸 어쩌오? 우리만으로는 감

당할 수가 없을 것 같소이다."

남궁천의 얼굴에 어둠이 짙어졌다. 상대는 말 그대로 너무 강했기 때문이다. 자신들 둘만으로는 이겨낼 방법이 없을 듯했다.

그때,

처억!

"도와주러 왔소이다."

빙제가 날아들었다. 다른 사람들끼리도 사신을 충분히 상대할 수 있다는 걸 확인하고 온 것이다.

터억!

"나도 한팔 돕겠소."

또 누가 날아들었다. 세 사람의 얼굴에 놀란 빛이 감돌았다.

"용왕!"

"괜찮겠소이까?"

한 팔을 잃어 전쟁에 참여하지 않고 있던 그가 도와주러 온 것이다. 사태의 심각함을 누워 있던 그도 느낄 수 있었던 것 같았다.

그 뒤로도 권왕과 황보세가의 벽력권왕, 그리고 당천장 등 많은 사람들이 천외사존을 상대하기 위해 모여들었다.

"해볼 만하겠소이다!"

검제의 얼굴에 화색이 돌았다. 이제 충분히 이길 수 있을 것 같았기 때문이다.

하지만 정작 천외사존은 그들을 보며 비웃고 있었다.

"버러지 같은 것들이 모인다고 해서 내가 겁을 먹을 것 같으냐?"

후화악!

덜덜덜덜!

지금껏 가만히 있던 그가 기세를 풀자 땅이 흔들렸다. 그리고 뻗어 나오는 검은 기운. 그것만으로도 사람들의 의기를 꺾기에는 충분했다.

바닥에 깔리는 검은 기운이 마치 그들의 발목을 붙잡는 것 같은 느낌이었다.

그렇다고 이대로 기죽을 수는 없는 법. 그들은 다시 마음을 잡고 천외사존에게 달려들기 시작했다.

그야말로 별들의 전쟁이 시작된 것이다.

"저 사람은!"

전춘광은 황룡대원들과 함께 사신을 상대하다가 천외사존의 얼굴을 확인했다. 그의 얼굴은 본 적이 있다.

바로 자신이 어릴 적 화산파로 아이와 같이 찾아왔던 그 인물이다.

'그렇다면?'

그의 시선이 사신들을 바라보고 있는 송패준에게로 향했다.

'그때의 아이가 바로 저놈이란 말인가?'

전춘광은 그제야 송패준이 자신에게 했던 말을 알 수 있었다. 그때에 비해 강해졌다는 말.

어릴 때는 너무나 형편없이 당했으니 말이다.

"그런데 왜?"

그는 연이어 드는 의문을 해소할 수가 없었다.

'더 강해지라니.'

송패준이 정마대회에서 그에게 했던 말이다.

"자신의 즐거움을 위해 강해지라고 했던 것인가?"

그는 풀리지 않는 의문에 인상을 찌푸렸다.

"아, 진짜! 아까부터 계속 혼자 뭐라고 중얼거리나? 집중 안 해?"

당천영이 짜증스런 목소리를 뱉었다. 그녀의 옆에 있는 모용화린도 불만의 표정을 드러내고 있었다.

그가 집중하지 않으면 자칫 자신들의 목이 날아갈 판이 아닌가.

"나 그냥 차 가가한테 간다?"

"젠장, 언제부터 가가였냐!"

전춘광은 투덜거리며 다시 검을 고쳐 잡았다. 이대로 가다가는 몰매를 맞을 것 같았기 때문이다.

"으음, 도대체 우리는 왜 공격하는 것인가!"

사극련주 뇌제는 얼굴이 붉게 달아올라 있었다. 눈앞에 있는 이들이 왜 자신들을 공격하는지 이해가 되지 않았다.

지금껏 바친 충성과 자신의 부하들은 그저 일회용에 불과했다는 말인가.

계속된 궁금증은 점점 분노로 바뀌었다.

"내 처지가 우습군. 주인에게 버려지는 개라니."

그의 시선은 그저 바라보고만 있는 송패준을 향했다가 다시 천외사존에게로 옮겨졌다.

"하지만 너희들이 모르는 게 있다. 개가 주인을 물 때는 사정이 없다는 것을 말이야."

그가 자신의 앞에 있는 사신을 베어 넘기며 천외사존에게로 향했다.

쿠쿠쿵! 콰쾅! 휘오오오!

천외사존과 연합군의 고수들이 있는 곳은 쑥대밭이었다. 원래의 형체가 어땠는지는 상상도 할 수 없을 정도였다.

스가악!

검제의 검이 허공에서 춤추고,

번쩍!

패황의 검이 눈부시게 빛났다. 그리고,

휘오오오!

북해의 한파를 그대로 옮겨놓은 것 같은 빙제의 강기도 천외사존만을 향해 쏟아졌다.

"크하하하하! 이것 가지고 되겠느냐!"

천외사존은 심히 즐거운 듯 대성(大聲)을 토하고 있었다.

푸화악!

그에게서 쏟아진 검은 기운은 사방을 잠식해 갔다. 그리고 고수들이 쏟아부은 강기와 강환을 그대로 흡수하고 있었다.

그야말로 절세무적(絶世無敵).

오히려 연합군의 고수들이 지쳐 갈 정도였다.

"으음… 하압!"

이대로는 안 되겠다고 느꼈는지 검제가 눈을 감았다. 이어 자신의 검에 내공을 불어넣었다.

우우우웅!

낮게 깔리는 공명음과 함께 그의 검에서 거대한 강기가 나왔다. 그 모습은 마치 거대한 검을 보는 것 같았다.

번쩍!

그가 눈을 뜨자 눈에서 백광이 쏟아졌다. 그와 동시에 대검(大劍)이 회오리치며 천외사존을 향해 날아갔다.

"검형충천(劍形衝天)!"

남궁세가 제왕검형의 절대 초식이 드러난 것이다.

구구구궁!

엄청난 기세에 땅이 울렸다. 흙먼지 또한 회오리에 빨려들어 가 대검은 더욱더 거대해졌다.

"……!"

지금껏 웃음으로만 일관하던 천외사존의 얼굴이 약간 굳었다. 그도 이번 공격만큼은 쉽게 볼 수 없는 듯했다.

그가 오른손을 들어 사기를 끌어 모았다. 그러자 그 또한 점점 거대해졌다. 잠시 사이에 검형충천과 같은 크기가 된 사기.

휘익!

그의 손에서 엄청난 크기의 도 한 자루가 뻗어 나왔다.

사황패도(死皇覇刀).

천하를 떨어 울렸던 사황의 절기가 모습을 드러낸 것이다.

두 사람이 쏟아낸 기운이 중간에서 부딪쳤다.

구구구구궁!

마치 화산이 대폭발을 준비하듯 들끓는 소리가 들렸다. 그러다,

콰콰쾅! 퍼펑! 후화악!

엄청난 폭발을 토해냈다. 주변으로 쏟아진 충격파는 고수들조차도 내공을 끌어올려 막아야 했다.

"쿨럭! 우웩!"

검제가 자리에 주저앉으며 피를 토했다. 크나큰 반탄력에 몸이 견디지 못한 것이다.

그에 반해 천외사존은 멀쩡했다. 살짝 인상을 찌푸리긴 했지만, 검제와는 확연한 차이를 보였다.

하지만 그의 기분은 좋지 않았다. 결국 자신의 절기 중 하나를 막은 것이 아닌가.

"건방진!"

휘익!

그가 손을 젓자 내가경력이 포함된 암경이 검제에게로 날아갔다. 그냥 쓰러진 김에 처리하려는 것이다.

빙제가 다급히 나서 검제 앞에 섰다. 그리고 빙장(氷掌)을 펼쳐 그것을 막아갔다.

쾅!

주르륵!

누가 봐도 수월하게 막아냈다. 아무런 문제가 없어 보였다. 하나 아니었다.

"크윽!"

내부를 휘젓는 내가경력이 빙제의 몸을 들쑤시고 있었던 것이다. 빙제는 땀을 비 오듯 흘리며 경력을 몰아내는 데 열중하고 있었다.

고수들은 이대로는 사달이 날 수 있다고 느꼈다. 하나둘 쓰러져 가니 그런 긴장감은 커질 수밖에 없었다.

"모두들 준비하세!"

권왕이 소리치며 먼저 자신의 절기를 펼칠 기수식을 취했다. 한 방에 끝장을 볼 심산인 것이다.

그의 말에 모두가 눈을 감고 집중하고 있을 때, 검제의 뒤로 유령처럼 나타나는 이가 있었다. 남궁천의 수신호위인 장위였다.

남궁천은 흐릿한 의식 속에서도 고개를 돌렸다. 그가 갑자기 왜 나서는지 궁금했기 때문이다. 하나 그는 보지 않는 것이 나을 뻔했다.

지금껏 무감정으로 일관하던 그의 눈빛에 살기가 감돌고 있었던 것이다.

"……!"

푸욱!

"커억!"

그의 등 뒤로 시커먼 단도가 꽂혔다.

검제의 외마디 비명에 정신을 집중하던 이들이 눈을 떴다. 그리고 경악했다.

"어, 어찌 이런 일을!"

특히나 평소 그의 존재를 알고 있던 권왕과 벽력권왕의 충격은 말로 설명할 수 없었다. 이십 년이 넘게 충성을 바친 자가 아니던가.

모두가 놀라 꼼짝을 못하고 있는 사이, 장위는 한 개의 도를 더 꺼내 그의 목에 박으려 했다. 하지만,

"그만 하지."

서걱!

떼구르르르!

그전에 그의 뒤에 나타난 자로 인해 장위는 허무한 죽음을 맞이하고 말았다.

"다, 당신은!"

"뇌제!"

나타난 자는 뇌제였다. 귀천의 편에 서 있던 그가 무림맹주를 구해준 것이다.

사람들은 이해를 못하겠다는 표정을 했다. 대부분이 그도 사신의 공격을 받았다는 걸 모르는 것 같았다.

"당신은 귀천의 사람이 아니오!"

벽력권왕이 놀라 물었다. 그에 뇌제는 씁쓸한 얼굴로 입을 열었다.

"그저 버려진 개일 뿐이오."

그제야 패황을 제외한 사람들이 뒤를 돌아볼 수 있었다. 그리고 알았다.

눈앞에 있는 괴물은 같은 편이 없다는 것을 말이다.

그에겐 모두가 적이었고, 이용할 도구에 불과했던 것이다.

그들이 천외사존에 대한 적개심을 더 키우고 있는 사이,

"크아악!"

별안간 검제가 몸까지 떨며 비명을 질렀다. 사람들은 갑작스런 일에 당황해 어쩔 줄을 몰랐다.

"다들 보이는 게 없습니까!"

푸욱!

그때, 유령같이 등장한 사람이 검제의 등에서 단도를 뽑았다. 그와 동시에 검제의 비명 소리도 멎었다.

그제야 사람들은 알 수 있었다. 단도를 통해 힘이 빠져나가고 있었다는 것을 말이다.

원흉은 한 명밖에 없었다.

"저놈이 단도를 통해 힘을 흡수하고 있었습니다."

유령같이 등장한 자, 천무악이 천외사존을 가리키며 말했다.

"별 더러운 수작을 다 부리는구나!"

"사람의 피나 빨아 먹는 박쥐같은 놈!"

고수들은 너나 할 것 없이 천외사존을 욕했다. 하나 패황만큼은 다른 판단을 내어놓았다.

"그만큼 힘이 필요하다는 말이 아니겠소. 겉으로 드러나지는 않으나 저놈… 도 힘들다는 말이 되는 것이오."

패황의 말에 모두 고개를 끄덕이며 힘을 냈다. 다시 눈을 감고 절기를 준비하는 것이다.

그들을 보고 있던 천외사존의 얼굴이 찌푸려졌다.

최대한 드러내지 않으려고 노력했는데, 눈앞에 꼬맹이 때문에 걸려 버린 것이다.

그가 아무리 천외천의 실력을 가지고 있다 해도 아직은 인간의 피륙으로 되어 있는 몸. 무한할 수는 없었던 것이다.

천외사존이 고개를 돌렸다. 그곳에는 자신의 아들 송패준이 그를 안타까운 눈으로 보고 있었다.

하지만 천외사존은 그 눈을 보지는 못한 듯했다.

"이리 오너라."

그는 조용한 음성으로 송패준을 불렀다. 그에 군말없이 걸어오는 송패준.

아들이 자신의 앞에 다다르자 천외사존은 밝게 웃었다.

"이제 우리가 하나가 될 때구나. 너는 내 안에서 영원히 행복하게 살 수 있게 된 것이다."

그의 목소리는 이상하게 사람들의 귀에 쏙쏙 들어왔다.

'미, 미친! 아들을 먹겠단 말인가!'

'어찌 저렇게 패륜적일 수……'

눈을 감고 있던 고수들은 저마다 속으로 욕을 뱉었다. 자식을 양식으로 삼는 아들이 어디 있단 말인가. 짐승도 그러진 않을 것이다.

천무악은 송패준을 뚫어져라 보고 있었다. 그것은 전춘광도 마찬가지였다. 그들은 현 상황이 이해가 되지 않는 것이다.

발악을 해도 모자랄 송패준이 왜 순순히 받아들이는 모습을 보이느냔 말이다.

그때, 두 사람의 뇌리로 전음이 흘러들었다.

[나를 그런 눈으로 보지 마라. 어차피 처음부터 알고 있었던 일이니까.]

그는 자신의 감정을 털어놓고 있었다. 왜인지는 그도 몰랐다. 아마도 생의 마지막 말은 남기고 가고 싶었으리라.

[사기에 침범당하면 정서가 불안해지고 이중적인 성격을 지니게 된다. 그것은 나도, 우리 아버지도 마찬가지지. 그것은 사기를 받아들일 때부터 정해진 운명이다. 하나 아버지는 침범 때문만이 아닌 광기였다. 영생에 대한 욕구.]

천외사존도 처음부터 영생에 대한 집착이 있었던 것은 아니다. 송패준의 설명으로는 자신의 어머니가 돌아가신 후부터라고 했다.

아버지가 너무나 사랑했던 어머니. 그녀가 정체불명의 병에 목숨을 잃게 되자 천외사존은 정신을 놓기 시작했다.

강력한 무공도, 높은 지위도 그녀를 살리지 못했다. 거기에 대한 허탈함과 분노가 비틀려서 발현된 것이 지금의 천외사존이라고 그는 설명했다.

[나는 아버지를 이해한다. 하지만 이 세상이 망하길 바라지

는 않는다. 그래서 너희에게 수시로 강해지란 말을 했다. 아버지를 막을 수 있게 말이다. 비록 어떨 때는 옳은 정신에, 또 어떨 때는 비틀린 정신으로 말했지만.]

그는 씁쓸한 얼굴로 자신에게 다가오는 천외사존의 손을 보았다. 검은 광기로 번들거리는 손. 그 손이 몸속으로 들어가면 이제 그라는 존재는 사라지고 없을 것이다.

[큭! 영생은 무슨. 난 비록 아버지를 막을 수 없지만, 너희들이 막아라. 특히 천무악 네놈이.]

퍼억!

그때, 가죽 찢어지는 소리와 함께 송패준의 몸이 흔들렸다. 천외사존이 기어코 아들의 생명을 취하는 것이다.

송패준의 전음은 아직 끝나지 않았다.

[잘살아라. 네놈들 덕분에… 즐거웠다…….]

그렇게 그의 목숨은 꺼져 갔다.

전춘광은 이야기가 끝나자마자 천외사존에게 달려들었지만 근처로 갈 수도 없었다. 절대적인 보호막이 그를 가로막고 있는 듯했다.

모든 이야기를 들은 천무악은 눈을 감고 생각했다.

송패준은 자신의 목숨이 짧을 것을 알고 즐겁게, 그리고 치열하게 살다 가고 싶어 계속 일들을 벌인 게 아닌가 하는 생각이 들었다.

그사이 천외사존은 아들 송패준의 힘을 모두 흡수한 것 같았다. 껍질만 남은 송패준을 들고 입맛을 다시고 있었기 때문이다.

"역시 내 아들답게 쓸 만하구나. 큭큭큭!"

그는 몸에 힘이 치솟는지 아주 만족한 얼굴이었다.

번쩍!

그 틈에 절기들을 준비한 고수들이 눈을 떴다. 그들의 눈엔 각양각색으로 정심한 기운이 깃들어 있었다.

그들의 시선은 일제히 천외사존에게로 향했다. 이젠 모든 힘을 풀어놓기만 하면 되는 것이다.

사람들의 몸에서 너울이 퍼져 나왔다. 그만큼 필생의 공력을 담았으리라.

패황을 시작으로 세상에 다시 보기 힘든 절기들이 천외사존을 향해 쏟아졌다.

어떤 것은 별이 되어, 또 어떤 것은 바람과 구름, 물이 되어 한 점을 향해 집중되었다.

마지막으로 천무악의 파란 태양이 합쳐졌을 때, 그것은 하나의 우주를 이루었다.

천외사존의 주변은 우주의 모든 요소들이 떠돌며 빛을 발하고 있었다. 더없이 검은 폭풍이 오기 전까지는 말이다.

그에게서 쏟아져 나온 검은 기운은 그 모든 것을 삼켰다. 희미한 빛조차도.

그것은 마치 검은 하늘같았다. 한 치 앞도 볼 수 없는, 답답하기 그지없는 순흑(純黑)의 하늘.

모든 고수들은 그것을 보고 절망했다. 이제 그들에겐 진정

빛이란 들어오지 않는 듯했다.

하지만 한 사람은 달랐다.

그것을 보고 있던 천무악은 문득 그런 생각이 들었다.

'찢어버리고 싶다. 저 검은 하늘을 시원하게 뚫고 싶다.'

그의 마음과 몸이 동했을까.

천무악이 천천히 자신의 오른손을 뻗었다. 그리고 검지를 내밀어 검은 하늘을 향하게 했다.

'이물질이 들어가지 않은 순수한 마음. 그저 저 하늘을 뚫고 싶다. 빛을 보고 싶다는 내 순수한 바람이 이루어지기를……'

그의 바람을 하늘이 들어주는 것인가.

자연의 기운들이 천무악을 중심으로 소용돌이쳤다. 하늘도, 공기도, 구름도, 흙도, 물도 모두 천무악에게 기를 나누어 주고 있었다. 자연의 섭리, 빛을 보고 싶다는 순수한 바람이 그것을 가능하게 한 것이다.

투욱!

그러다 모든 것이 한순간에 정지했다. 마치 고요한 바다가 더 무서운 것 같이 말이다.

번쩍!

천무악의 반개한 눈에서 투명하고 맑은 기운이 흘러나왔다. 그리고 그는 천천히, 또 부드럽게 검지를 검은 하늘을 향해 찔렀다.

그러자 맑은 빛이 천무악의 검지에 맺혔다.

"뚫어라. 천공일지(天孔一指)!"

그의 낭랑한 목소리와 함께 뻗어 나가는 한줄기의 섬광!

퍼억!

섬광은 영원히 검을 것만 같았던 하늘에 조그마한 구멍을 냈다. 이어 구멍에서 쏟아지는 찬란한 빛은 검은 하늘을 무(無)로 돌려놓았다.

티 없이 순수한 순백(醇白)으로 말이다.

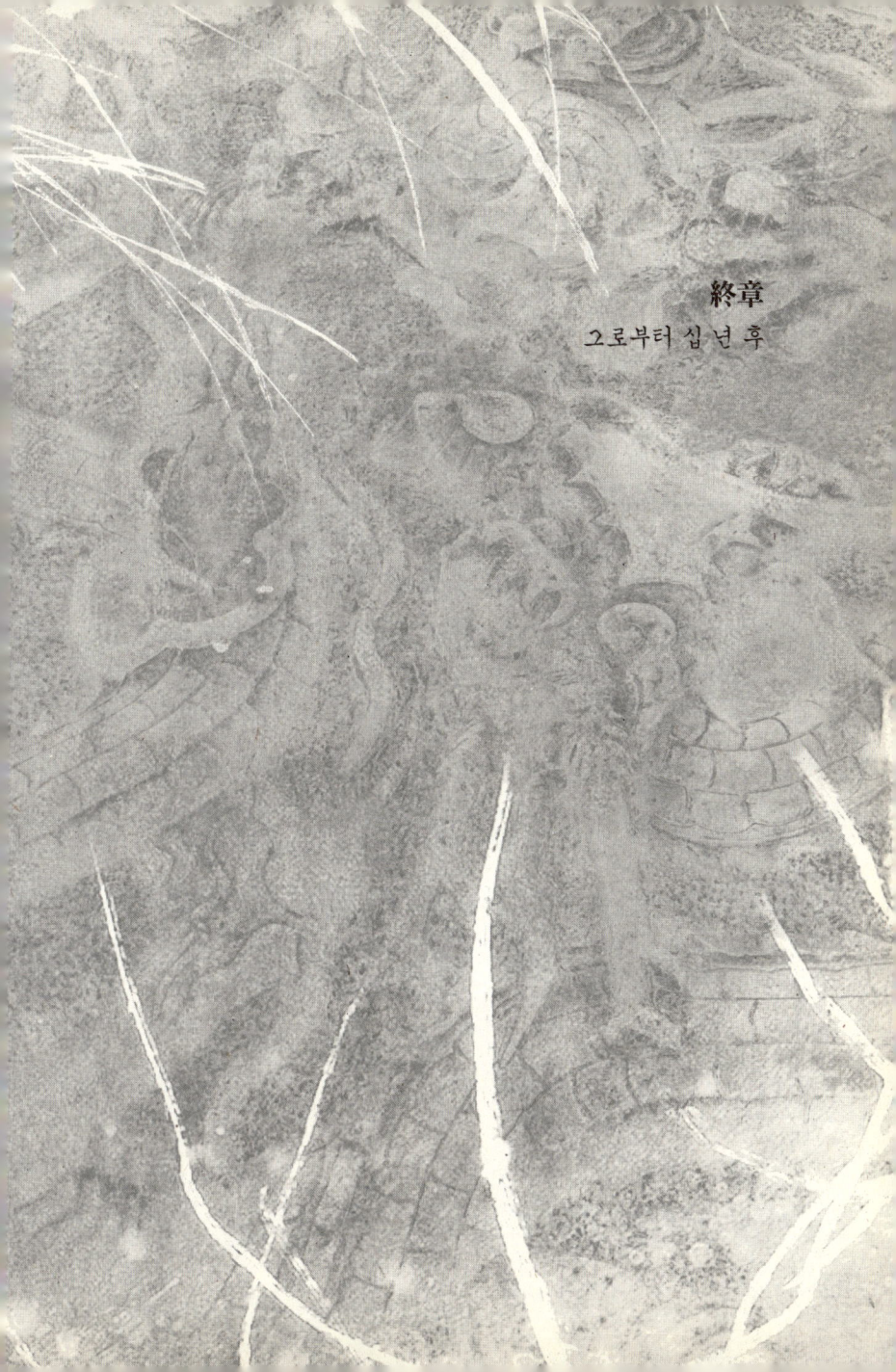

終章
그로부터 십 년 후

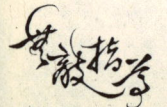

순백의 세상. 이보다 티 없이 깨끗한 곳도 드물었다.

북해의 풍광을 흐뭇한 얼굴로 보던 사내가 입을 열었다.

"부인, 내 중원엘 좀 다녀오겠소."

그는 턱수염이 거뭇거뭇 생긴 키 작은 중년의 사내였다.

"또요? 들어온 지 얼마나 되었다고 또 나가요!"

사뿐사뿐!

날은 섰지만 아름다운 목소리의 여인이 사내에게로 다가왔다.

'와아……!'

아름답다는 말은 그녀를 일러 말함이 분명했다. 사내는 자신의 아내이지만 볼 때마다 넋을 놓곤 했다.

그의 몽롱한 눈을 그녀도 보았을까.

그녀의 얼굴이 붉게 물들었다.

"아이, 그렇게 보면 저 부끄러워요."

"너무 아름다워서 눈을 뗄 수가 없구려."

사내의 칭찬에 여인은 더욱 고개를 숙였다. 이 얼마나 금슬 좋은 부부란 말인가.

그때, 사내가 부드럽게 입을 열었다.

"그래서 말인데……."

"네? 말씀하시어요."

여인은 귀를 사내에게 더욱 가까이 가져다 댔다. 사랑의 말은 속삭이는 것이라 하지 않았던가.

신중하게 흘러나오는 사내의 목소리.

"이번엔 삼 년짜리로 다녀오면 안 되겠소?"

"…뭐, 뭐라고요!"

여인의 눈에서 불똥이 튀었다. 이 무슨 해괴한 짓인지. 달콤한 말은 미끼였단 말이었다.

천무악은 오늘도 중원에 나가고 싶어 은설련을 설득하고 있었다.

"도대체 왜 그렇게 나가고 싶어해요? 고작 여섯 달 전에 다녀왔잖아요!"

그녀의 불만도 수긍이 되었다. 한번 나가면 이 년 가까이 돌아오지 않았다. 돌아와도 일 년을 채 못 버티니.

하지만 천무악에게도 사정은 있었다.

"제자를, 제자를 찾아야 한단 말이오."

그랬다. 그는 천지문에 어울릴 만한 인재를 찾기 위해 사부 화지천과 같은 과정을 겪고 있었다.

십 년 전, 광혈광마대전(狂血狂魔大戰)을 겪고 난 무림은 점차 안정을 찾고 있었다.

남궁천은 그때 얻은 부상으로 무림맹주 직위에서 벗어났다. 그리고 그것을 팽가룡에게 이어주었다.

재건의 시기에는 젊은 피가 필요하다는 생각에서였다. 팽가룡은 당천영과 혼인하며 생활이 안정되어서 그런지 무림맹에 전력을 다했다.

당천장은 자신이 원하던 당가를 다시 일으켜 세울 수 있었다. 비록 피의 복수를 하진 않았지만, 사천에서 절대적인 지지를 받으며 사천제일의 문파로 급부상하고 있었다. 모두 절로 고개를 숙이고 들어온 청성파와 점창파 등의 영향이 컸다.

"부인, 이번엔 같이 가는 게 어떻소? 애들 안 본 지도 오래되었잖소."

"그럴까요? 우리 지황(指皇)이도 인사 좀 시키고 말이죠. 그러고 보니 의외로 주철이 딸이 예쁘다면서요?"

"산적 놈 딸이 예뻐봐야 거기서 거기지! 지황이랑은 안 돼!"

차주철은 낭왕의 지위를 온전히 물려받았다. 진정한 낭인들의 왕으로서 인정을 받고 있는 것이다.

지금은 팽진하와 혼인하여 예쁜 딸까지 두고 있는 나약한

가장이었다. 그는 팽진하의 등살과 딸의 투정에 살이 빠지고
있다는 소리를 입버릇처럼 하고 다녔다.

"이번엔 화산과 소림에도 들러야 돼. 그놈들, 얼굴 한번 안
비친다고 북해까지 찾아올 기세더군."

"흥, 중이 절을 떠나 어딜 온단 소리예요? 춘광이는 시끄러
워서 썩 집에 들이긴 싫군요."

혜광은 권왕의 후계를 잇는 중이었다. 차대 권왕이란 소리
를 들으며 강자로서 전 중원에 이름을 날리고 있었다. 더군다
나 광명정대한 성품은 선승(善僧)이란 별호가 생길 정도였다.

전춘광이 있는 화산파는 꾸준히 세를 확장하고 있었다. 광
마광혈대전에서 이름을 떨친 계기로 후학도 많이 들어왔고,
의욕도 넘쳐 전충광은 곧 중원제일의 문파로 올리겠단 소릴
하고 다녔다.

"용왕님한테도 가야겠어. 그분이 우리 세 명 다 같이 보고
싶다고 했거든?"

"하긴 워낙 가가를 좋아하시니. 우리 지황이도 용돈 좀 받으
려면 인사 확실히 해놔야겠어요. 호호!"

"아, 맞다. 해남도에도 한 번 들러야 하는데."

용왕은 다시 군산으로 돌아갔다. 천무악이 육지에 살라고
설득은 해봤지만 요지부동이었다. 강이 편하다는 말뿐이었다.

그는 이제 완전 성군(聖君)이 되었다. 세금을 많이 받는다거
나 하는 일이 절대 없었다. 물욕을 버린 것 같았다. 그저 별일
없이 도도히 흘러가는 장강을 죽을 때까지 보고 싶다는 욕망

뿐이었다.

해남도의 수라문은 이제 세외의 문파가 아니었다. 천무악의 도움으로 중원 깊숙이까지 활동하는 그런 문파가 되었다. 천무악은 그들이 악이 아닌 선으로 중원에 인정받길 원했다. 그 결과는 그들의 노력에 따라 다를 것이다.

"아, 지관이가 지황이를 보고 싶다고 했다. 그놈한텐 꼭 들 러야겠어."

"그럴 필요 있어요? 그냥 모용세가에 가면 있지 않을까요?"

"흠, 그럴 수도. 웬만하면 둘이 혼인했으면 좋겠어."

"제 말이요. 그 여시, 당신 보는 눈이 가끔 심상치 않단 말이 에요!"

"또 쓸데없는 소리!"

이들이 가장 먼저 향할 모용세가에는 세 사람이 있었다.

모용중인, 모용화린, 위지관.

모용세가는 이제 요녕과 하북을 통틀어 세력이 가장 큰 세 가가 되었다. 십 년 만에 엄청난 발전을 이룬 것이다. 물론 거 기에는 모용남매의 노력도 있었지만, 물심양면 도와준 팽가룡 의 덕도 컸다.

위지관은 아직도 모용화린에게 구애 중이다. 한동안 뜸했다 가 작년에 사부를 보내드리며 다시 시작된 행동이었다.

모용화린은 노처녀로 늙을 생각인지 아직 허락을 하지 않고 있었다. 하지만 그의 마음이 상당히 기울어 있다는 것은 그들 의 친우 모두가 아는 사실이었다.

지금 중원은 평안했다. 마교는 다시 문을 걸어 잠그고 자신들만의 생활을 영위했으며, 불순한 동기를 가진 자들도 보이지 않았다.

사건이 터지지 않는 것에는 여러 이유가 있었지만, 독보적으로 드러나는 연유는 있었다.

천하제일인 용황(龍皇) 천무악이 중원을 뒤지고 돌아다닌다. 그에게 걸리면 뼈도 못 추리니 허튼짓 말고 집에 있어라.

이 소문으로 인해 무림은 평온했다.

혹시나 걸리면 어떻게 되는지는 모두가 알기 때문이다.

"자, 중원으로 가볼까?"

천무악은 은설련과 아들 천지황을 데리고 모용세가가 있는 요녕으로 발걸음을 옮겼다.

『무적지존』 완결

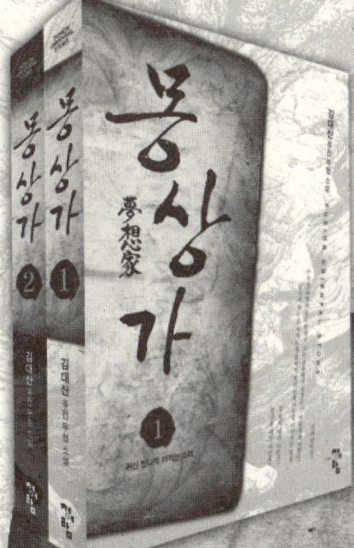

저작권 보호!!
장르문학의 성장에 힘이 되어주십시오.

저작물의 무단 전재와 복제, 불법 다운로드!
이것은 관심이 아니라 무관심입니다!

작가님들은 창의적 열정과 시간을 투자해 자신의 꿈과 생계를 유지합니다.
한 권의 책을 만들어 많은 사람들은 자신의 인생과 미래를 설계합니다.

저작물 속에는 여러 사람의 노력과 희망이
담겨 있습니다!

저작물의 무단 전재와 복제, 불법 다운로드는 여러 사람들의 꿈과 생계를
위협함으로써 장르문학을 심각한 상황에 빠뜨리고 있습니다.

이제는 무관심이 아니라 관심으로 장르문학의
성장에 힘이 되어주세요.

[도서출판 **청어람**은 항시적인 저작권 보호를 통해 장르문학과
여러분의 희망을 지키겠습니다.]

도서출판 청어람

조종호 新무협 판타지 소설

十變化身
십변화신

"너는 죽는다."
"……!"

뇌서중은 자신도 모르게 번쩍 고개를 치켜들어 뇌력군을 올려다봤다.
"다시 말해주랴? 난호가 망혼곡에 들어가면 네놈은 반드시 죽는다."

비밀에 싸인 중원 최고의 살수문파 망혼곡(忘魂谷).
그곳에서 십 년 만에 돌아온 화사명은 기억을 지우고
평화로운 삶을 꿈꾸지만,
주위엔 가문을 위협하는 자들이 존재하고 있었으니……

그의 손엔 망혼곡 삼대기문병기
용편검(龍鞭劍), 명혼기수(冥魂起手), 엽섬비(葉閃匕).
얼굴엔 서로 다른 열 개의 괴이한 가면,

망혼곡주 십변화신!
그가 일으키는 폭풍의 무림행!

Book Publishing CHUNGEORAM

백야 新무협 판타지 소설

醉佛狂道
취불광도

「무림포두」, 「염왕」의 작가 백야!
그가 칠 년 동안 갈고닦아 온 역작 「취불광도」!

강호 일신(一神), 검신 한담(邯罿).
오직 검 한 자루로 무림을 지배하고 다스리는 인물.
강호를 지배하는 또 하나의 손, 또 하나의 검……

기이한 파계승의 손에서 자란 나정은 스승과 함께 떠난 무림행에서
이십 년 전의 혈난을 만들어낸 금단의 무공을 만나게 되고……

그에게 잠재되어 있던 거대한 힘이 운명의 안배에 따라 깨어난다!

어린 동자승, 나정이 만들어가는 무림 기행!
또 하나의 전설이 이제 시작된다!

Book Publishing CHUNGEORAM

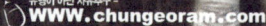
유행이 아닌 자유추구 -
WWW.chungeoram.com

無籍門主

무적문주

눈매 新무협 판타지 소설

**강호가 혼란할 때마다 나타났던 전설의 문파
강호인들은 그들을 무적문이라 부른다.**

마도천하의 시대. 명문정파 비검문은 유일한 계승자인 설화를 보호하기 위해
표운성이라는 청년을 찾는데……

"헤헤, 돈 좀 주셔야겠는데요?"

걸핏하면 돈! 돈! 돈!
세상에서 가장 좋은 것도 돈이요, 가장 귀한 것도 돈이다.

그를 은밀히 따르는 어둠 속의 사군자(死軍者)들
서서히 드러나는 무적문의 실체

"은자의 은혜만 받는다면 나 표운성, 이루지 못할 것은 없다!"

돈에 환장한 문주가 나타났다!

Book Publishing CHUNGEORAM

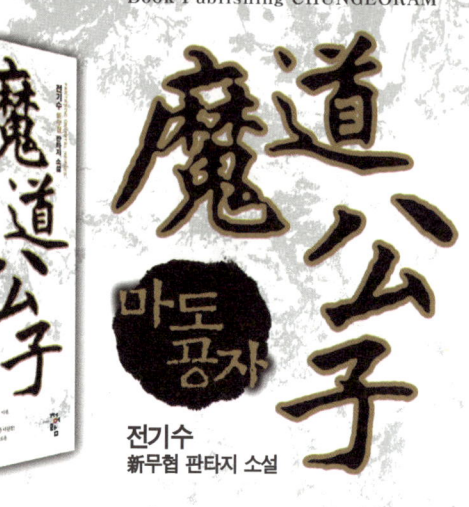
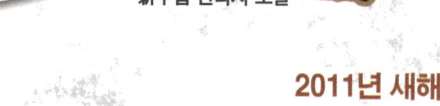